Carolin Miltenburger
Luisentor

CAROLIN MILTENBURGER wurde 1960 in Karlsruhe geboren und wuchs in München und Darmstadt auf. Studium der Psychologie und Promotion in West-Berlin. Nach beruflichen Stationen in Lausanne und Basel lebt sie heute in Berlin und Brandenburg. *Luisentor* ist ihr erster Roman.

Carolin Miltenburger

Luisentor

Roman

Jaron Verlag

Alle handelnden Personen sind frei erfunden.
Jegliche Ähnlichkeit mit lebenden oder realen Personen
wäre rein zufällig.

Originalausgabe
1. Auflage 2023
© 2023 Jaron Verlag GmbH, Berlin
Alle Rechte vorbehalten. Jede Verwertung des Werkes und
aller seiner Teile ist nur mit Zustimmung des Verlages erlaubt.
Das gilt insbesondere für Vervielfältigungen, Übersetzungen,
Mikroverfilmungen und die Einspeicherung und Verarbeitung
in elektronischen Medien.
www.jaron-verlag.de
Umschlaggestaltung: typografie.berlin, Berlin
Satz und Layout: Prill Partners | producing, Barcelona
Lithografie: Bild1Druck GmbH, Berlin
Druck und Bindung: CPI books GmbH, Leck

ISBN 978-3-89773-893-5

Für Irina (1931–2017)

1

Berlin fühlte sich für ihn an wie ein Zustand kurz nach dem Krieg. Eine auf Trümmern errichtete Zeitzone, die in den 1970ern beinahe direkt neben der modernen Bundesrepublik lag. In den Wintern war es dort kalt und dunkel. Bruchkohleschwaden lasteten auf der Stadt, die sich unter den Ostwinden duckte, und färbten den Himmel schwarzweiß. Ein Geruch von schwefligem Ofenbrand lag zäh über beiden Teilen der halbierten Stadt. Man konnte den Geruch fast sehen.

Als Annas Vater zum Studium nach Berlin kam und sein Leben in dieser Zeitzone begann, gab es einiges an Ungewohntem zu entdecken. Wohnungen, die Stube und Küche hießen. Oder halbe Treppe, wo man die ungeheizte Toilette mit Nachbarn teilen musste, die man nicht mal grüßte.

Wenn er später darüber nachdachte, warum er die Stadt wieder hatte verlassen wollen, dann fielen ihm vor allem die endlosen Winter ein. Wochenlang war alles mit einem schmutzig verkrusteten Eispanzer bedeckt, der mit einem harten Knirschen unter den Schritten einbrach. Schwarzer Schnee türmte sich an Straßenkreuzungen. Ein gelblicher Film waberte in der frostigen Luft, und Ruß knirschte leise zwischen den Zähnen.

Arktisch nannte er dieses Klima, vor allem weil der scharfkantige Klang dieses eisigen Wortes am besten das Gefühl beschrieb, das ihn aus der Stadt trieb. Es war eine in den Knochen sitzende Kälte. Ein leiser, sägender Schmerz, der nicht nachließ. Beinahe wie Sibirien.

Dabei gefiel ihm Berlin eigentlich. Fast an jeder Ecke

Geschichte. Die Stadt war immer im Werden und wurde nie. Es gab viel Unfertiges und Provisorisches, mit dem er sich freier fühlen konnte als in seiner Heimatstadt mit den adretten Fachwerkhäusern und alteingesessenen Gastwirtschaften. Die Stadt passte so lange gut zu ihm, wie er sich auch selbst als unfertig erlebte. Der Mauer konnte man aus dem Weg gehen. Man hatte seine Routinen an ihr vorbeigelegt und sah sie eigentlich fast nie.

Und doch litt er eben fast körperlich an der Stadt. An der Kälte. An den sichtbaren, nahezu ausgestellten Spuren der Verwüstung und an dem, was sie in den Menschen hinterlassen hatte. Diese Verschanzung der Eingemauerten in einem dauernden Belagerungszustand. Das, was sie fast entschuldigend und dennoch trotzig Schnauze mit Herz nannten. Berlin stand für alles, was der Krieg hinterlassen hatte. Nichts war vorbei oder vergangen. Nach einigen Jahren wollte er wieder zurück in seine Heimatstadt. Ob man in Berlin glücklich werden konnte, fragte er sich. Und er dachte auch, er kenne die Antwort. Er musste hier wieder weg.

Wie für ihren Vater war auch für Anna das Kapitel Berlin eigentlich abgeschlossen. Als Kind wäre sie gerne in ihrer Geburtsstadt geblieben. Aber die Eltern hatten sich anders entschieden. Bei der Bewerbung für einen Studienplatz schied Berlin daher für sie von vornherein aus. Es wäre ihr wie eine Rückkehr in eine Lebensphase vorgekommen, in der sie den Lebensplänen der Erwachsenen unterworfen gewesen war. Sie wollte irgendwo neu anfangen, ihre eigene Wahl treffen. Natürlich wusste sie, dass an der Entscheidung über Studienplätze auch der Zufall beteiligt war, dessen Münze in ihrem Leben oft auf die falsche Seite fiel. Aber sie wollte es trotzdem versuchen.

In den Wochen, in denen sie auf den Brief der Zentralen Vergabestelle für Studienplätze, wartete, gab es Phasen, in denen sie voller Optimismus den Umzug nach Freiburg für fast sicher hielt. Sie freute sich auf Wochenenden im Schwarzwald oder im nahen Frankreich. Aber als der große Umschlag im Briefkasten lag, wusste sie schon, bevor sie ihn geöffnet hatte, dass die geteilte Stadt sie nicht loslassen und auch gegen ihren Willen zurückholen würde. Weil sie mit ihr noch nicht fertig war.

Ihr Studienplatz in Humanmedizin zum Sommersemester 1990 war tatsächlich in West-Berlin. Sie spürte für einen kurzen Moment den Stich der Enttäuschung, aber sie bemerkte auch, dass sich etwas in ihr vorsorglich darauf eingestellt hatte. Geahnt hatte, dass es so kommen könnte. Und dass sie sich gegen die Möglichkeit einer Enttäuschung vorsorglich wappnen müsse. So nannte das ihre Mutter mit ihrer Vorliebe für altmodische Wörter. Anna hatte sich immer auf Enttäuschungen eingestellt, seit die Familie aus Berlin weggezogen war. Damals nämlich hatte sie es nicht kommen sehen.

Vielleicht konnte sie sich auch deshalb noch sehr genau an den heißen Sommertag erinnern, als ihre Eltern mit ihr und ihrem Bruder die Stadt verlassen hatten. Ihre Mutter hatte endlich einen Ruf nach Marburg erhalten. Eine Professur für Literaturwissenschaften, nach ein paar Jahren erfolglosen Vorsingens. So spotteten die Kandidaten über die Bewerbungsrunden an den Universitäten. Ulrike mochte die Stadt, aus der ihr Mann kam. Sie empfand sie als übersichtlich und unprätentiös. Die Eltern waren sich endlich einig. Sie sagten es ihren Kindern erst am Ende des Schuljahres, nachdem sie alles geplant und organisiert hatten. Da war Anna acht.

Eine Woche später stand ein riesiger Möbelwagen vor dem Haus. Und während alles von fremden Männern in den Wagen geladen wurde, verließen sie die Stadt mit ihrem Auto. Annas Mutter blickte vom Beifahrersitz entschlossen wie eine Galionsfigur nach vorne, während Anna vom Rücksitz die kleiner werdende Straße so lange im Blick behielt, bis sie verschwunden war. Hier hatte sie Fahrradfahren gelernt. Mit Brigitte Gummitwist gehüpft. Auf den Bürgersteig mit Kreide die Felder für Himmel und Hölle gemalt. Es gelang ihr nicht, die Tränen zu unterdrücken, und so weinte sie während der gesamten Fahrt nach Marburg – anfangs wütend, dann verzweifelt, zuletzt erschöpft. Ihr Bruder saß neben ihr und las Comics. Ihm war der Umzug egal, solange Spiderman mitkam. Sie dagegen empfand den Umzug fast wie eine Entführung und nahm ihn ihren Eltern lange übel. Vor allem, dass sie nichts gesagt und ihre Ahnungslosigkeit ausgenutzt hatten. Sie schämte sich dafür, wie leicht es gewesen war, sie auszutricksen, und nahm sich vor, nie wieder derart arglos und naiv in den Tag hineinzuleben. Später machte Anna ihren Frieden mit der neuen Situation. Sie hatte ein eigenes Zimmer in einem Haus mit Garten. Die Schule gefiel ihr. Aber für die Zukunft war sie auf der Hut.

An Berlin dachte sie danach nur noch wegen der Familienbesuche: Jedes Jahr zu Weihnachten bei den Großeltern. Opas 70. Geburtstag. Die goldene Hochzeit. Omas Beerdigung vor zwei Jahren.

Vor jeder Reise gab es ein Hin und Her darüber, wie die Familie diesmal nach Berlin fahren würde. Mit dem Auto auf der quälend langsamen Transitstrecke? Oder mit dem komisch riechenden Mitropa-Zug über Gießen zum Bahnhof Zoo? Interzonenzug. Mumienexpress. Oder was es sonst noch für Namen dafür gab. Es war ganz offensichtlich kein normaler Zug.

Beinahe alle Seiten in Annas Pass trugen die Spuren der innerdeutschen Reisen. Immer zehn Stempel auf jeder Seite. Wie eine ausgefranste Fahne flatterte der Schriftzug *DDR* mit einer leichten Rechtsneigung in der Mitte jedes Stempels. Links daneben in statischer Ruhe: Hammer und Zirkel im Ährenkranz. Rechts oben ein kleiner PKW, eine dampfende

Lok oder ein gleitendes Flugzeug. Einmal waren sie mit den Großeltern über Warnemünde nach Dänemark gefahren. Ein schwacher grüner Abdruck mit Schiff. Die bunten Stempel erinnerten in ihrer naiv wirkenden Harmlosigkeit an Sammelbilder oder an die Pressbilder in ihrem Poesiealbum.

»Von wegen harmlos«, sagte ihre Mutter zu dem Teil Deutschlands, den sie auf der Transitstrecke durchqueren mussten und den sie mit ihrer Lust zur Provokation weiterhin »die Zone« nannte.

Annas Vater war der Einzige, der am liebsten mit dem Zug fuhr. Man konnte aus dem Fenster sehen, ein wenig schlafen oder andere Menschen kennenlernen. Wie die Patienten, die zum ersten Mal in seine Praxis kamen. Er fragte gerne nach Dingen aus ihrem Leben, und die Menschen hatten schnell Vertrauen zu ihm.

»Wir kennen doch sonst niemanden drüben«, sagte er. Drüben war der Raum hinter der Mauer. Es kam ihnen nicht wie ein wirkliches Land vor, sondern eher wie ein Zustand, auf der anderen Seite des Grenzwalls.

Für Anna waren die Zugfahrten eine Qual. Enge Abteile mit alten Menschen. Und der komische Geruch nach Mitropa. Kaum dass die Koffer verstaut waren und der Zug sich in Bewegung setzte, begann ihr Vater mit einer seiner Standard-Eröffnungen ein Gespräch. Danach folgten seine Lieblingsthemen. Wie er seine Frau kennengelernt hatte. Dass Anna mit vier schon lesen konnte. Dass seine Frau Bücher über deutsche Literatur schrieb und viel intelligenter und gebildeter war als er selbst. Oder die Bergwanderungen im blauen Land um Murnau.

Anna sah während der Gespräche aus dem Fenster, als gehöre sie nicht zur Familie. Manchmal zählte sie die Bäume, an denen der Zug vorbeifuhr. Sie versuchte, dem Gespräch nicht zuzuhören. Ihr Vater sprach für ihr Gefühl viel zu vertraut mit völlig fremden Menschen, die man nach der Zugfahrt nie wiedersehen würde. Und sie empfand die Familie ganz anders als er in seinen Erzählungen. Nicht so fröhlich, eigentlich immer sehr ernst. Und sie kannte sein Erzählmuster und die Lässigkeit, mit der er routiniert heikle Themen umschiffte und zielsicher das Gespräch immer wieder auf dieselbe Bergwanderung brachte: den Aufstieg zum Schachen von der Partnachklamm über den steilen Kälbersteig. So als sei ihm das gerade zufällig eingefallen. Und dass dann die Alpenhütte geschlossen war und sie im Dunkeln den ganzen Weg wieder absteigen mussten.

Sie hatte die Geschichte schon so oft gehört, dass sie manchmal glaubte, dabei gewesen zu sein. Sie hätte sie wie im Blindflug selbst erzählen können. Den größten Teil der Fahrt über sah sie wie eine schlecht gelaunte Sphinx konsequent aus dem Fenster. Genau wie ihre Mutter. Ihr Bruder schlief meist.

Draußen zog eine flache Landschaft am Fenster vorbei. Anna erinnerte sich gut an die Transparente, die sie vom Zugfenster aus gesehen hatte. Auf langen Stoffbahnen, die müde über braunen Feldern hingen, grüßten optimistische Parolen unerwartet die Vorbeifahrenden. Die Themen waren immer dieselben. Die unendliche Zukunft der innerdeutschen Grenze. Eine heitere Aufbruchstimmung, mit der man sich immer hohe Ziele steckte. Man dachte an Wimpel schwingende, fröhlich blaue Pioniere, die den Schutzwall sicherten. Die Zukunft eben von der anderen Seite aus betrachtet. Vorwärts immer.

Wir ziehen alle an einem Tau und streben nach dem Weltniveau. Ihre Mutter hielt die Hand vor die Augen, verzog das Gesicht und schüttelte gequält den Kopf.

Anna hatte die Fotos der Transparente noch. Hastig gemachte, etwas schiefe Schwarz-Weiß-Aufnahmen aus dem Zugfenster. Bevor die Grenzer mit ihrem Stempel-Bauchladen das Abteil zur Passkontrolle betraten. Man war nie sicher, ob Fotografieren erlaubt war. Mehrere Bilder waren nötig, um eines der langen Transparente aufzunehmen. Die klebte man dann im Fotoalbum über zwei Seiten nebeneinander. Und gegen alle diese Versicherungen war die Mauer seit ein paar Monaten offen. Für die meisten kam das trotz allem unerwartet.

»Endlich«, sagte Annas Mutter.

»Scheiße«, dachte Annas Opa.

Aber das behielt er für sich.

2

Bis sie etwas Eigenes gefunden hatte, konnte Anna bei Opa Ludwig wohnen. Ihre Mutter war beruhigt, dass Anna ohne Zeitdruck eine eigene Wohnung suchen konnte. In der großen Stadt, die beinahe über Nacht um die andere Hälfte gewachsen war. Sie war auch beruhigt, dass ihr Vater Gesellschaft hatte.

Es ist nicht gut, wenn er so viel allein ist, dachte sie. Ich weiß gar nicht, was er den ganzen Tag so macht. Was machen alte Männer, die allein sind?

Auch die Vorstellung, dass ihre Tochter in ihrem alten Zimmer wohnen würde, gefiel ihr. Sie würde im selben Bett schlafen, am selben Schreibtisch sitzen. Vielleicht die gleichen Träume haben oder wenigstens ähnliche Gedanken. Vielleicht würde sie dann wieder mehr lesen. So wie früher. Vielleicht auch Bücher, über die sie miteinander sprechen könnten.

Opa Ludwig hatte Anna vom Bahnhof Zoo abgeholt. Von Weitem hätte sie ihn fast nicht erkannt. Er wirkte in seinem steifen Mantel kleiner, als sie ihn in Erinnerung hatte. Und älter. Seit Omas Beerdigung vor zwei Jahren war Anna nicht mehr in Berlin gewesen. Im Gedränge auf dem Bahnsteig blieb er wie ein Baum im Sturm zwar stehen. Aber sie sah, dass der Baum nun schwankte.

»Ulrikes Zimmer ist noch wie früher«, sagte er, als sie in die Wohnung kamen. Anna bemerkte, dass die Wohnung einen anderen Geruch hatte und seltsam leblos wirkte. Früher war Oma aus der Küche gekommen und hatte sie zur Begrüßung fest an sich gedrückt. Aus der Küche hatte es nach Kuchen geduftet oder nach Milchreis mit Zimt. Jetzt es war so still, dass sie das Ticken der Wanduhr hörte, die in der Küche neben dem Fenster hing.

Anna stellte den Rucksack im ehemaligen Zimmer ihrer Mutter ab. Der Raum fühlte sich für sie an wie eine alte Wolldecke, die man mit Mottenkugeln eingelagert hatte. Ein altmodisch möbliertes Jugendzimmer, das noch genauso war wie früher und dennoch seltsam unpersönlich wirkte. Das Bett war frisch bezogen. Grüngeblümt. Zwei Handtücher lagen auf dem Nachttisch. Ludwig machte Tee und holte Kuchen aus der Küche.

»Jetzt bist du also da«, sagte er gut gelaunt. »Freust du dich denn auf Berlin?«

»Geht so«, sagte Anna. »Ich wollte eigentlich nach Freiburg. Jetzt muss ich erst mal sehen, wie es hier so ist. Ich kenne Berlin ja kaum.«

»Na, das kommt schon. Ich freu mich jedenfalls, dass du hier bist«, sagte er.

Sie zog den Teebeutel aus der Tasse und legte ihn auf den Kuchenteller.

»Aber jetzt ist ja wenigstens die Mauer auf. Da bin ich gespannt. Ich war noch nie in Ost-Berlin.«

»Jetzt sind hier alle verrückt geworden, seit diese verdammte Mauer auf ist. Man traut sich kaum noch raus«, sagte er.

Ludwig sah sie an, aber Anna sagte nichts. Er hatte einen ängstlichen Ausdruck in den Augen, der ihr früher nicht aufgefallen war.

»Menschenmassen. Überall. Also ich bin nicht dafür. Hätte von mir aus so bleiben können, wie es war. Soll man ja nicht sagen, aber mich hat die Mauer nicht gestört. Aber wir werden ja nicht gefragt.«

Seit dem Tod seiner Frau fiel Ludwig alles schwer. Anfangs hielt er diesen neuen Zustand für etwas Vorübergehendes, das sich wieder ändern würde, sobald er darüber hinweg wäre. Aber der neue Zustand blieb.

»Weißt du, ich spür das Alter. Ich hab nicht mehr so viel Kraft. Willenskraft, meine ich.«

Er war immer davon überzeugt gewesen, vor seiner Frau zu sterben. Meist lebten die Frauen länger. Es gab keinen Grund, warum dies bei ihm anders sein sollte. Da er glaubte, diese schwerste aller Fragen für sich beantwortet zu haben, fühlte sich die Gewissheit, nicht an ihrem Grab stehen zu müssen, beruhigend an. Beinahe wie eine Vereinbarung, bei der er das Zugeständnis eines früheren Todes schon gemacht hatte und sich daher auf den anderen Teil des Vertrages verlassen konnte.

»Kann auch anders kommen«, hatte Heinz gesagt, der ihn von allen, die noch lebten, am längsten kannte. Vielleicht auch am besten. Sie waren immerhin beide vor vielen Jahren knapp einer Katastrophe entgangen.

Und es war tatsächlich anders gekommen. Eines Morgens war Edith beim Frühstück still in sich zusammengesackt und hatte mit ihrem für Ludwig völlig unerwarteten Tod seine wichtigste Überzeugung widerlegt.

Bevor er den Schmerz des Verlusts hatte empfinden können, war in ihm vor allem Ungläubigkeit gewesen. Und sogar Verbitterung. Sie hatte die stille Vereinbarung gebrochen, obwohl sie doch gewusst hatte, wie sehr er sie brauchte. Ludwig fragte sich immer wieder, weshalb er ihren Tod nicht hatte kommen sehen. Weshalb Edith nicht mit ihm gesprochen hatte. Denn es war ihm nicht entgangen, wie sie sich immer mehr an den Treppen abgemüht hatte. Schnell außer Puste gewesen war. »Nu lass mir doch«, hatte sie dann nur gesagt. »Weißte doch. Unkraut vergeht nicht.« Nach Ediths Tod hatte sich Ludwig Vorwürfe gemacht, dass er sie nicht stärker gedrängt hatte, sich zu schonen. Aber sie hätte bestimmt nur gesagt, Schonen sei gegen ihre Natur. Sie könne eben nicht aus ihrer Haut.

Vielleicht hatte sie ihn nicht beunruhigen wollen. So hatte

er sich ihr Schweigen irgendwann erklärt. Mit etwas Glück hätten sie noch ein paar gute Jahre haben können. Und wenn nicht, so hatte sie sich vielleicht auch selbst beruhigt, dann würde er schon irgendwie durchkommen. Er war immer irgendwie durchgekommen.

Doch jetzt hatte er alles neu lernen müssen. Vor allem, allein zu leben. Obwohl er sich eigentlich sein Leben lang allein gefühlt hatte, gemildert zwar durch Ediths Weitsicht und Nachsicht. Aber doch allein. Warum das so war, das bekam er nicht heraus. Er dachte darüber nach, wenn er nachts nicht schlafen konnte. Vielleicht weil er keine Geschwister gehabt hatte? Vielleicht weil er sich wegen vielem Sorgen machte, das in den schlaflosen Nächten alle Räume seiner Gedanken ausfüllte? Was war er eigentlich für ein Mensch? Er hätte diese Frage nicht beantworten können. Anna war vielleicht ein wenig wie er selbst, dachte er. Aber mutiger.

3

Am nächsten Morgen schlug Ludwig Anna vor, mit ihm einen Spaziergang zum Friedhof zu machen.

»Jetzt ist auch der Stein auf Omas Grab«, sagte er. »Komm doch mit, dann muss ich da nicht allein hin.«

Anna war das letzte Mal bei der Beerdigung ihrer Oma auf dem Friedhof gewesen. Sie hatte seitdem nie das Bedürfnis gehabt, das Grab zu besuchen. Sie konnte an ihre Oma auch woanders denken. Und eigentlich hielt sie Gräber für Platzverschwendung.

»Und hier verändert sich auch alles«, sagte Opa, als sie um die nächste Ecke liefen. »Manchmal hab ich überhaupt keine Lust mehr. Man erkennt die Stadt nicht wieder. Im Eisenwarenladen ist jetzt ein türkischer Kramladen mit riesigen Gemüsekisten davor.«

Anna bemerkte, dass Opa viel langsamer ging als früher und dass sein Gang nun ein wackliges Kippen war. Wahrscheinlich die Arthrose in den Knien. Einen Stock wollte er nicht benutzen. Als Kind hatte sie mit ihm kaum Schritt halten können, wenn sie gemeinsam zum Bäcker gegangen waren. Jetzt achtete sie darauf, etwas langsamer zu gehen, damit er mitkam. Sie hörte das Schnaufen neben sich.

Die Gegend um Opas Wohnung schien den Krieg unbeschadet überstanden zu haben. Jedenfalls die Gebäude. Die Gründerzeitfassaden trugen Stuck oder gesprengte Giebel, Säulen und andere Verzierungen.

Bei der Friedhofsgärtnerei kauften sie zwei einzelne Rosen mit Schleierkraut und liefen dann durch das Hauptportal über die Mittelachse, vorbei am Urnenhain, bis Feld IV. Eine

Strecke, die er auch an schlechten Tagen gerade noch bewältigen konnte. In den vorderen Bereichen war nichts frei gewesen, als Edith plötzlich gestorben war.

Auf dem Weg standen Pfützen, die an den Rändern von einer brüchigen Eisschicht eingefasst waren. Man sah die Reifenspuren der Fahrzeuge der Friedhofsgärtnerei. Der Kies knirschte unter ihren Schritten, und ihre Atemwolken standen in der Luft, bevor sie sanft zerfielen.

»Hab ich mir anders vorgestellt«, sagte Opa. »Manchmal beneide ich deine Oma fast. Die hat's hinter sich.«

Sie bogen nach links in das Gräberfeld ab. Eingerahmt von niedrigen Buchsbaumhecken lagen Grabstätten mit kniehohen Granitsteinen und Beschriftungen überwiegend aus den letzten zehn Jahren.

Dann standen sie vor Omas Grab: Edith Beermann, 1918–1988. Auf den Messingbuchstaben waren einige Schneeflocken festgefroren. Unterhalb von Ediths Daten hatte Ludwig bereits seinen eigenen Namen und das Geburtsjahr anbringen lassen. 1916. Da war auch sein Vater gefallen, irgendwo in Frankreich.

»Ich finde, das machen sie immer ganz schön«, sagte er und zeigte auf die Efeudecke, in deren Mitte eine Schale mit Erikapflanzen stand. »Ist gar nicht so teuer, und ich kann's ja nicht mehr. Ich hab meinen Namen schon mal auf den Stein machen lassen. Damit Ulrike keine Arbeit damit hat, wenn's mal so weit ist.«

Sie legten die Rosen vor die Pflanzschale. Anna dachte an die Beerdigung vor zwei Jahren, die kleine Gruppe von Menschen, die in der Sommerhitze am offenen Grab gestanden hatte. Ihre zweite Beerdigung – nach der von Opa Franz.

»Hier gibt es auch noch ein Feld mit alten Gräbern«, sagte Opa. »Die Familie von Heinz liegt da. Die sind Berliner. Obwohl, seine Mutter war aus Schlesien. Naja, die meisten sind von irgendwoher nach Berlin gekommen.«

»Bist du eigentlich auch aus Berlin?«, fragte Anna, obwohl sie wusste, dass sie das wissen müsste. Aber sie konnte sich auch nie an Opas Geburtstag erinnern.

»Nein, ich bin ja aus Neubrandenburg, aus dem Norden«, sagte er mit leicht plattdeutschem Singsang. »Die Stadt mit den vier Toren. Ist aber eine lange Geschichte.«

Sie standen eine Weile an Ediths Grab. Tauben gurrten oben in den Bäumen. In der Nähe harkte jemand. Man hörte das Kratzen des Rechens, unterbrochen von Pausen.

Opa zeigte mit seinem ausgestreckten Arm irgendwo in die Weite des Friedhofs und sagte dann:

»Da hinten bei den alten Gräbern, hat mir Heinz erzählt, da soll das Grab von Heydrich sein. Hattet ihr doch in der Schule, oder? Heydrich.«

»Der Heydrich?« fragte Anna. »Der ist hier einfach so beerdigt?«

»Natürlich ohne Stein. Das Grab kennen nur ganz wenige.«

»Ich dachte, die Asche der Mörder ist verstreut worden.«

»Heydrich ist ja schon vor '45 umgekommen und ganz normal beerdigt worden. Warum auch nicht?«, sagte Opa. »Den haben sie erst auf dem Invalidenfriedhof beerdigt. Und dann lag der Friedhof im Osten. Direkt im Grenzstreifen hinter der Mauer. Da ist er wohl hierhin umgebettet worden. Hat mir Heinz erzählt. Die anderen sind noch da. Auch die Flieger, Richthofen, Ernst Udet. Musst du mal hingehen.«

»Und du kennst Leute, die wissen, wo die liegen?«

»Die Flieger haben alle einen Stein auf dem Grab. Das sind normale Gräber. Nur bei ein paar anderen haben sie den Stein weggemacht, damit sie nicht geschändet werden.«

»Geschändet? Wie kann man denn ein Grab von Massenmördern überhaupt schänden? Ich glaube, sie wollen eher verhindern, dass sich da Neonazis treffen.«

»Vielleicht auch das. Ist auch egal.«

Opa wedelte wieder mit einer Hand in Richtung der alten Gräber.

»Da hinten jedenfalls soll Heydrich liegen. Das wollte mir Heinz mal zeigen.«

Anna wurde es kühl. Sie wusste nicht, ob es ein Schaudern wegen Heydrichs Grab war oder ob es an der Kälte des park-ähnlichen Friedhofs lag. Vielleicht schauderte sie vor allem, dass Opa Leute kannte, die wussten, wo solche Gräber lagen.

»Auf anderen Friedhöfen liegen auch noch berühmte Leu-te aus der Zeit. Horst Wessel zum Beispiel auf dem Nikolai-friedhof. Hat aber auch keinen Stein mehr. Haben sie nach dem Krieg weggemacht.«

»Ich finde, sie sollten auch das Grab wegmachen. Nicht nur den Stein.«

»Also, da bin ich nicht deiner Meinung. Jeder verdient ein anständiges Grab«, sagte Ludwig.

»Komm, wir gehen mal. Mir ist schon ganz kalt«, sagte Anna und schüttelte sich. »Kenne ich Heinz?«

»Er und Emma waren bei Omas Geburtstag. Kannst dich vielleicht nicht erinnern.«

»Ist das ein Freund von früher?«

»Ja, genau. Wir kennen uns schon lange. Jetzt wird's mir aber auch richtig kalt.«

Zuhause wärmten sie sich an einer Tasse Tee, und Opa leg-te sich hin. Eine Runde, wie er sagte. Anna ging ins Zimmer ihrer Mutter, packte ihre Sachen aus und legte die Kamera für den nächsten Tag bereit. Sie wollte Fotos in Ost-Berlin machen. Schwarz-weiß, wie immer.

Sie dachte über das Gespräch auf dem Friedhof nach. Die Geschichte war so unglaublich, dass sie wahrscheinlich eine Erfindung war. Heydrichs Grab. Es reizte sie herauszufinden, ob es wirklich stimmte.

Anna stellte sich vor, wie alte Männer um das Grab stan-den und ihre Treueschwüre erneuerten. Die Orden unter den

Mänteln versteckt. Danach gingen sie irgendwo in ein Hinterzimmer, das einer von ihnen gemietet hatte, wo man die Orden offen trug und viel trank. Vielleicht sangen sie die alten Lieder, dachten an die Kameraden. Sowas eben.

Das würde doch keiner aus meiner Familie machen, dachte sie.

Aber konnte sie sich da so sicher sein?

4

Bis zum Beginn des Sommersemesters war es noch knapp eine Woche. Anna wollte die freie Zeit nutzen, um die Stadt zu erkunden, die sie als Kind verlassen hatte und die sich nun völlig verändern würde. Sie wollte die Mauer sehen, bevor die Mauerspechte den ganzen mit Graffiti überzogenen Grenzwall in kleine Stücke gehackt hätten. Sie wollte das Unfertige und Provisorische sehen, bevor die Goldgräber und die Glücksritter kämen. Jetzt, hatte ihr Vater gesagt, jetzt würde alles anders.

»Ich beneide dich fast«, sagte er. »Das war eine schöne Zeit in Berlin. Außer die Winter natürlich. Die stinkende Braunkohle aus dem Osten. Und meine erste kleine Wohnung im Wedding. Zweiter Hinterhof.«

Jetzt aber konnte man den Aufbruch in der Stadt sehen, so klar wie vielleicht niemals wieder. Beobachten, wie sich Menschen in einem großen Umbruch verhielten. Diejenigen, die als erste die Chancen sahen. Und die anderen, die sich wie benommen auf die neue Lage einstellen mussten. Die staunten, wie schnell sich alles veränderte und alles Gewohnte verschwand. Als Kind hatte Anna gedacht, alle Städte lägen innerhalb einer Mauer.

Nach dem Frühstück machte sich Anna auf den Weg in den Ostteil der Stadt. Offiziell war dies weiterhin die Hauptstadt der DDR, aber die Grenze löste sich auf.

Ludwig rief ihr nach, sie solle in der Ostzone nicht verloren gehen. Man wusste bei ihm nie, ob er nur aus Gewohnheit provozierte oder ob es ihm damit ernst war.

Anna ging zur S-Bahn und kaufte sich am Schalter mehrere

Einzelfahrscheine zu DM 2,70. Sie stieg die steilen Treppen zum Bahnsteig hoch, wo es zwei grau lackierte Sitzbänke gab und eine große Tafel mit dem Namen der Station – in Tannenberg-Fraktur.

Über den ungeschützten Bahnsteig fegte ein kalter Wind. Der einfahrende Zug wehte ihren Mantelkragen hoch, und der Zugabfertiger, den es auf jedem Bahnsteig noch gab, hustete etwas Unverständliches in sein Mikrofon. Die Wagentüren schlossen sich mit einem Ruck. Anna sah sich kurz um, bevor sie sich auf eine der Holzbänke setzte. Eine Frau am Fenster las in einem dicken Buch. Eine Gewohnheit der Großstädter, die viel Zeit in den Bahnen verbrachten. Man konnte nicht dauernd aus dem Fenster sehen, brauchte Beschäftigung. Manche strickten, andere lasen. Gespräche hörte man selten. Vor allem in der S-Bahn hatte man zwischen den Stationen viel Zeit. Auf der schnurgeraden Strecke durch den Grunewald zum Beispiel fuhr die S-Bahn zwölf Minuten ohne Halt. Rechts und links nur Bäume. Genug Zeit für den S-Bahnmörder, der während des Krieges in den verdunkelten Waggons auf dieser Strecke seine Opfer gefunden hatte, wie Opa ihr erzählt hatte. Sie solle besser nicht im Dunkeln fahren als junge Frau. Das sei hier nicht Marburg, hatte er erklärt.

»Und außerdem: Ein West-Berliner fährt nicht mit der S-Bahn. Die gehört der DDR. Und die wollen nur unser Geld.« Dass die DDR die S-Bahn schon vor Jahren dem West-Berliner Senat verkauft hatte, war an ihm anscheinend vorbeigegangen.

Der Bahnhof Friedrichstraße war überfüllt. Normalzustand seit der Maueröffnung. Anna stieg aus und entfernte sich rasch von der Bahnsteigkante. Das Geschiebe machte ihr Angst, und sie war froh, als sie das Bahnhofsgebäude verlassen konnte. Unter der S-Bahnbrücke roch es nach Zweitakter-Gemisch und nach dem Reinigungsmittel, das sie von den Zugfahrten mit ihren Eltern kannte. Sie hatte es damals Mitropa genannt. Das komische Wort, das auf den Waggons gestanden hatte.

Gerüche hatte sie schon immer intensiver wahrgenommen als andere Menschen. Es war ihr zunächst nicht aufgefallen. Aber die Welt um sie herum erfasste sie vor allem so. Sie erinnerte sich an den fast erstickenden Atem von schwarzem Schlick bei Ebbe am Meer. Oder an den schwachen Geruch nach der zarten Sauberkeit eines Radiergummis. Oder an die Mischung aus staubigen Brausestangen, Lakritzschnecken und Amerikanern in der Bäckerei Lehmann, wo der Duft wie eine Ouvertüre einsetzte, sobald sie die Glastür öffnete. Seit ihr bewusst war, wie empfindsam sie auf Gerüche reagierte, spürte sie dem ersten Eindruck gezielt nach und versuchte, den Geruch zu verstehen.

Es fiel ihr auf, wie unterschiedlich Länder und auch Städte rochen. Und wonach. Nach nasser Pappe, Kaffee oder Diesel. Manchmal auch etwas modrig. Oder nach frischem Weißbrot. Es gab Orte, die nach Sommerferien rochen, oder nach Fabrik. Paris zum Beispiel roch nach Bahnhof – eine Mischung aus Milchkaffee, Diesel, frischem Brot und Eisen. Der Morgen im Gare de l'Est roch so, wenn man übermüdet mit dem Nachtzug ankam. In den Metrostationen stand ein Geruch von heiß gelaufenen Scheibenbremsen und Chlorreiniger. Florenz dagegen besaß einen warmen Geruch nach Sonne und Espresso, Pizza und den Abgasen alter Linienbusse. Der Geruch am Bahnhof Friedrichstraße hatte etwas Maschinenhaftes. Es roch nach Schrauben, Schmierfett, Braunkohle und altem Brot. Nach Schweiß und Armut. Manchmal versuchte sie sich vorzustellen, wonach Indien riechen würde oder Marrakesch.

Für heute hatte sie noch keinen genauen Plan und wollte sich einfach treiben lassen auf der Suche nach guten Fotomotiven. Sie folgte der Friedrichstraße nach Süden, überquerte die Straße Unter den Linden und ging zum großen Säulenbau der Staatsoper. Auf dem Mittelstreifen gegenüber der Universität überragte das dunkle Reiterstandbild Friedrichs des Großen die wenigen Besucher. Anna hatte zwei Schwarz-Weiß-Filme mitgenommen und nur das 24er-Objektiv.

Auf beiden Seiten der Linden gab es viele historische Gebäude. Anna machte ein paar Aufnahmen vom Brandenburger Tor, hinter dem man auch von Weitem noch die Reste der Mauer sehen konnte. Sie fotografierte die Spiegelung des Doms im Palast der Republik. Von der Puppenbrücke aus fotografierte sie die kupferfarbene Oberfläche, in die der Palast wie eingewickelt lag. Ein metallisches Ungeheuer, das vor dem Außenministerium der DDR ruhte, das wiederum im Volksmund nur der Kühlschrank hieß. Und nicht nur, weil es wie ein Kühlschrank aussah. So war die Stadt. Jedes Gebäude bekam hier den Namen, der ihm zustand.

Anna trank einen Schluck Tee aus ihrer Thermoskanne und sah kilometerweit in Richtung Westen. Sie mochte die Weite. Nirgendwo in Marburg gab es einen solchen Blick. Auch das Schwanken aller Sicherheiten in diesem Jahrhundertmoment nach der Maueröffnung gefiel ihr.

Mit dem Wind im Rücken schritt sie die Linden entlang bis zum Brandenburger Tor. Sie hörte das Hämmern der Mauerspechte, das sich mit dem Stimmengewirr von Hunderten von Menschen mischte. Der Bass gleichmäßiger, schwerer Hammerschläge. Darüber schnellere, hellere Klänge von leichterem Werkzeug. Jeder schien seine eigene Trophäe aus dem verhassten Bollwerk zu schlagen. Menschen halfen sich gegenseitig auf die Mauer und spazierten ein paar Minuten auf dem schwindenden Grenzwall herum. Andere zwängten sich durch das freigelegte Skelett des Betonwalls oder liefen ordentlich in einer langen Schlange durch provisorische Kontrollposten, an denen die Ausweise nur noch beiläufig kontrolliert wurden. Es gab auch keinen Zwangsumtausch mehr.

Als sie nur noch fünf Bilder auf dem zweiten Film hatte, ging Anna zurück. Sie würde wiederkommen. Es war das erste Mal, dass sie der Mauer so nahe war. Jetzt, wo sie zerlegt wurde. Vom Brandenburger Tor ging sie zurück über die Linden, dann über den Gendarmenmarkt zum Anhalter Bahnhof.

Die Ruine des Bahnhofsportals überragte die menschenleere Stresemannstraße. Anna stellte sich in den Schutz der Waschbetonfassade eines Supermarkts und machte ein paar Aufnahmen vom zerstörten Bahnhof, von den Türhöhlen, durch die jetzt Birken wuchsen. Ohne den Hinweis im Kreuzberger Wanderbuch wäre sie an dieser Stelle achtlos vorbeigelaufen. An einem der wichtigsten Bahnhöfe von Groß-Berlin. Man konnte sich nicht mehr vorstellen, dass hier vor dem Krieg täglich über hundert Züge abgefahren waren. Ins Alpenland und an die Riviera. In die Sommerfrische. Mit Reisenden in hellen Anzügen, denen Dienstmänner die großen Koffer mit Sackkarren bis an ihr Abteil rollten.

Junge Frauen waren hier angekommen, die in der schnell wachsenden Großstadt Arbeit suchten. Als Dienstmädchen, bei Tietz oder in einem der vielen Läden der Leipziger Straße. Dort, wo vielleicht schon die Schwester arbeitete, die in ihren Briefen das Leben in Berlin beschrieben und doch auch vieles weggelassen hatte, was jede junge Frau selbst herausfinden musste. Auf dem Bahnhofsvorplatz hatten tausend Taxis gestanden und auf Kundschaft gewartet. Es hatten sich die Wege der Herren und der Diener gekreuzt, von Eckenstehern und Zeitungsjungen. Jetzt wuchs Unkraut zwischen den Gehwegplatten vor der Ruine, und der Wind fegte die gesichtslose Straße entlang.

Am Halleschen Tor aß Anna einen Döner mit Knoblauchsoße und betrachtete den breiten Kassettenbau der Amerika-

Gedenkbibliothek. Wie ein Sperr-Riegel lag die AGB auf der Südseite des Areals. Im Wanderbuch las Anna, dass dort in den letzten Kriegstagen Barrikaden errichtet worden waren, um die vorrückende Rote Armee aufzuhalten. In dem kleinen Container vor der AGB beantragte man Visa für Tagesausflüge in die DDR. Wahrscheinlich roch es dort auch nach Mitropa, dachte sie. Überall Geschichte. Vielleicht war die Stadt doch nicht so schlecht.

Anna nahm die U-Bahn Linie 1 zurück, die hier dumpfmetallisch über eine Hochbahntrasse polterte. Es war erst einmal genug für heute. Der eigentlich erst für den nächsten Tag angesagte Schnee wehte bereits jetzt in kleinen Flocken über die orangefarbene U-Bahn, die wie eine Raupe quietschend Richtung Westen über die Metallstelzen kroch. »Stadt des ewigen Winters«, würde ihr Vater jetzt sagen.

5

Fernab vom Stadtzentrum war es um Ludwigs Wohnung ruhig und fast schon unbelebt. Eine reine Wohngegend, in der historische Straßenlaternen schon am Nachmittag die Gründerzeitfassaden mit den buchsbaumgerahmten Vorgärten beleuchteten. Ein hellbrauner Sisalläufer führte zu seiner Wohnung in der dritten Etage, die Ludwig nach Ediths Tod allein bewohnte. Erst mal, wie er sagte.

In der Wohnung war es still.

Auf dem Küchentisch lag ein Zettel, auf dem Ludwig eine Nachricht hinterlassen hatte: »Bin kurz einkaufen, bringe Kuchen mit, Opa«. Anna hängte ihren Mantel an die Garderobe und ging ins Wohnzimmer, wo der Kachelofen glühte. Opa war wohl noch nicht lange weg. Sie stellte sich vor das Bücherregal und studierte die Bibliothek ihrer Großeltern. Es gab viel mehr Bücher, als sie gedacht hatte.

»Die lesen kaum«, hatte ihre Mutter gesagt.

Die Bücher schienen so zu stehen, als hätte man sie nach dem Lesen einfach irgendwo eingeräumt. Da, wo noch Platz war. Manche Bücher waren vielleicht nie gelesen worden, so wie man auch Gewürze in der Küche hatte, die man nie benutzte. Man hatte sie eben. In Augenhöhe fand sie Bücher über das historische Berlin, Biografien und Fotobände. Einige standen auf dem Kopf.

Sie hatte sich noch nie allein in der Wohnung der Großeltern aufgehalten. Wenn sie mit ihren Eltern in Berlin gewesen war, hatten sie meist zusammen im Wohnzimmer gesessen und Kuchen gegessen. Auch das Bücherregal hatte sie kaum wahrgenommen. Vielleicht weil es in jedem deutschen Wohnzimmer eines gab.

Anna zog einen schmalen Fotoband über Potsdam aus dem Regal und setzte sich aufs Sofa. Sie legte das Buch auf den Couchtisch und blätterte durch die Hochglanz-Seiten. Die Fotos wirkten modern wie aus einem Chabrol-Film. Sanssouci in scharfen schwarz-weißen Kontrasten. Der Cäcilienhof in einer dramatischen Weitwinkelaufnahme aus einer niedrigen Perspektive. Vielleicht liegend fotografiert, dachte Anna. Es gab einen Bildband über Dresden vor der Zerstörung und Bücher über Ostpreußen. Gebundene Bücher von Simmel, Konsalik, Muliar und Joachim Fest.

Sie sah aus dem Fenster, wo das Schneetreiben stärker wurde. Opa würde bestimmt nass werden. Sie könnte schon mal Teewasser aufsetzen. Sie schob den Bildband wieder an seinen Platz im Regal und stieß dabei hinter der ersten Bücherreihe auf eine zweite. Anna kannte das. Zu voll gestellte Regale, in denen es Bücher hinter der ersten Reihe gab. Wie bei ihr selbst. Dort standen die Raumschiffe, die sie in ihrer Jugend in andere Welten gebracht hatten: *Tecumseh*, Stevensons *Schatzinsel* oder Gustav Schwabs Ausgabe der griechischen Sagen. Sie konnte sich an das Gefühl erinnern, mit dem sie das Buch damals gelesen und wie sehr sie es gebraucht hatte. Es beruhigte sie, dass ihre Begleiter weiterhin da waren. Dass die Welt der Indianerkriege auf den Great Plains ihr immer noch genauso offenstand wie Troja und die Trauer um Agamemnon.

In der sachlichen Bücherwand ihrer Mutter gab es aus Prinzip keine zweite Reihe, kein Davor oder Dahinter. Es war ein Arbeitsplatz. Ein Labor. Alle etwa 5.000 Bücher besetzten einen vorderen Regalplatz. Man konnte mit einer Bibliotheksleiter an diesem Bildungsschatz entlanggleiten und sofort finden, was man suchte: Gesamtausgaben der Klassiker und der deutschen Romantik, Sekundärliteratur, Nachschlagewerke, Kunstbände und ein paar Bücher, die in keine Kategorie passten.

Anna legte den Bildband zur Seite, nahm weitere Bücher aus der ersten Reihe und sah sich die Bände an, die wie in einem Versteck dahinterstanden.

Wenn Anna an Literatur dachte, dann an die Bücher, die sie im Deutschunterricht gelesen hatte. Oder an das, was ihre Mutter liebte und worüber sie gerne mit Anna sprach. Die Klassiker. Anna dachte vor allem chronologisch über Literatur. Wie an einem Zeitstrahl entlang. Vor Sturm und Drang konnte sie sich an nichts erinnern. Am Anfang ihres Zeitstrahls kamen Goethe, Schiller, Büchner. Danach Raabe, die Manns, Zweig, Tucholsky, gefolgt von dem, was ihr Deutschlehrer die große Lücke genannt hatte. Was in dieser Zeit geschrieben worden war, und in jedem deutschen Bücherschrank gestanden hatte, habe danach niemand mehr gelesen. Die Bücher verschwanden einfach. Kommentarlos. Das Stück fehlte im Zeitstrahl. Es folgten Brecht, Borchert, Lenz, Böll, Grass, Christa Wolf. Vielleicht auch Süskind. Und es kehrten diejenigen zurück in die Bücherschränke, deren Werke man unter schrillem Gejohle öffentlich verbrannt hatte.

Ihr war sofort klar, dass mit den Büchern der zweiten Reihe etwas nicht stimmte. Sie standen dort nicht aus Platzmangel, sondern weil sie niemand sehen sollte.

Sie ging die Bände nacheinander durch: *Der erste Deutsche*, *Deutsches Bekenntnis*, *Es werde Deutschland*, *Der Traum vom Reich*, daneben ein schwarzes Buch, dessen Rückenprägung sie nicht lesen konnte. Es ging weiter mit *Volk ohne Raum* und zehn Bänden eines Lexikons: *Das kluge Alphabet*.

Sie zog den *Traum vom Reich* heraus, ein Buch mit ausgeblichenem Schutzumschlag, auf dem Prinz Eugen als Reiter abgebildet war. Darüber stand in schwungvoller Schrift der Titel. Anna schloss die Augen und inhalierte den muffigen Geruch des Papiers, der sie an Antiquariate erinnerte. Sie mochte den Geruch von Gebrauchtem. Sie schlug das Buch auf und las auf der ersten Seite eine Widmung, die in einer steilen Handschrift mit dem Schwung eines Füllers geschrieben war: *Im starken Volke sind die Frauen die Heimat und sie sind das Haus. Für Edith, Mai 1943, J.*

Das Buch war also ein Geschenk für ihre Oma gewesen. Obwohl sich Anna an kein Gespräch mit ihr über Bücher oder Politik erinnern konnte. Politik sei etwas für Männer, hatte Oma gesagt, die habe sie noch nie interessiert.

Anna nahm ein weiteres Buch aus der hinteren Reihe, Band 4 des Lexikons mit dem kindlichen Titel und dem blassem Stoffeinband – *Fremdenheim bis Hohenberg*. Ihr Lackmustest für jedes Nachschlagewerk. Direkt nach der Erklärung des Begriffs Historismus ging es auf Seite 361 weiter mit *Hitler, Adolf, Staatsmann*. Danach folgte eine technische Beschreibung der Hitlerjugend unter Baldur von Schirach. Keine wirkliche Überraschung für ein Buch, das 1934 erschienen war.

Die Bücher der zweiten Reihe hatten offenbar nur ein einziges Thema – Deutschland, Deutschland über alles. Solche Bücher hatte sie noch nie in ihrer Familie gesehen. Und warum standen sie Jahrzehnte nach Kriegsende immer noch im Regal, versteckt hinter anderen Büchern?

Vom Flur hörte sie plötzlich den Wohnungsschlüssel im Türschloss und dann die Stimme von Opa.

»Bist du da, Anna?«

Sie klappte das Buch zu und schob es vorsichtig zurück in die hintere Reihe. Ludwig war beinahe lautlos ins Wohnzimmer gekommen und stand fast neben ihr. Sein Blick erfasste sofort die Lücke im Regal. Er sah sie mit einem Lächeln an, das Vieles bedeuten konnte.

»Mensch, bin ich erschrocken«, sagte Anna. »Ich hab dich gar nicht kommen hören.«

»Lass dir nur Zeit, ich mach erst mal Tee«, sagte er. »Das ist vielleicht ein Wetter. Ich bin ganz nass geworden.«

Opa schüttelte im Flur seinen Schirm aus und hängte den nassen Mantel an die Garderobe. Er murmelte etwas vor sich hin.

Es kamen vertraute Geräusche aus der Küche, das Tellerklappern und das Öffnen der klemmenden Besteckschublade. Anna nahm einen Geruch wahr von schwarzem Tee und von Kamille. Kamille bedeutete, dass er wieder Magenprobleme hatte, dachte sie. Als Opa ins Wohnzimmer kam, trug er ein Tablett mit zwei Tassen, in denen absinkende Teebeutel das Wasser einfärbten. Und zwei Teller mit Apfelstreusel.

»Wie war's denn drüben? Ich bin froh, dass du zurück bist. Keine zehn Pferde bringen mich da rüber. Auch jetzt nicht.«

Anna erzählte von ihrem Spaziergang Unter den Linden. Von der Atmosphäre an der Mauer, die stückweise zerlegt wurde. Von den Ständen mit NVA-Uniformteilen, die unter den unschlüssigen Blicken derjenigen, die solche Uniformen noch trugen, an Touristen verkauft wurden. Sie hatte die Hammerschläge noch im Ohr, den Sound dieser Zeit am sonst stillen Brandenburger Tor.

»Endlich wird das alles abgerissen. Ich find das gut, wenn's sowieso nicht zu ändern ist, dass die Mauer auf ist. Und Erichs Lampenladen sollte man auch gleich einreißen«, sagte Ludwig.

Anna erzählte, wie voll es im S-Bahnhof gewesen war und vom Mitropa-Geruch auf der Straße. Sie beobachtete Ludwig über den Rand der Teetasse. Er ließ den Beutel Kamillentee abtropfen und prüfte den Nieselregen, der im Licht der Straßenlaterne den Ausblick aus dem Wohnzimmerfenster schraffierte. Während Anna sprach, wanderten seine Gedanken für einen kurzen Moment zurück zu der überfüllten S-Bahn, mit der er 1946 Lichtenberg und die Zone für immer verlassen hatte. Nur mit dem, was er bei sich getragen hatte. Er legte den Teebeutel auf der Untertasse ab und wandte sich wieder Anna zu. Er hatte den Faden verloren. Ging aber darüber

33

hinweg, obwohl er an Annas Gesichtsausdruck erkennen konnte, dass sie das Abschweifen seiner Gedanken in eine ganz andere Welt offenbar bemerkt hatte.

Sie sagte nichts. Sie sagte nie alles, was ihr durch den Kopf ging. Hatte sie schon als Kind nicht getan. Und manchmal glaubte Ludwig, dass er ihr ansehen konnte, wenn sie etwas dachte, es aber noch zurückhielt. So wie jetzt.

»Und, hast du schon Pläne für morgen?«, fragte er und wechselte das Thema. »Musst du dich nicht an der Uni anmelden?«.

»Mach ich am Montag. Ich muss erst mal gucken, wo das genau ist.«

Anna dachte kurz nach, ob sie ihre Frage für einen besseren Zeitpunkt zurückhalten sollte. Sie kannte die Suche nach richtigen Zeitpunkten. Den, ihrer Mutter zu sagen, dass sie sich einfach nicht in Männer verlieben konnte. Oder den, als sie zufällig die halbleere Wodkaflasche im Küchenschrank entdeckt hatte. Alle diese Zeitpunkte lagen in einer unbestimmbaren Zukunft, die nie an die Gegenwart anschloss. Manchmal hatte sie zu lange gewartet, manchmal das Gespräch zu früh angefangen. Es gab vielleicht einfach keine guten Zeitpunkte.

»Hast du die Bücher alle gelesen?«, begann sie vorsichtig.

»Nein, nicht alle«, sagte Ludwig und rührte in seinem Tee. »Das heißt, ich weiß es nicht mehr.«

»Jedenfalls sind es ganz schön viele.«

Er nickte. Sein linkes Auge zuckte leicht.

»Ich hab auch noch viele von früher«, sagte Anna. »Und ich weiß nicht, was ich damit machen soll. Ich kann mich einfach von manchen Büchern nicht trennen. Bei Mama steht kein Buch hinter dem anderen. Man findet sonst nichts, sagt sie.«

»Ja, da ist sie eigen. War sie schon als Kind. Immer alles ordentlich«, antwortete Ludwig.

»Wenn sie ein Buch fertiggelesen hat«, erklärte Anna, »dann nimmt sie es noch mal in die Hand, betrachtet es von allen Seiten und entscheidet dann, ob sie es behält. Sie behält nicht alle. Manchmal spricht sie zu dem Buch. Und sie kann auch ganz schön direkt sein, wenn es ihr nicht gefallen hat.«

»Wirklich?«, fragte Ludwig und tat übertrieben überrascht. »Ich denke, sie liebt Bücher.«

»Sie liebt gute Bücher. Die anderen kommen weg.«

Ludwig trank etwas Tee und wartete, in welche Richtung Anna das Thema lenken würde. Warten war oft die beste Strategie, fand er. Vielleicht würde sie nichts zu den Büchern sagen, die sie entdeckt hatte. Es ging sie schließlich nichts an.

»Behältst du denn alle Bücher?«

»Die meisten schon«, sagte Ludwig. »Bücher sind was Besonderes. Die kann ich nicht ins Altpapier werfen. Schreiben ist eine besondere Arbeit. Da muss man Talent haben. Begabt sein.«

»Ja, das stimmt«, sagte Anna und dachte plötzlich, dass sie die Frage wohl ganz direkt stellen musste. Ganz direkt nach der zweiten Reihe fragen. Opa schien so geübt, den Unwissenden zu spielen, dass sie so nicht weiterkam. War jetzt egal, das mit dem richtigen Zeitpunkt.

»Was sind das denn für Bücher in der zweiten Reihe? *Der Traum vom Reich* zum Beispiel?«

»Ach die. Das sind alte Bücher von Oma.«

Ludwig dachte an den Moment, wie Julius Edith das Buch geschenkt und mit seinem Füllfederhalter eine Widmung auf die erste Seite geschrieben hatte. Mit seiner großen, schwungvollen Schrift. Die sonst unter offiziellen Dokumenten und Befehlen gestanden hatte. Direkt unter *Heil Hitler!*

»Hat ihr ein Verehrer geschenkt«, sagte Ludwig und ergänzte dann mit einem kurzen Lachen: »Vielleicht räume ich die auch bald mal weg.«

»Und was steht da drin, in den Büchern?«

»Ich hab sie nicht gelesen. Ist alles politisches Zeug. Hat mich nie interessiert. Du kennst mich ja.«

»Und Oma hat das gelesen?«

»Weiß ich nicht. Wahrscheinlich auch nicht. Oma hat sowieso nicht so gerne gelesen.« Er lachte wieder kurz. »Die Bücher hatte ich schon ganz vergessen. Seit Oma tot ist, will ich immer mal richtig aufräumen. Aber ich konnte mich noch nicht aufraffen. Da hängen auch viele Erinnerungen dran. Naja, wie es so ist, wenn man alt wird.«

Er machte eine kurze Pause und sah zu Anna.

»Lass uns von was anderem reden. Das ist alles so lange her.«

Er erhob sich kurz vom Sofa, machte den Fernseher an und sah dann sehr konzentriert auf den Bildschirm. Vor allem wollte er jeden Blickkontakt mit Anna vermeiden. Das Bücherthema war für ihn beendet.

War doch kein guter Zeitpunkt, dachte Anna.

Während Ludwig weiter fern sah, las Anna im Berliner Stadtmagazin *Zitty* und machte Pläne für die nächsten Tage. Sie hätte warten sollen, dachte sie. Er schien viel mehr zu wissen, als er sagen wollte.

Später am Abend, nachdem Ludwig bereits ins Bett gegangen war, kehrte Anna zurück zur zweiten Reihe und nahm weitere Bücher heraus. Sie hätte nicht sagen können, was genau sie suchte. Vielleicht wollte sie einfach sicher sein.

Sie zog das schwarze Buch mit der schwachen Rückenprägung heraus: *Mein Kampf, XXII. Auflage.* Jemand hatte das Buch gelesen und eine Postkarte vor Seite 67 als Lesezeichen eingelegt. Die unbeschriebene Karte zeigte das Foto eines hohen Backsteintores, das in der Mitte einer Straße stand. Anna nahm die Postkarte aus dem Buch und steckte sie ein.

6

Ludwig lag wach. Bevor der Schlaf kam, kamen die Gedanken. Scheinbar unzusammenhängende Erinnerungsteilchen, die unablässig durch seinen Kopf strömten. Das Gedankenmahlwerk kam nicht zur Ruhe. Auch in seine schönen Erinnerungen mischte sich nun öfter eine düstere Grundfarbe. Mit Anna war auch die alte Angst vor Entdeckung zurück. Wie in den Monaten, bevor sie in den Westen gegangen waren.

Manchmal konnte er den kurzen Moment spüren, bevor der Schlaf ihn sanft packte und ins Dunkle zog. Dann lag er vollkommen still und überließ sich der Magie, mit der man in die Finsternis gleitet und sich den Träumen hingibt. Aber heute kam der Schlaf nicht. Ludwig spürte schmerzhaft seine Gelenke. Alles tat weh. Sein Gesicht fühlte sich trocken und wund an. Wie kam Anna dazu, in seinen Sachen herumzustöbern? Warum hatte er die Bücher nicht längst weggeworfen? Ediths Bücher, aus denen sie ihm so gerne vorgelesen hatte. Wenn sie las, war ihre Stimme fest, und ihr Körper stand unter einer Energie, die sie zu allem befähigte. Wenn sie mit Julius und Leni im Schrebergarten saßen, unter den Lampions, und sie Gedichte vortrug. Ihr ansteckendes Lachen, wenn sie Wein getrunken hatte. Gemeinsam mit Julius *Liebling, was wird nur aus uns beiden?* sang und dabei Ludwig zuzwinkerte.

Seine Frau fehlte ihm. Manchmal allerdings fühlte er sich ohne sie unerklärlich frei. Ludwig versuchte nachzudenken, den Strom der Teilchen anzuhalten. Sich zu konzentrieren. Was wäre, wenn Anna Dinge herausfinden würde, die sie nicht wissen sollte. Ulrike hatte man viel erzählen können, sie war ja noch ein Kind gewesen. Ein ängstliches Kind. Anna war anders. Wenn sie sich einmal an etwas festgebissen hatte, dann ließ sie nicht mehr los. Es war ihr egal, ob sie damit allen auf die Nerven ging. Er dachte manchmal, sie würde es sogar genießen. Sie ging jedem Detail so auf den Grund, dass es fast schmerzte. Stundenlang hatte sie als Kind über Bilderrätseln gesessen, bis sie alle, aber auch wirklich alle Ungenauigkeiten und Unterschiede gefunden hatte. Warum musste diese Scheiß-Mauer jetzt aufgehen? Damit würde vielleicht alles wieder von vorne beginnen.

Ludwig knipste die Nachttischlampe an und ging ins Bad. Im Wohnzimmer brannte immer noch Licht, aber in der Wohnung war es vollkommen still.

7

Morgens saß Ludwig wie immer in der Küche am Fenster. Er beobachtete das Treiben am Vogelhäuschen und schlürfte an seiner Tasse Kamillentee. Schneegriesel fiel aus dem steingrauen Märzhimmel. Anna rührte Pulverkaffee in eine Tasse mit heißem Wasser und sah wie Ludwig aus dem Fenster. Sie machte eine Bemerkung über das Wetter, auf die er nur kurz die Achseln zuckte, ohne seinen Blick von den Vögeln abzuwenden. Blaumeisen und Spatzen drängten sich um die Sonnenblumenkerne. Das Dröhnen der Müllabfuhr war zu hören. Es war kurz nach acht. Anna machte sich auf den Weg zum Trödelmarkt am 17. Juni. Der Samstag sollte besser sein als der Sonntag, denn da begegnete man nur Touristen. Der Weg zur S-Bahn kam ihr jetzt kürzer vor. Auch die Tannenberg-Fraktur wirkte schon fast vertraut.

Vom Bahnhof Zoo ging sie durch das noch dämmernde Berlin die Hardenbergstraße entlang und folgte dann der Fasanenstraße bis zum Landwehrkanal. Der riesige Tiergarten streckte seine kahlen Bäume der Sonne entgegen, die sich aber heute nicht sehen ließ. Die Straße des 17. Juni teilte mit ihrer enormen Breite den innerstädtischen Park. Auch das riesige Herrscherpaar, das rechts und links das Tor am Ende des Trödelmarkts schmückte, machte dem Besucher unerwartet viel Platz. Alles in Berlin, fand Anna, war breit und massiv.

Fast erschrocken und kerzengrade sah Sophie Charlotte zu ihrem Mann auf der anderen Seite des Tores. Ihre Haare standen wie Flammen auf ihrem bronzenen Haupt. Der Blick verträumt und vielleicht etwas nachsichtig. Ein sinnlicher Mund über dem Doppelkinn. Beinahe zärtlich zeigte ihre rechte Hand auf eine Miniatur des nach ihr benannten Schlosses.

Anna entschied sich, den Gang rechts zu nehmen, der in Richtung Brandenburger Tor verlief. Die Stände der Händler waren mit hellen Planen überdacht, was dem Markt eine gewisse Enge gab. Die Profi-Händler präsentierten ihre Waren auf Samtdecken, andere in Plastikkisten oder gleich als Haufen auf dem Wachstuch, mit dem die Tische abgedeckt waren. Zwischen dem, was die Zerstörung Berlins überstanden hatte, gab es auch NVA-Fellmützen und Alu-Orden aus der DDR. Und Mauerstücke mit Graffiti-Resten.

Anna blieb an einem Stand mit Postkarten und kleinen Fotografien stehen und blätterte den Inhalt der Karteikästen durch, in denen alte Postkarten nach Orten sortiert waren – Berlin, Neustrelitz, Prenzlau, Rheinsberg.

»Kostet jede einsfuffzich«, sagte der Händler. Die braune Kunstlederjacke spannte über seinem Bauch. Er biss in ein Hackepeter-Brötchen mit Zwiebeln und trank vorsichtig heißen Kaffee aus der Kappe einer Thermoskanne.

»Irjendwat Bestimmtet?«

Anna nahm ein paar Aufnahmen des abgeholzten Tiergartens und vom zerstörten Stadtschloss aus den Kästen. Sie holte die Karte mit dem Backsteintor aus ihrer Tasche und hielt sie dem Händler hin.

»Wissen Sie vielleicht, wo das ist?«, fragte Anna.

Er wischte sich kurz die Hand an seiner Hose ab und griff nach der Karte. Schob die Brille hoch und hielt die Abbildung nahe an seine zusammengekniffenen Augen.

»Wo det is, weeß ick ooch nich. Anklam vielleicht. Da jibtet so'n Tor. Könnte det sein.«

»Wer könnte das denn wissen?«, fragte Anna.

»Kuckma bei die Karten in den Kasten da«, schlug er vor und gab ihr die Karte zurück. »Da jibtet vielleicht ähnliche.«

»Is auf jeden Fall im Osten«, schloss er das Gespräch ab und trank wieder seinen Kaffee.

Anna kramte noch ein wenig in den Karteikästen, bezahlte dann die Postkarten und ging weiter. Sie brauchte wenigstens eine grobe Richtung, um fündig zu werden. Jetzt war das noch wie die Suche nach einem Bernsteinsplitter am Ostseestrand.

Am Ende des Ganges bogen die Marktstände mit einer Linkskurve in die Gegenrichtung. Ein paar Händler hatten neben einer Wurstbude ihre Messingwaren auf dem Boden ausgebreitet und standen mit den Händen in den Taschen dahinter. Abmontierte Klinken und Türklingeln warteten auf Käufer. Manche im Bündel. Die schöneren Stücke etwas weiter hinten, geschützt vor den Schuhen der Flohmarkt-Besucher.

Anna kaufte eine Currywurst ohne Darm. Dazu Pommes rot-weiß und Fassbrause. Heute war der Tag für das volle Programm Berliner Spezialitäten.

Sie suchte sich einen halbwegs ruhigen Platz hinter den letzten Marktständen, stellte ihr Menü auf einen Stromkasten und überlegte, wie sie mit der Suche nach dem Tor weiterkommen könnte. Sie könnte ihren Opa fragen, aber der machte den Eindruck, nicht viel erzählen zu wollen. Und auf die Frage, woher sie die Karte hätte, fiel ihr keine gute Antwort ein. Aber sie hatte das Gefühl, dass das Tor etwas bedeutete.

Anna warf den Pappteller und die Plastikgabel in einen Müllbehälter und ging langsam auf dem breiten Weg zwischen den Marktständen zurück in Richtung Charlottenburger Tor. Es roch nach abgetragener Kleidung, nach nasser Zeitung, Filterkaffee und Kanal. Eine interessante Mischung, die sich Anna einprägen wollte. An einem Stand mit antiken Kerzenständern blieb sie stehen und hörte den Händlern zu, die breitbeinig hinter ihren Tischen standen.

»Da kannste jetze mit Ostgeld drüben super essen jehn. War ick mit meine Frau letzten Sonnabend. Leipziger Straße beim Chinesen.«

»Schwarz jetauscht?«

»Na klar. Interessiert doch jetze keen mehr. Da wirste drüben dauernd jefragt. Ostmark eins zu zehn?«

»Und die nehm noch det Ostgeld?«

»Wenn ick's dir sage. Wat solln die sonst nehm im Osten? Aber man muss keen Eintritt mehr zahlen.«

Anna ging weiter zum Abschnitt, wo sich der Gang durch Stände verengte, von denen der Kleidungsgeruch zu kommen schien. Sie schritt durch das Charlottenburger Tor wie durch eine Schleuse, nickte der Königin zu ihrer Rechten zu und ging zügig in Richtung Ernst-Reuter-Platz, den sie schon von Weitem sehen konnte. Vereinzelte Hochhäuser standen entlang der Straße wie planlos aufgestellte Streichholzschachteln. Hoch, schmal und funktional. Sie überquerte den riesigen Kreisverkehr und ging dann durch die Knesebeckstraße, in der eine Buchhandlung neben der anderen zu liegen schien. Dann weiter nach Süden zum Savignyplatz. Zur Kneipe mit der Dante'schen Mahnung auf dem Querbalken über der Tür: *Lasciate ogni speranza*.

Etwas weiter entfernt an der S-Bahn-Trasse stand, wie ein dunkler Wächter, ein gestuftes Backsteingebäude, das wie ein naher Verwandter des Tores auf der Postkarte wirkte.

8

Von irgendwoher sind dumpfe Geräusche zu hören, wahrscheinlich vom Treppenhaus. Die schweren Schritte von Männern, die die richtige Etage suchen. Auf jedem Treppenabsatz halten sie kurz an. Von oben aus dem Fenster kann man eine dunkle Limousine sehen. Vor der Haustür geparkt. Nicht auf der Straße, sondern direkt am Haus. Kein Licht. Seine Frau öffnet die Tür einen Spalt, und drei Männer drängen sofort in den Flur. Hüte verdecken die obere Hälfte ihrer Köpfe. »Anziehn«, befiehlt einer von ihnen.

Sie nehmen ihn mit, das Hemd noch offen. Ziehen ihn die vier Etagen runter. Zyklopenaugen an den Wohnungstüren verfolgen aufdringlich seine Verschleppung. Das Haus ächzt unter den schweren Schritten, und das Geländer knirscht in seiner Windung. Unten im Auto liest einer der drei aus einem Buch vor, während die beiden anderen ihn rechts und links an den Armen halten. Er beugt sich vor, um besser verstehen zu können. Eine hohe Stimme mit Kehllauten spricht: »... verurteilen wir dich wegen okkupatorischer Absicht zu zehn Jahren Arbeitslager.«

Die beiden lassen ihn nicht los. Halten ihn fester. Lachen. Der mit dem Buch hält ihm eine Papirossa hin und fragt nach einem letzten Wunsch. Ludwig hat das Gefühl, an etwas zu würgen. Er bekommt keine Luft. Während die beiden, die ihn halten, immer lauter lachen. Im Scheinwerferlicht des Autos ist nun Edith zu sehen. Sie steht sehr gerade in ihrem Nachthemd vor dem Haus und hält ihm etwas hin, das wie eine eingewickelte Stulle aussieht.

Ludwig wachte erschrocken auf. Sein Puls ging schnell, die

Bettdecke lag auf dem Boden neben ihm. Er sah sich im Zimmer um, bis ihm einfiel, wo er war. Zu Hause. In Sicherheit. Die Albträume waren wieder da. Wie im Sommer 1946. Bis Edith ihn gedrängt hatte, in den Westen zu gehen. Weg aus Lichtenberg. Weg von den Russen. Zu viele waren nachts abgeholt worden. Die dunklen Limousinen kamen immer zwischen halb zwölf und zwei Uhr morgens. Glitten ohne Licht durch die Nacht. Wie damals, als sie Nachbar Kunze holten, den Polizisten. Er hatte angeblich ein Lager für Asoziale und Arbeitsscheue geleitet. Dann kurzer Prozess in der Magdalenenstraße, gleich neben der Kommandantur. Zwölf Minuten Verhandlung, zehn Jahre Arbeitslager. Und dann war er weg.

»Wir müssen hier weg«, hatte Edith immer wieder gesagt. »Ich verstehe nicht, worauf du wartest.« Aber Ludwig wollte nicht. Das Zusammenleben in Trudis kleiner Wohnung in Lichtenberg fühlte sich trotz der Enge an wie die Geborgenheit seiner Kindheit. Die Schwestern kümmerten sich um den Haushalt, er sorgte für Ulrike. Und um die Aufträge, die Edith und ihre Schwester für ihn hatten. Kleine Besorgungen, schwerere Arbeiten. Was Männer so machen. Er hatte keine großen Ansprüche. Die Hausgemeinschaft war distanziert und einigermaßen freundlich. Eine kleine Familie aus der Verwandtschaft war besser als irgendwelche Flüchtlinge. Aber mehr als »guten Tag und guten Weg« war nicht.

Nachdem Kunze abgeholt worden war, lebte Ludwig in ständiger Angst. Jedes Geräusch im Treppenhaus ließ ihn aus dem Schlaf schrecken. Motorengeräusche in der Nacht versetzten ihn in Panik. Edith hatte recht. Es konnte schnell gehen. Ein Hinweis von den Nachbarn, und die Russen setzten ihre Agenten in Bewegung. Und dann war man weg. Kunzes Frau ging mit ihren beiden Söhnen immer wieder auf die Polizeiwache, auch auf die Kommandantur. Man ließ sie vor, aber die Auskunft war immer dieselbe. Man wisse nichts. Ihr Mann blieb verschwunden.

In den schlaflosen Nächten kämmte Ludwig seine Vergangenheit immer wieder durch. Der frühe Eintritt in die Partei. Die Dienstauszeichnung der NSDAP in Bronze. Aber die hatten viele. Nur die enge Freundschaft mit Leni und Julius Lechner konnte in den langsam, aber gründlich mahlenden Mühlen der Kommandantur zu einem Problem werden. Das Schreiben des Obersturmbannführers Lechner, um Ludwig »uk« zu stellen, ihn also vor der Front zu schützen. Die Würdigung seiner aktiven und unverzichtbaren Rolle für die Partei in Demmin.

Überhaupt – Demmin. Bei der Ankunft in Berlin hatten sie angegeben, aus Neubrandenburg zu kommen, Ludwigs Geburtsstadt. Alles, was sie gehabt hätten, sei verbrannt. Das hatte jeder verstanden. Neubrandenburg lag in Schutt und Asche, auch das Standesamt. Sie hatten neue Papiere bekommen mit der beiläufigen Ankündigung, später könnte es vielleicht noch einige Fragen geben. Reine Formalität, hatte der Beamte gesagt, bevor er den Stempel auf die Papiere geknallt hatte. Danach hatte sich das Leben eingependelt, und Ludwig hatte nicht mehr daran gedacht. Aber seit Kunzes Verschwinden grub sich zunächst fast unmerklich die Angst in Ludwigs Körper. Die Ankündigung einiger Fragen fühlte sich jetzt wie eine Drohung an. Wie hatte er das ausblenden können? Wahrscheinlich würden solche Fragen vor allem nachts gestellt werden. Mit dem grellen Schein einer Lampe in seinem Gesicht. Gebrüllte Fragen. In irgendeinem Keller. Das würde er nicht durchstehen.

Auch Edith lebte in dauernder Anspannung. Vier Treppen wohnte eine Familie, die in Neubrandenburg Verwandtschaft hatte. Die Frau fing im Treppenhaus Gespräche mit ihr an. Mit der schweren Einkaufstasche am Arm, den Wohnungsschlüssel schon in der Hand.

»Das ist wie ein Verhör«, klagte Edith. »Was die alles wissen will.«

Wo man genau gewohnt habe. Ob Karstadt schon gebrannt habe, als sie die Stadt verlassen hatten. Wie sie den weiten Weg nach Berlin geschafft hätten. Wo ihr Mann gedient habe. Auch um Kunzes Vergangenheit kreisten die Gespräche.

Einmal hörte Ludwig zufällig ein Gespräch mit. Er hatte Edith vom Fenster aus vom Einkaufen zurückkommen sehen. Er öffnete die Wohnungstür einen Spalt, damit sie die Tasche nicht noch einmal absetzen musste. Aber Edith erschien nicht so schnell, wie er erwartet hatte. Vielleicht brauchte sie Hilfe beim Hochtragen von etwas Schwerem. Ludwig horchte ins Treppenhaus. Er konnte Ediths Stimme hören, die im Hausflur leise mit einer anderen Frau sprach. Das Gespräch verstummte für einen Moment, als die Wohnungstür unter ihm geöffnet wurde. Kunzes Wohnungstür. Ludwig meinte ein knappes Grüßen gehört zu haben und lehnte sich über das Geländer. Sah vorsichtig nach unten. Er erkannte Ediths Hand auf dem Geländer. Dann hörte er Schritte, die sich entfernten, Tritte auf dem Steinfußboden und wie die schwere Haustür ins Schloss fiel.

»Der soll ja ein KZ geleitet haben«, sagte die andere Frau nun etwas lauter. Dann trat eine Pause ein. Keine von beiden sagte etwas. »Für Asoziale und Arbeitsscheue«, erklärte die andere dann. Wahrscheinlich das Miststück aus der vierten Etage, dachte Ludwig.

»Sah man dem gar nicht an,« fügte sie hinzu. »Na, Sie kannten den ja nicht. – Die Russen kriegen alles raus«, sagte sie schließlich in die Stille des Treppenhauses hinein. »Alles.«

»Ich muss dann mal wieder«, sagte Edith.

Ludwig hörte, dass beide Frauen nach oben kamen. Er schlich zurück in die Wohnung und blieb hinter der nur einen Spalt geöffneten Tür stehen.

»Den soll ja jemand verpfiffen haben«, sagte die Frau, als sie an seiner Wohnungstür vorbei ging und sich am Treppengeländer weiter nach oben zog. »Jemand hier im Haus.«

Edith schloss die Tür von innen mit einem festen Ruck, bevor sie die Einkaufstasche abstellte.

»Ist das ein Aas!«, brach es aus ihr heraus. »Die guckt mich ganz komisch an. Die glaubt mir kein Wort, das seh ich. Wir müssen hier endlich weg!« Kopfschüttelnd ging sie in die Küche.

Edith wich der Frau aus, soweit das in der engen Nachbarschaft möglich war. Gab vage Antworten, mied dann jeden Kontakt. Blieb hinter der Tür, wenn sie Schritte auf der Treppe hörte und das Klappern der Schlüssel.

Es wurde Zeit, das sah Ludwig nun ein. Er traf sich mit Heinz an der Friedrichstraße und besprach, was zu tun sei.

»Ihr könnt erst mal zu uns«, sagte Heinz. »Dann findet sich schon was.«

Trudi blieb in Lichtenberg. So schlimm werde es nicht kommen. Edith und Ludwig verließen Ost-Berlin mit kleinem Handgepäck über zwei verschiedene Übergänge. Edith mit Ulrike auf dem Arm im Gedränge des Berufsverkehrs, das Ersparte in den Mantel eingenäht.

Die Reichweite der Russen endete an der Mauer. So viel war sicher. Und das Beste wäre, dachte Ludwig, wenn die Mauer auch dort bliebe, wo sie war. Für die nächsten hundert Jahre.

9

Das Immatrikulationsbüro war in der ersten Etage der Boltzmannstraße 3 untergebracht. Hier, in der Gegend zwischen
den U-Bahnhöfen Dahlem Dorf und Thielplatz, würde sich
Anna bis zum Physikum hauptsächlich aufhalten. Hier gab
es außer einem kleinen Programmkino und einer Kneipe
mit Biergarten nicht viel. Keine Cafés, keine Bäckerei – nur
Museen, Universitätsgebäude und den gleichsam zwischen
Obstbäumen gestrandeten Bau der Rost- und der Silberlau-
be, ein langgestrecktes, niedriges Universitätsgebäude, halb
silbern schimmernd, halb planvoll verrostet.

Auf der Treppe in den ersten Stock der Boltzmannstraße
saßen junge Leute und füllten Antragsformulare aus. Anna
setzte sich mit ihren Formularen in die Nähe eines Paares in
ihrem Alter. Die Frau hatte dunkle kurze Haare und einen
bunten Schal um den Hals, der gut zu ihrem blauen Cord-
Jackett passte. Der Mann trug eine ausgeblichene Zimmer-
mannshose und einen grauen Strickpullover, der ihm bis über
die Hüften ging. Seine blonden Haarsträhnen wurden von
einer Art Indianerband zusammengehalten.

»Habt ihr vielleicht mal einen Stift?«, fragte Anna.

Die Frau hielt ihr, ohne aufzusehen, einen grünen Filz-
stift hin. Sie verfolgte konzentriert, was ihr Begleiter in die
Formulare eintrug. So saß man eine Weile nahe beieinander,
ohne miteinander zu sprechen.

»Seid ihr von hier?«, fragte Anna. »Ich meine, aus Berlin?«

»Ja, sind wir«, sagte die Frau. Sie hatte schöne blaue Augen.
Wie ein Husky, dachte Anna. »Und du?«

Anna erzählte, woher sie kam und weshalb sie nun in Berlin war. Dass sie bei ihrem Opa wohnte. Dass sie eigentlich nicht nach Berlin gewollt hatte. Eine Äußerung, die sie sofort bereute. Konnte man Berlinern einfach so sagen, dass man ihre Stadt nicht mochte?

»Ich heiße Sabine«, sagte die Frau und gab ihr die Hand.

»Hallo, ich bin Max«, sagte der Mann mit dem Indianerband.

Annas Nummer wurde aufgerufen.

»Bin gleich wieder da. Wartet ihr noch?«, fragte Anna die beiden.

»Klaro«, sagte Max.

Anna eilte die Treppe hoch und steuerte auf einen der drei Tische zu, an denen man sich einschreiben konnte.

»Ausweis?«, kam die kurze Aufforderung. Berliner Stil. Direkt und ohne Schnörkel.

Anna klappte wortlos den Pass auf und legte ihn auf die Tischplatte. »Anna Gertrud Elisabeth Keller, geboren am 12.11.1970 in Berlin. Besondere Kennzeichen: keine.«

Als Anna mit ihrem neuen Studentenausweis wieder die Treppe herunterkam, saßen die beiden noch dort und warteten wie versprochen.

»Kommst du mit in die *Luise*?«, fragte Max mit dem Indianerband.

»Was ist denn die Luise?«, fragte Anna.

»Das ist eine Studentenkneipe hier in der Nähe. Heißt nach der preußischen Königin Luise«, sagte Max.

Er schien ein großer Anhänger von Luise zu sein und kam sofort ins Erzählen. Wie die junge Königin zu Napoleon gereist war, um nach dem verlorenen Krieg die Bedingungen für das verarmte Preußen zu verhandeln. Der hatte sie vollkommen abblitzen lassen. Dass sie mit nur 34 Jahren starb. Und dass sie die Königin der Herzen gewesen war. So wie jetzt die britische Lady Di. Anna hörte kaum hin, sie konnte die Begeisterung für Lady Di nicht verstehen. Doch sie wollte nicht gleich wieder mit vorlauten Kommentaren die Stimmung verderben. Max aber war so begeistert und versprach, dass sie Luise ohnehin dauernd begegnen würde. Hier in Berlin. Und auch in Brandenburg.

Von der Boltzmannstraße gingen sie über die Garystraße in Richtung U-Bahnhof Dahlem-Dorf. Am Henry-Ford-Bau hing ein großes schwarzes Stofftransparent über der Fassade. Mit weißer Farbe waren das Porträt und der Name von Mahmud Azhari aufgedruckt sowie ein englischer Text zu seiner Ermordung aus fremdenfeindlichen Motiven wenige Tage zuvor.

Anna ließ sich von den beiden durchs Dahlemer Villenviertel zur Luise führen. Um das Gebäude herum lag ein Biergarten mit rutschigem Kiesboden, auf dem sie vorsichtig zum Eingang trippelten. Sabine fasste sie an der Hand. Über der Eingangstür hing im Windfang ein Porträt.

»Das ist sie«, sagte Max.

Die zwei Gasträume waren gut besucht. Auf den Wandgarderoben lasteten mehrere Schichten dunkler Wintermäntel. Die hohen Scheiben waren beschlagen. Sie bestellten Milchkaffee und die Tagessuppe. Auf dem Weg hatten sie die wesentlichen Eckpunkte ausgetauscht. Annas Kindheit in Berlin und der Umzug nach Marburg. Die Studienplatzlotterie, die sie wieder nach Berlin gebracht hatte. Sabine und Max hatten immer in West-Berlin gelebt. Sie war Tischlerin. Er begann jetzt sein Psychologie-Studium.

»Was ich jetzt brauche, ist ein WG-Zimmer. WG mit Opa geht auf die Dauer nicht«, sagte Anna. »Kreuzberg vielleicht. Wo wohnt ihr denn?«

»Ich wohn in 36 und Sabine in Schöneberg«, sagte Max, der sich jetzt eine Zigarette aus viel Papier und wenig Tabak drehte. »Aber vielleicht zieh ich jetzt nach Prenzelberg. In ein besetztes Haus.«

»Ach, ihr wohnt nicht zusammen?«

»Nicht mehr, seit wir von zu Hause ausgezogen sind«, sagte Sabine.

Anna verstand nicht.

»Max ist mein Bruder«, fügte Sabine hinzu. »Aber wir haben verschiedene Mütter.«

»Kennst du denn Berlin?«, fragte Max, zog das Zigarettenpapier an seiner Zunge entlang und klebte die Zigarette zu.

»Nicht gut. Und Ost-Berlin erst recht nicht«, sagte Anna.

»Und die DDR? Warst du da schon mal?«

Max zündete sich die Zigarette an und zog den Aschenbecher zu sich.

„Die Transitstrecke ist eigentlich alles, was ich kenne«, sagte Anna. »*Plaste und Elaste aus Schkopau* und sowas.«

»Jaja, das mit dem Weltniveau. Aber die Landschaft ist wunderschön«, sagte Max. »Hunderte von Seen. Die Müritz, und dann die Ostsee. Meine Oma wohnt in einer kleinen Stadt im Norden. Gransee. Da ist echt die Zeit stehengeblieben.«

»Seine Oma«, erklärte Sabine, »von der anderen Mutter.«

»Seid ihr aus der DDR?«, fragte Anna.

»Unsere Eltern sind vor der Mauer in den Westen. Die Oma wollte nicht mit. Sie hatte noch ihre Arbeit«, sagte Max. »War dann schwierig, sich zu treffen. Es ist einfach toll, dass die Mauer auf ist.«

Anna hatte sich bisher kaum damit beschäftigt, wie es für andere war, in einer eingemauerten Stadt zu leben. Opa Ludwig fuhr nie weg. Er lebte in seinem Kiez, hatte, was er brauchte. Ab und zu traf er einen Freund zum Essen. Auch im Kiez.

»Wenn ihr euch etwas im Osten auskennt, hab ich mal eine Frage.«

Anna legte die Postkarte mit dem Backsteintor auf den Tisch.

»Wisst ihr vielleicht, wo das ist?«, frage sie.

»Sieht aus wie eine Hansestadt. Mit den Backsteinen. Könnte Neubrandenburg sein oder Templin. Vielleicht ist es auch im Westen«, sagte Max.

»Woher hast du die?«, fragte Sabine.

»Hab ich in einem Buch bei meinem Opa gefunden.«

»Und was sagt er?«, fragte Sabine und dreht die Karte um.

»Hab ihn noch nicht gefragt«, sagte Anna.

»Verlag Robert Metz«, las Sabine die Rückseite vor. »Den Text dahinter kann man nicht lesen. Den hat jemand abgekratzt.«

Sie tauschten Telefonnummern, bevor sie die Luise verließen.

»Da fahren wir mal hin, nach Gransee. Sie war da auch, die Luise«, sagte Max und zeigte auf das Schild über dem Tor zum Biergarten. »Aber da war sie schon tot.«

Anna kam spät in Ludwigs Wohnung zurück. Es war dunkel, bis auf ein Licht in der Küche. Die Reste eines Fertiggerichts standen auf dem Elektroherd. Schön abgedeckt, wie Oma es auch immer gemacht hatte. Anna ging ins Wohnzimmer und zog ein paar Bücher aus dem Regal. Und wie sie vermutet hatte: Die hintere Bücherreihe war weg.

10

Ludwig schlug Anna vor, zusammen Mittag zu essen. Bei
Gino, seinem Stammlokal, wo er jeden Donnerstagmittag aß.
Nach Ediths Tod brauchte er etwas Abwechslung, einen kleinen Urlaub jede Woche. Er hatte sich bei Gino in die Gruppe
der Stammgäste vorgearbeitet, denen man das Gefühl gab,
fast zur Familie zu gehören. Ein kleines Gespräch, der gesi-
cherte Stammplatz am Fenster um zwölf Uhr dreißig, ab und
zu was »aufs Haus«. Es störte ihn auch nicht, dass Gino aus
Belgrad kam und eigentlich Drago hieß.

»Ciao, Ludwig. Wie gehts?«, begrüßte ihn Drago.

»Muss ja«, sagte Ludwig und hängte den nassen Mantel
auf, bevor er Anna aus der Jacke half.

»Meine Enkelin aus Marburg«, sagte Ludwig und richtete
sich dabei etwas auf. »Studiert hier Medizin«.

Anna setzte ohne Widerspruch ihr Tochtergesicht auf und
ließ die Last des Stolzes über sich ergehen.

»Schön, wenn die Kinder kommen, oder? Sind unsere
Zukunft«, dabei zeigte Drago seine rechte Handfläche vor
wie bei einer Kontrolle. »Hab ich Recht?«

Ein stämmiger Kellner stellte eilig ein zweites Gedeck auf
den Tisch und zündete die kleine Kerze an. Ludwig nahm wie
immer das Mittagsmenü mit Bruschetta, Pizza Calzone und
einem Viertel Lambrusco in der Karaffe. Anna bestellte Pizza
Tonno und eine Apfelsaftschorle. Das war meist eine sichere
Option.

Ludwig rieb die Handflächen aneinander. »Schön, dass du
mit mir essen gehst. Ist doch ziemlich einsam ohne Oma.«

Der stämmige Kellner brachte die Getränke und ein Glas,

in dem einige Grissini in blau-weißen Papierhüllen steckten.

»Hier gehe ich immer am Donnerstag hin«, sagte Ludwig. »Mittag essen«. Er schwieg einen Moment. Auch Anna wartete ab.

»Ich wollte dir was erklären«, begann Ludwig schließlich etwas steif. »Du hast nach den Büchern gefragt.«

»Du musst mir nichts erklären«, sagte Anna. Der Ton gefiel ihr selbst nicht. »Ich meine, ist okay für mich, wenn du nicht darüber reden willst.«

»Ich dachte, wir sollten überhaupt mehr miteinander sprechen«, sagte Ludwig. »Jetzt, wo du ja auch erst mal in Berlin bleibst.«

Habe ich eigentlich nicht vor, dachte Anna.

»Wir könnten auch was zusammen unternehmen. Wenn du mal Zeit hast. Mal zum Wannsee. Oder nach Lübars. Da gibt's schöne Ecken. War ich mit Oma oft am Wochenende.«

Anna bemerkte, dass Ludwigs Kinn zu zittern begann und er wie beiläufig mit der Serviette darüberwischte. Der Kellner brachte Bruschetta für beide und schenkte etwas Wein nach. Ludwig sah ihm mit einem Ausdruck der Dankbarkeit zu.

»Also, noch mal zu den Büchern. Die wollte ich schon lange wegwerfen. Oma ist jetzt auch schon zwei Jahre tot. Ich kann es manchmal kaum glauben. Und die Bücher hatte ich vollkommen vergessen.«

»Ich war schon etwas geschockt, als ich die gesehen habe«, sagte Anna. »Das sind ja Bücher aus der Nazi-Zeit, oder?«

»Ja, die sind aus der Hitler-Zeit. Solche Bücher hat man damals gehabt. Jeder hatte die. Das war einfach so.« Ludwig räusperte sich. Er trank einen Schluck und sah Anna an.

»Aber wir waren natürlich keine Nazis. Nicht, dass du das denkst. Wir haben einfach still gehalten. Nichts gesagt. Sonst wären wir sonstwohin gekommen.«

»Was meinst du denn mit sonstwohin?«

»Das weißt du doch. Man musste sich anpassen. Irgendwie mitmachen. Und dann hatte man eben auch solche Bücher. Gelesen hat die keiner. Also Oma und ich jedenfalls nicht.«

»Komische Welt. Erst verbrennt man die Bücher von großartigen Schriftstellern. Und dann stellt man sich sowas ins Bücherregal und liest es nicht«, sagte Anna.

»So einfach war es auch wieder nicht«, sagte Ludwig. »Man kann das heute vielleicht nicht mehr verstehen. Es waren schwierige Zeiten. Und es war auch nicht alles schlecht früher.«

Ludwig zerteilte die Calzone, während Anna die Zwiebeln von der Pizza räumte. Sie dachte nach, was sie als nächstes sagen könnte, falls sie das überhaupt wollte. Sie kannte die ganze Platte schon. Wahrscheinlich kamen jetzt wieder die Autobahnen und der Eintopfsonntag. Und der viele Sport. Ab wann war man eigentlich Nazi?

»Was war denn gut früher?«

Ludwig legte ungeduldig das Besteck ab.

»Man hat zusammengehalten. Man hat sich geholfen. Nicht immer nur Ich, Ich, Ich wie heute. Jeder musste arbeiten. Täte manchem heute auch mal gut. Man hat Opfer gebracht.«

»Aha«. Anna sah Ludwig so lange stumm an, bis er ihrem Blick auswich und sich wieder über seine Pizza hermachte.

»Das hört ihr eben nicht gerne«, sagte er mit vollem Mund. »Ist aber wahr.«

»Und der Eintopfsonntag. Der war natürlich auch nicht schlecht«, sagte Anna und trank den Rest Apfelschorle wie zur Bekräftigung in einem Zug. Jetzt war ihr auch nach Rotwein. Fehlt nur noch der Spruch mit dem »inneren Reichsparteitag«, dachte sie.

»Man kann alles immer ins Lächerliche ziehen«, sagte Ludwig. »Aber man muss erst mal was leisten.«

Er merkte, dass er übers Ziel hinausgeschossen war. Eigentlich völlig am Ziel vorbei. Einmal auf die Rille gesetzt, lief die Platte immer wieder wie von selbst ab.

»Lass uns nicht streiten«, sagte Ludwig.

»Ich streite nicht«, sagte Anna. »Ich hab nur nach den Büchern gefragt.«

Der Kellner brachte Tartufo für beide »aufs Haus« und räumte die Teller ab.

»Du hast die Bücher weggeschmissen?«, fragte Anna.

»Verbrannt«, sagte Ludwig ernst.

11

Anna lag auf dem Bett und betrachtete die Postkarte. Sie zeigte eine enge Straße mit niedrigen Häusern und einem hohen Backsteintor als Fluchtpunkt. Eine typische Postkartenperspektive. Das wirkte immer gut. Drei Stufen, jede mit einem kleinen Türmchen am Ende, bildeten die Spitze des Tors. Eine Pyramide aus neun spitzbogigen Fenstern zeigte in Richtung Straße, auf der ein kleiner Wagen und einige Passanten zu sehen waren. Das schmucklose Tor war bedeckt mit insgesamt 26 Fenstern unterschiedlicher Formen. Die waren meisten zugemauert. Wozu mochten die oberen Stockwerke des Stadttores gedient haben?

Rechts und links des Tors konnte man in den farblosen Wolken den Rest eines roten Schriftzugs erkennen. Es könnte Luise geheißen haben auf der rechten Seite. Anna lächelte. Das konnte kein Zufall sein. Der Rest war nicht lesbar. Er war vorsichtig von der Oberfläche abgekratzt worden. Vielleicht mit einer Rasierklinge. Anna fragte sich, wer sich die Mühe gemacht hatte, von einer nicht beschriebenen Postkarte Teile des Textes zu entfernen. Und weshalb. Das Tor schien nichts Verdächtiges an sich zu haben.

Vom Bett aus sah sie zur Wand, an der noch immer der kleine Rahmen mit dem Stickbild hing: *Erwache und lache.* Das war das Zimmer ihrer Mutter gewesen. Seit Jahrzehnten konserviert. Die blassgelben Wollvorhänge hingen weiterhin tapfer neben den Kassettenfenstern. Ihre Mutter hatte nicht viel aus ihrer Jugend erzählt. Wenigstens aber so viel, dass die Großeltern zwar stolz auf Ulrikes Leistungen gewesen seien, sich aber immer Sorgen gemacht hätten, dass sie sich mit ihren Plänen zu weit hinauswagen könnte. Viel hätten sie ihrem einzigen Kind nicht helfen können. Sie hatten beide kein Abitur. Konnten sich unter Literaturwissenschaften nichts vorstellen. Außer dass man dafür wohl viel lesen müsse.

»Die haben sich schon was für meine Zukunft überlegt«, hatte ihre Mutter erzählt. »Auf ihre eigene Art eben. Krankenschwester sollte ich werden. Oder irgendwas mit Kindern.«

Nichts davon hatte ihre Mutter interessiert. Und sie wollte keinen dienenden Beruf. Sie wusste, dass sie mehr erreichen konnte. Für ihre Mutter war es daher immer selbstverständlich gewesen, dass Anna studieren würde. Etwas, das ihr lag. Etwas, mit dem man weiterkommen konnte. Darüber hatten sie gesprochen in den Jahren vor Annas Abitur. Hier in ihrem Jugendzimmer glaubte Anna etwas von der Einsamkeit ihrer Mutter zu spüren. Von den Selbstzweifeln, weil die Großeltern sie lieber in gesicherten Bahnen halten wollten, die zuverlässig und damit unausweichlich zur vorgesehenen Rolle als Ehefrau und Mutter führen würden. Aber ihre Mutter hatte sich auf ihre stille und beharrliche Weise gegen ihre Eltern behauptet. Anna stellte sich vor, wie sie auf diesem Bett gelegen und Pläne geschmiedet hatte. Pläne, die sie mit niemandem besprechen konnte. Pläne, wie sie die vielen Hindernisse überwinden konnte, die ihre Eltern ihr aus Sorge in den Weg legten.

Anna schloss für einen Moment die Augen, aber es tauchten keine weiteren Bilder oder Gefühle auf, mit denen sie der Jugendzeit ihrer Mutter hätte nachspüren können.

Sie setzte sich auf und begann wieder, die Postkarte zu studieren. Ihre Familie war aus Berlin, West-Berlin, soweit sie wusste. Von einem Leben hinter der Mauer hatte keiner etwas erzählt. Was also bedeutete der Ort mit Backsteintor, dessen Name unkenntlich gemacht werden musste?

Anna setzte sich an den kleinen Schreibtisch, an dem ihre

Mutter sich auf das Abitur vorbereitet hatte. Bisher hatte sie auch die Sphäre einer Abwesenden respektiert, die den Inhalt der Schubladen bewusst zurückgelassen hatte. Das Poesiealbum mit seinem gewebten Einband lag oben auf ein paar Singles. Darunter warteten Schulhefte auf eine Entscheidung, was mit ihnen passieren sollte. Auf dem Bord über dem Schreibtisch einige Bücher, eine Häkelpuppe und zwei getöpferte Vasen. Anna fiel auf, dass es in der ganzen Wohnung kaum Fotos gab.

Sie rief ihre Mutter an.

»Hallo Anna. Wie geht's in Berlin?« Im Hintergrund konnte Anna Klaviermusik hören.

»Geht ganz gut«, sagte sie. »Ich bin hier gerade in deinem alten Zimmer. Und ich hab mich eingeschrieben.«

»Ach wie schön, mein altes Zimmer. Und wie geht's mit Opa? Vertragt ihr euch?«

»Geht gut. Er ist gerade auf dem Friedhof. – Und bei dir?«

»Das Semester fängt an, es ist viel zu tun. Ich stell gerade den Handapparat zusammen: Lyrik um 1900.«

Ein Thema, über das Anna nicht allzu viele Einzelheiten erfahren wollte. Gedichte waren ihr fremd.

»Du hast ja immer gesagt, Oma und Opa lesen nicht. Dafür haben sie 'ne Menge Bücher.«

»Na klar haben sie Bücher. Was man so im Urlaub liest. Ich sag's mal so: Wir haben nicht denselben Geschmack. Bisschen einfache Kost«, sagte ihre Mutter.

»Und kanntest du auch die Nazi-Bücher?«, fragte Anna.

»Nazi-Bücher? Oma und Opa haben doch keine Nazi-Bücher, Anna!«

»*Volk ohne Raum* ist schon ein Nazi-Buch, oder?«

»Na, meine Güte. Jetzt mach mal halblang. Ich glaub, die haben gar nicht verstanden, was da drinstand.«

»Na, so kompliziert war die Botschaft ja nicht«, entgegnete Anna.

»Die waren doch keine Nazis. Opa ist wie ein Schaf, der trottet immer der Herde nach. Da wird nicht viel nachgedacht«, sagte die Mutter.

»Hast du Opa mal gefragt?«, sagte Anna.

»Darüber kann man nicht mit ihm reden. Du weißt ja, was dann kommt: Früher war alles besser. Die Hippies sollen mal arbeiten. Sowas eben. Aber er ist ein guter Mensch. Das weiß ich«, sagte die Mutter. «Schließlich bin ich ja seine Tochter.«

Auch kein guter Moment.

»Anderes Thema: Denk an die Geburtstagsfeier von Oma Grete. Vergiss nicht, die Fahrkarte zu kaufen. Das ist schon bald«, sagte die Mutter. »Und wegen Geschenk: bloß kein Buch«, fügte sie hinzu und lachte über ihren hintersinnigen Witz.

12

Das gleichmäßige Laufen der Sulkys beruhigte ihn immer wieder. Ludwig stand an der Rennbahn und verfolgte angespannt den Lauf von Merlin, der sich überraschend deutlich von den anderen Trabern abgesetzt hatte und nun auf der Zielgeraden attackiert wurde. 50 Mark auf Sieg. Normalerweise ging er solche Risiken nicht ein. Aber heute brauchte er Erregung und etwas, das ihm das Gefühl von Mut gab. Die Menge an der Rennbahn johlte, manche schrien. An den Tischen vor der Trabertränke wurden Stühle umgeworfen. Bierflaschen flogen über die Hecke, als Merlin wie ein Uhrwerk mit flatternder Startnummer zuerst die Ziellinie überquerte. Einer brüllte mit hochrotem Kopf »Schiebung«. Solche Ausbrüche gehörten an diesem Ort dazu.

Ludwig spürte seinen Herzschlag, schnell und kräftig. Ein kurzer Rausch, dann ließ die Erregung nach. Wie die meisten anderen applaudierte er dem Sieger während seiner Ehrenrunde und rief so laut »Bravo«, wie er es nur auf der Rennbahn konnte. Die Stadionansage ging unter im Lärm der Menge. Der Jockey schwenkte den gelben Helm und nahm das Tempo raus.

»Da haste aber Glück gehabt. Mein lieber Herr Gesangsverein. Ein Fuffi uff Sieg. Na, wer nicht wagt ...« Heinz stieß Ludwig in die Seite und lachte. »Du bist mir einer.«

Heinz verschwand und kam mit zwei Flaschen Schultheiß wieder. »Handgranate« nannten sie die Flaschenform. Die Wette fürs nächste Rennen ließen sie aus.

»Jetzt kommt das ganze Thema wieder aufs Tapet. Meine

Enkelin wohnt bei mir und kramt in den alten Sachen rum.« Ludwig nahm einen Schluck aus der Flasche.

»Das Gras ist doch bestimmt schon zwei Meter hoch, das da drüber gewachsen ist. Mach dir nicht immer solche Sorgen«, sagte Heinz.

»Die lässt nicht locker. Ich hab erst mal die Bücher und die anderen Sachen in den Keller geschafft. Vielleicht ist dann Ruhe.«

»Was soll sein? Ist alles verjährt. Und ein paar Erinnerungen wird man ja noch aufheben dürfen«, sagte Heinz.

»Na, nach dir haben die Russen ja auch nicht gesucht. Das steckt mir noch heute in den Knochen«, sagte Ludwig und trank die Flasche aus. »Ich hätte Ulrike das alles mal erklären sollen. Aber den richtigen Moment dafür, den gibt's nicht. Ich weiß auch nicht, ob sie das verstehen würde.«

»Ich hol uns noch zwei Handgranaten«, sagte Heinz. »Und dann versuchen wir noch mal unser Glück. Lass mal nicht die Gräten hängen, hätte jetzt dein Obersturmbannführer gesagt.«

»Halt die Klappe, Mann«, zischte Ludwig.

Heinz grinste und ging dann betont langsam zum Getränkestand. Hielt dort einen kleinen Schwatz. Lachte, wie Ludwig fand, übertrieben laut. Lehnte sich familiär über den breiten Metalltresen. Trank mit dem Mann am Zapfhahn einen Schnaps. Ludwig kannte das und wandte sich wieder dem nächsten Rennen zu.

Ein Jockey mit gepunktetem Trikot und rotem Helm lag mit der Startnummer drei in Führung. Die Räder des Sulkys glänzten in der Nachmittagssonne wie die Scheibe einer Kreissäge. Die Menge geriet in Bewegung. Die ersten lauten Rufe waren zu hören. Einige standen schon auf den Zehenspitzen und verfolgten aufmerksam die Gruppe der Pferde, bis sie an der Kurve außer Sicht geriet. Das Tempo wurde schneller, und als der rote Helm zuerst aus der Kurve kam, begannen die ersten zu schreien, zu brüllen, zu fluchen. Eine kollektive Erregung bis zum Wahnsinn, bei der es um nichts anderes ging als um ein kleines Pferderennen. Eine Gruppe Menschen konnte man mit dem richtigen Dreh zu allem bringen.

Heinz kam mit zwei Bier zurück, während Ludwig in der Traberzeitung die nächsten Rennen studierte. Etwas Geld konnte er noch setzen, dachte er. Aber weniger waghalsig. Heinz stellte die Flaschen ab und zündete sich eine Zigarette an. Auf Ludwigs Frage winkte er ab und blieb unten an der Rennbahn, während Ludwig ins Wettbüro hochging.

Oben waren die Holztische um den Schalter herum gut besetzt. Männer mit Hüten und Mützen, die ihre Wettscheine ausfüllten. Rauch hing über den Köpfen. Eine Männerwelt. Ludwig entschied sich für sein Standardprogramm: großer Einlauf und eine Platzwette auf einen Außenseiter. Ein überschaubares Risiko. Er faltete die Wettscheine in der Mitte, steckte sie in seine Brusttasche und blieb noch ein wenig oben am Panoramafenster, von dem aus man die ganze Rennbahn beobachten konnte. Auch die Boxen, in denen die Vorbereitungen für das nächste Rennen liefen. Eigentlich ein schönerer und besserer Blick auf das Geschehen. Aber unten, im Gedränge, kochte die Stimmung, brodelte die Erregung. Und das wollte er jetzt.

Ludwig ging die breite Treppe langsam hinunter und steuerte auf Heinz zu, der an der Holzabsperrung vor der Hecke lehnte. Einer für Dick und Dünn. Nur kurz hatte sich da ein Schatten drübergelegt, als Heinz Interesse an Edith gezeigt hatte. Die schicke Uniform hatte ihr schon imponiert. Blank polierte Knöpfe, makelloses Schwarz. Der Totenkopf gab dem Herz des Trägers Tiefe, ließ erahnen, dass er schon in eine Welt vorgestoßen war, die fremd und voller Gefahren war. Aber Edith hatte sich anders entschieden.

»Und, versuchst du noch mal dein Glück, mein Junge?«, rief Heinz.

Ludwig wedelte mit den Wettscheinen. Die Stadionansage war zu hören. Die kleine Fanfare folgte. Und schon kam der Wagen, dem die Traber in ordentlicher Reihe folgten, bis das Signal ertönte, es den anderen zu zeigen.

Anemone raste vor dem Feld der Verfolger. Der Jockey in giftgrünem Trikot lehnte sich weit nach hinten und streckte die kurzen Beine. Der Sulky hüpfte in die Kurve und verschwand hinter der Baumgruppe am Ende der Rennbahn. Zwei andere Gespanne hatten Anemone in der Kurve überholen können und machten das Rennen nun unter sich aus. Ludwig knüllte den Wettschein zusammen und steckte ihn in die Manteltasche.

Auch beim nächsten Rennen hatte er kein Glück. Immerhin hatte er nicht viel gesetzt. Er holte seinen Gewinn ab, und nahm sich vor, keine weitere Wette zu machen. Sonst würde er wieder alles verzocken.

»Dank dir, Heinz«, sagte Ludwig. »Und bis nächste Woche. Grüß Emma schön von mir.«

»Pass auf dich auf, Ludwig«, sagte Heinz und zündete sich eine Zigarette an. Ludwig hatte schon immer schwache Nerven gehabt, dachte er. Das war einer, der sich dauernd Sorgen machte, und das sah man ihm auch an. Er hatte schon öfter seine schützende Hand über Ludwig halten müssen. Was Edith an diesem Waschlappen gefunden hatte, hatte er nie verstanden.

13

Anna saß in ihrem Café am Savignyplatz und las sich durch die kleine Auswahl deutschsprachiger Tageszeitungen. Sogar die *NZZ* war dabei. Der Espresso hier in Charlottenburg war fast so gut wie in Italien. Ein Geruch von abgestandenem Bier und filterlosen Zigaretten hing in der Luft. Was nachts hier wohl los war, fragte sie sich. Eine Art Petersburger Hängung aus Kunstplakaten und vergilbten Politgrafiken bedeckte die Wände. Es lief Jazzmusik in Hintergrundlautstärke. Der Wirt sortierte Flaschen, die hinter dem Tresen farblich gruppiert unter dem langen Spiegel standen – bernsteinfarbener Whisky und Brandy, klare Obstbrände, rubinroter Campari und ein paar eckige Flaschen mit giftgrünem oder blauem Inhalt. Modegetränke.

Von der Theke entlang des Fensters hatte man einen guten Blick auf den Platz, auf dem die ersten Frühlingsblumen blühten. Die geschäftige Kantstraße teilte den Platz in zwei Hälften. Eine Hauptverkehrsader Ost-West. Damals fuhr hier die Elektrische, heute gelbe Doppeldecker. Aber der Menschenschlag, der die Cafés und Restaurants bevölkerte, war immer noch der gleiche. Eine Art Bohemiens, die auch in dieser Kneipe jede Nacht zu einem letzten Glas zusammenkamen. An der Eingangstür wurden die fröhlichen Zecher mit der Mahnung begrüßt, die auch am Tor zur Hölle stand. Die Stammgäste zeigten den Neuen das Dante-Zitat, und so ahnte hier schließlich jeder, wie nahe die Ausschweifung an das Ende allen Irdischen grenzte. Ein immer willkommener Grund, noch tiefer in die Gläser zu blicken und beim Wirt immer wieder die nun wirklich letzte Runde zu bestellen.

Der Vormittag in Kreuzberg hatte sich gelohnt. Wenn alles funktionierte, konnte sie in zwei Wochen umziehen. Das Zimmer war bezahlbar und groß genug für den Anfang. Und nur wenige Minuten vom Südstern entfernt. Da gab es ein paar Geschäfte und Kneipen. Und vor allem: Die WG befand sich in Kreuzberg 61. Die Mitbewohner waren ebenfalls Studenten und kamen aus Westdeutschland. Anke aus einem Ort in der Nähe von Frankfurt und Stefan aus Kiel. Die Küche wirkte ordentlich und hatte einen kleinen Balkon zum Innenhof.

Anna schrieb eine Postkarte an ihren Bruder. Sie wollte die Neuigkeit sofort jemandem mitteilen. Jemandem, der sich freuen würde. Bei Ludwig war sie sich da nicht so sicher. Einerseits störte sie seine Ruhe und seine eingefahrenen Gewohnheiten. Andererseits schien er ihre Gesellschaft zu genießen. Dass wenigstens jemand da war, dass man im Nebenzimmer vertraute Geräusche hörte. Und dass er eine alte Gewohnheit verteidigen konnte, die sich gegen ihre Abschaffung sperrte – das Denken und Handeln im »Wir«. Dass man mit neuer Berechtigung sagen konnte »wir wohnen hier« oder »wir machen uns einen schönen Abend«. Ohne die Irritation, die entstand, wenn man einfach weiterhin im Plural dachte und sprach, obwohl man ganz offensichtlich im Singular leben musste.

Im Leben der Verwitweten lebten Phantome auf Klingelschildern, beim Einkaufen und vor allem in der Sprache so selbstverständlich weiter, dass man meist nachsichtig darüber hinwegging. Es war eben eine Gewohnheit, die hartnäckig bleiben wollte. Was konnte man schon dagegen tun?

Inzwischen mieden Anna und Ludwig bestimmte Themen, von denen beide wussten, dass sie Konfliktstoff waren. Über die Bücher hatten sie nicht wieder gesprochen, und Anna fragte sich, ob sie das Ganze nicht zu eng sah. Ein paar Bücher. Die bekannten Sprüche, dass früher ja auch nicht alles schlecht gewesen sei. Vielleicht kam das einfach mit dem Alter. Hoffentlich nicht auch später bei ihr selbst.

Bedrückend aber fand sie die Sprachlosigkeit zwischen ihnen, die durch angestrengtes Vermeiden entstand. Es gab nur wenige Themen, bei denen sie einer Meinung waren.

Anna brachte ein paar Negative in den Fotoladen neben dem Café. Dann warf sie die Postkarte an Matthias in den Briefkasten an der Bushaltestelle und ging über die Kantstraße zum S-Bahnhof. Schattig wie ein nasser Graben lag die Bleibtreustraße hinter dem Durchgang zum Bahnhof.

Ludwig war zu Hause und hatte mit dem Abendessen gewartet. »Da hat ein Max angerufen«, rief er, kaum dass Anna die Wohnungstür geschlossen hatte. »Sollst ihn zurückrufen. Nummer steht da neben dem Telefon.«

Max. Seit wann war man mit jedem gleich beim Vornamen, dachte Ludwig.

»Wer ist denn dieser Max?«, fragte er, als Anna am Wohnzimmertisch saß, »hat der auch 'nen Nachnamen?«

»Hab ich an der Uni kennengelernt«, sagte Anna. »Er will mir mit seiner Schwester den Osten zeigen.«

»Da gibt's nicht viel zu sehen. Streusandbüchse. Da wächst nichts. Und die Orte sind alle verkommen.« Ludwig war in Fahrt. »Die Kommunisten haben alles verkommen lassen.«

Anna schwieg. Ludwig hatte den Tisch im Wohnzimmer gedeckt. Es gab Brot und Aufschnitt. Ein kleiner Teller für Käse, ein Teller für Wurst. Und ein Glas mit Gurken. Er kam mit zwei Flaschen Bier aus der Küche zurück.

»Die haben wir früher Handgranaten genannt«, sagte er und grinste. »Du trinkst doch eine mit mir?«

Das wird ein gemütlicher Abend, dachte Anna. Ludwig schmierte fingerdick Butter auf eine große Scheibe Mischbrot, bevor er akkurat drei Lagen Blutwurst darauflegte und diese sorgfältig mit Senf bestrich. Heißt hier Mostrich, dachte

Anna. Sie biss in ihr Käsebrot und überlegte, wie sie das heikle Thema ansprechen könnte.

Ludwig hob das Bierglas und nickte Anna zu. »Prost. Auf den Semesteranfang.«

»Prost, Opa«, sagte Anna und stellte das Bierglas gleich wieder ab.

»Ich war heute in Kreuzberg«, begann sie.

»Ach du lieber Gott. Was hast du denn da gemacht?«

»Wohnung gesucht.«

»In Kreuzberg? Willst du denn nicht ins Studentenwohnheim?«

Anna trank einen Schluck.

»Ich zieh an den Südstern in eine WG«, sagte sie. »Wahrscheinlich in zwei Wochen.«

»Naja, warum nicht«, sagte Ludwig versöhnlich. »Machen ja viele heute. Auch wegen der Kosten.«

Er goss den Rest Bier in sein Glas und dachte einen kleinen Moment nach, während er Anna ansah. Es fiel ihr nicht leicht, ihm den Auszug anzukündigen, das konnte er sehen. Sie schien ebenfalls zu beobachten, was in ihm vorging. Blieb bereit für eines der Gespräche, die sie so oft schon geführt hatten. Und doch war sie nicht auf seine Gereiztheit eingestiegen, die er wegen ihrer späten Rückkehr empfunden hatte. Vielleicht tat er ihr leid. Vielleicht beschäftigte es sie, dass er jetzt wieder ganz allein sein würde. Alles hatte zwei Seiten.

»Na, da sag ich mal: Herzlichen Glückwunsch, Anna. – Aus Kindern werden Leute«, ergänzte er und hob wieder sein Glas.

Nach dem Abendessen spülte Anna das Geschirr und legte es zum Trocknen auf ein Grubentuch. Der Umzug ging ihr durch den Kopf. Die Möbel aus Marburg mussten noch transportiert und dann wieder zusammengebaut werden.

»Opa, sag mal, hast du vielleicht etwas Werkzeug? Schraubenzieher, Hammer und sowas?«, rief sie aus der Küche, eine

Angewohnheit, die sie bei ihrer Mutter auf die Palme brachte. Dieses In-den-ersten-Stock-Gerufe unten vom Treppenabsatz.

Sie wiederholte die Frage, als sie im Wohnzimmer stand.

»Natürlich. Ist im Keller«, sagte Ludwig und blickte von der Zeitung auf. »Ich seh morgen mal nach.«

14

Als Anna vom Südstern zurückkommt, ist Ludwig nicht zu Hause. Mittwochnachmittags ist er meist auf dem Friedhof. In der Küche summt leise der Kühlschrank. Die graue Wanduhr tickt. Neben dem Stromzähler im Flur hängt ein Schlüsselbrett. An dem größten Schlüssel hängt ein Plastikanhänger: *Keller* und ein kleiner Schlüssel für ein Vorhängeschloss. Warum nicht, denkt Anna. Obwohl sie weiß, warum nicht.

Der Kellereingang liegt über den Hof, neben den Mülltonnen und der Teppichstange. Hinter der Holztür geht steil eine Treppe nach unten. Anna nimmt modrige Kälte wahr. Es riecht nach nassem Kalk. An der Eingangstür steht noch in Schablonenschrift, wie viele Menschen dort bei einem Luftangriff Schutz finden würden – das rätselhafte Wort *Luftschutzkeller*.

Die Kellerverschläge sind mit einer Schablone nummeriert und mit Vorhängeschlössern gesichert. Manche haben ein Namensschild. Opas Keller hat die Nummer 22 und liegt ganz am Ende des Ganges.

Das Vorhängeschloss ist offenbar vor kurzer Zeit geölt worden und lässt sich leicht öffnen. Der Keller ist ordentlich und aufgeräumt, der Boden gefegt. Links sind auf einer Palette gebündelte Briketts gestapelt. Daneben zwei Säcke Anmachholz. Rechts steht ein langes Metallregal. Anna leuchtet mit der Taschenlampe die einzelnen Fächer bis ganz hinten ab. Etwas Werkzeug in einem Holzkasten. Farbtöpfe und Terpentin. Ein paar Einweckgläser mit Marmelade, wahrscheinlich noch von Oma.

Im untersten Fach einige kleine Kartons und eine Metall-kassette. In einem der Kartons liegen lose mit Zeitung zuge-deckt Bücher. Sie hebt die Zeitung hoch und nimmt einige Bücher aus der Kiste. Es sind die Bücher, die sie aus dem Wohnzimmer kennt. Die Nazi-Bücher aus der zweiten Rei-he. Die angeblich verbrannt worden sind. Omas Bücher, von denen Opa nichts wusste, außer dass es »irgendwas Politisches« war. Und normale Menschen interessieren sich ja nicht für Politik. Er hat sie nicht verbrannt, sondern auf-gehoben. Und versteckt. Vor ihr versteckt. Das trifft sie fast am meisten. Abgesehen davon, dass er sie angelogen hat. Und es war keine Notlüge aus einer ungeplanten Situation heraus, in der er vielleicht keine bessere Antwort auf ihre Fragen gewusst hat. Nein, er hat sie zum Essen eingeladen, damit er sie anlügen kann. Wie ein dummes kleines Kind. Und wie ein dummes kleines Kind hat sie Opa auch alles geglaubt. Warum auch nicht? Sie hat nie darüber nachgedacht, ob sie ihm misstrauen soll. Eigentlich weiß sie nicht besonders viel von ihm. Was man über einen Opa eben so weiß. Anna spürt ihren Puls, der mit Hammerschlägen in der Stille des Kellers hallt. Sie spürt, wie die Tränen nach oben drängen.

Der Deckel der Metallkassette klemmt leicht an den ver-rosteten Ecken. Sie enthält einige braune Umschläge und ein schwarzes Emaille-Schild mit vier Bohrungen und einer Nummer. Zwölf. Wahrscheinlich eine Hausnummer. In ein kariertes Tuch eingewickelt ein Messer mit schwarz lackierter Scheide, dessen Griff aussieht wie der Säbel von Sindbad dem Seefahrer. Kleine silberne Schiffchen liegen zu beiden Enden des Griffs, an dem etwas Holz abgesplittert ist.

In den Griff eingelegt aus Aluminium der fliegende Reichs-adler mit Hakenkreuz und oben ein kleines Emaille-Emblem mit zwei Runen: SS.

Anna spürt ein Ziehen im Magen.

Und wie zwei dumpfe Schläge in ihrem Kopf: SS.

Ihr Mund wird trocken. Die Intervallschaltung der Keller-beleuchtung ist erloschen. Der Keller hat plötzlich die dunkle Kälte eines Grabes. Ihre Hand liegt verkrampft um die Taschenlampe. In ihrem Kopf schwankt es. Sie möchte gerne irgendwas sofort verlassen, weiß aber nicht was. Vielleicht den Keller. Und dann wohin?

Wohin?

Anna schluckt und richtet sich etwas auf. Sie fühlt, wie sich eine kalte Ruhe in ihr ausbreitet. Kalt und ganz klar. Wie sie sich fast von außen betrachtet. Sie schmeckt etwas Metallisches. Etwas wie Blei. Was sie jetzt spürt, ist Wut. Und Ekel.

Sie deckt die Bücher wieder mit der Zeitung ab, bevor sie den Karton ins Regal zurückschiebt und die Metallkassette daneben. So wie vorher. Die Umschläge nimmt sie mit nach oben. Es ist halb fünf. Sie hat noch etwas Zeit.

Oben in der Wohnung ist es schön warm. Anna breitet die Umschläge auf dem Schreibtisch aus und legt eine Zeitung bereit. Falls Opa zurückkommt. Sie schraubt das 85er-Objektiv in die Kamera und beginnt, die drei Umschläge zu untersuchen.

Der erste enthält zwei Fotos. Auf dem einen sieht man eine Familie, die vor einem Fachwerkhaus steht. Der Mann in Uniform mit Mütze, die Frau in einem geblümten Sommerkleid. Beide lachen. Die Frau hält ein kleines Kind auf dem Arm, drei Jungen stehen in kurzen Hosen vor dem Paar. Zwei von ihnen sehen gleich alt aus, sind vielleicht Zwillinge. Sie stehen noch etwas unbeholfen vor der kleinen Gruppe und blinzeln in die Sonne.

Das andere Foto ist in einem Kleingarten aufgenommen. Zwischen zwei Bäumen hängt eine Girlande mit Lampions. Ein Mann in Uniform und zwei Frauen sitzen vor einem Holzhaus eng auf einer Bank nebeneinander und heben ihre Gläser zum Fotografen hin. *Wir feiern Lenis Mutterkreuz.*

Juni 1943, steht auf der Rückseite. In spitzer Füllfederhandschrift.

Anna fotografiert die beiden Bilder und legt sie in die Papiertüte zurück.

Im zweiten Umschlag ist eine ebenfalls braune kleine Papiertüte mit dem Aufdruck *Ehrenkreuz der Deutschen Mutter. Dritte Stufe.* Frakturtype. In der Tüte ein kreuzförmiger blauweißer Anhänger an einem blauweiß gestreiften Band. Ein bronzener Strahlenkranz liegt um das Hakenkreuz in der Mitte des Anhängers. Auf der Rückseite ist in schwungvoller Schreibschrift das Datum *16. Mai 1943* eingestanzt, darunter eine zackige Unterschrift. Anna fotografiert beide Seiten des Mutterkreuzes und legt alles wieder in den Umschlag.

Der dritte Umschlag enthält ein Bündel Briefe und ein paar abgestempelte Postkarten, von denen einige auch auf der Bildseite beschrieben sind. Es ist zehn vor fünf. Anna wird nervös. Der Rest muss warten.

Sie bringt die Umschläge zurück in den Keller, legt sie in die Metallkassette und hängt den Schlüssel genauso wieder an das Brett im Flur, wie sie ihn vorgefunden hat. Mit dem Schlüsselbart nach links.

Danach geht sie duschen und wäscht sich lange und mit viel Schaum die Haare.

15

Der Wind trieb die Wolken schnell über das flache Land. Kraniche standen in Gruppen auf den frisch bestellten Feldern. Ihre grauen Federn hingen wie kleine Röckchen um ihre Hüften, während sie die Ackerfurchen geduldig nach Futter absuchten, unbeeindruckt vom Lärm der Straße.

Sabine hielt die Geschwindigkeitsbegrenzung penibel ein. Hinter Nassenheide wurde die Landschaft breiter, und es gab nach den Kiefernwäldern mehr Mischwald und einige Eichenalleen. Querliegende Bauernhäuser mit abgeplatztem Stuck bildeten eine niedrige Reihe entlang der Straße, unterbrochen durch Nebengebäude mit Feldsteinsockeln. Ab und zu ein Konsum. Es war kaum jemand auf der Straße.

Max hatte eine Kassette mit Dvoráks Sinfonie *Aus der neuen Welt* eingelegt. Zum Klang der Bläser zog das flache Brandenburg mit seinen windgebeugten Bäumen vorbei. Hier schien es nicht den kleinsten Hügel zu geben. Anna hing auf dem Rücksitz ihren Gedanken nach.

In Rheinsberg parkten sie den R4 in der Langen Straße vor einem einstöckigen Fachwerkhaus. Dann liefen sie die zugige Schloßstraße herunter.

»Man darf da eigentlich nicht rein, aber wir machen es trotzdem immer«, sagte Sabine. »Einfach an dem Schild vorbei und sich nichts anmerken lassen. Da fragt keiner.«

Keine Schlossbesichtigung. Weg nur für Patienten, stand unter dem Schild am Parkeingang. Und: *Diabetiker-Sanatorium Helmut Lehmann*.

Anna ließ die Kamera erst mal in der Tasche. Diabetiker

fotografierten bestimmt nicht die Umgebung ihres Kurauf-
enthaltes.

»Wenn das mal restauriert ist, wird das ganz großartig«,
sagte Max.

Die beiden Türme hätten einen neuen Anstrich vertragen
können. Der blassgelbe Putz war an vielen Stellen abgeblättert. Eine Krankenschwester mit weißer Haube schob einen
Mann im Rollstuhl über den unebenen Untergrund. Auf den
wenigen Parkbänken ermahnten kleine Messingschilder die
Besucher, dass die Benutzung *Nur für Diabetiker* vorgesehen
war. Es war ohnehin zu kalt, draußen zu sitzen.

»Rheinsberg war ziemlich zerstört. Das kann man sich
kaum noch vorstellen«, sagte Max. »Im Krieg haben die zwar
kaum was abgekriegt. Aber das kam alles ganz zum Schluss.«

Auf der anderen Seite des Sees war ein Obelisk zu sehen,
zu dem Treppen hochführten. Der Weg dorthin ging in einem
Bogen links um den Grienericksee und durch winderprobte
Hecken.

»Neustrelitz, Neubrandenburg, Rheinsberg – überall sind
Städte abgebrannt. Weil die SS bis zuletzt gekämpft hat. Und
der Volkssturm. In Gransee ist nichts passiert. Gransee ist
überhaupt nicht zerstört worden«, sagte Max.

Anna wickelte den Schal dichter um ihren Hals. Sabine
kniff die Augen zusammen, als der Wind stärker wurde, und
lächelte zu ihr rüber. Anna mochte sie. Sehr sogar.

Von der Pyramide sah man direkt auf das Schloss, das vielleicht sogar bald seine Tore für Diabetiker schließen und für
Liebhaber preußischer Schlösser öffnen könnte. Anna stellte sich vor, wie Wände von Resopal-Verkleidungen befreit
würden und die Parkettböden vom ewig haltbaren Linoleum.
Seidene Tapeten kämen wieder aus ihren Verstecken hinter
Medizinschränken und Abkochanlagen für Spritzen hervor.
Max hatte Recht. Das Schloss am See könnte dann wieder
wunderschön werden.

»Es gibt hier jede Menge Schlösser, die einfach verfallen«, sagte Sabine. »Nicht nur, weil kein Geld und kein Material da ist. Das ist was Prinzipielles.«

»Wie finden das denn die Leute hier? Das ist doch auch Kulturerbe. Gehört doch zur Geschichte«, sagte Anna.

»Die einen so, die andern so«, sagte Max. »Meine Oma findet es ganz schlimm.«

Max zündete sich eine Selbstgedrehte an und inhalierte den Rauch so, dass man es hören konnte.

»Die wollten ja sogar das Königin-Luise-Denkmal in Gransee abreißen. Das ist Schinkel. Aber ist angeblich alles preußischer Militarismus.«

»Viele Leute haben jetzt ganz andere Probleme, als Schlösser zu restaurieren«, sagte Sabine. »Jetzt gehen hier erst mal die Betriebe pleite.«

Vom Parkausgang gingen sie nach links entlang des alten Markts. Kleine Kopfsteinpflastergassen führten in Richtung See. Sie setzten sich auf eine Bank am schilfbewehrten Ufer. Max holte Brötchen mit geräuchertem Saibling von der Fischbude.

»Ist das nicht schön hier?«, fragte Sabine.

»Sehr schön sogar«, sagte Anna. »Viel Wasser gibt's ja in Marburg nicht. Kann man in den Seen denn schwimmen?«

»Natürlich kann man hier schwimmen«, sagte Sabine. »Hier gibt's Hunderte von Seen. Manche sind ein bisschen trüb, aber schwimmen kann man überall.«

Könnte vielleicht doch schön werden, dachte Anna. Sie brauchte wahrscheinlich bald ein Auto. Und das hieß, sie brauchte auch einen Job.

»Ich muss dir was zeigen«, sagte Max, und sie gingen los.

Nach ein paar Minuten erreichten sie einen kleinen Friedhof, direkt an der Hauptstraße gelegen. Über dem Eingang wölbten sich drei gemauerte Bögen, auf denen je ein blassroter Blechstern steckte. Ein grauer Obelisk aus Pflastersteinen trug die Gedenktafeln für die Opfer des 29. April 1945 und auf der Spitze einen weiteren Stern. Zweiundsechzig schwarze Grabsteine aus poliertem Granit lagen im Sandboden. In manche war ein Name eingemeißelt. Auf den übrigen stand nur *Grab der Roten Armee.*

»Solche Friedhöfe gibt's hier überall. Russen, die in der letzten Kriegswoche gefallen sind.« Max machte eine Pause. »Dreihundertfünfzigtausend Tote. Wofür? Für nichts.«

Anna kannte die Gedenksteine für die Gefallenen der beiden Weltkriege in jedem noch so kleinen Dorf in Oberhessen. Manchmal drei oder vier aus derselben Familie. Willy Fischer, Franz Fischer, Ludwig Fischer. Alle im Mai 1916 gefallen. Da erinnerten sich vielleicht noch ein paar Angehörige. Aber wer ging hier zum Grab von Iwan Petrowitsch Petrow?

Sie bogen von der Tucholskystraße wieder in die Lange Straße ein. Sabine machte auf der Fahrt zurück nach Berlin einen kleinen Umweg zum Stechlin. Über das Glasbläserdorf Neuglobsow, dann durch die Maulbeerallee bis nach Gut Zernikow. Auch dort verfiel ein riesiges Gutshaus.

»Irgendwann kaufen sich die Berliner hier Sommerhäuser«, sagte Max. »Wenn ich Geld hätte, würd ich das jetzt auch machen.«

In Gransee hielten sie kurz am Ruppiner Stadttor mit seinem ungeliebten Begleiter, dem Waldemartor. Anna machte noch ein paar Fotos. Wie immer schwarz-weiß.

»Das nächste Mal besuchen wir meine Oma, wenn sie aus dem Krankenhaus raus ist«, sagte Max. »Und die Luise.«

Anna verglich das Tor auf der Postkarte mit dem Stadttor. »Ist ziemlich ähnlich, oder? Ich denke, das ist ein Stadttor hier irgendwo in der Nähe.«

Zum Abschluss fuhren sie zu Max in die Ohlauer Straße, um den Tag gemeinsam zu beschließen. Er legte eine Platte auf und holte eine Flasche Rotwein aus der Küche.

»Schöne Musik«, sagte Anna.

»Satie«, erklärte Max. »Ist eine von Sabines Lieblings-platten.«

»Das war ein schöner Ausflug mit euch. Vielen Dank«, sagte Anna.

Max füllte drei Gläser. »Und nächstes Mal nach Gransee.« Er hob sein Glas.

Sabine nahm ihr Glas in die Hand und nickte Max zu. Dann sah sie Anna so tief in die Augen, dass der fast die Luft wegblieb.

»Dann auf dein Wohl, Anna«, sagte Sabine. »Es wird schon alles gut.«

»Ich hoffe«, sagte Anna. »Ich bin froh, dass ich jetzt erst mal bei meinem Opa ausziehe.«

16

Ludwig schreckte aus seinem Nachmittagsschlaf. So klar wie jetzt war es ihm noch nie gewesen – er musste mit Ulrike über die Vergangenheit sprechen. Und zwar sehr bald. Die vielen kleinen Lügen korrigieren, die aus guten Absichten und aus Bequemlichkeit über die Jahre in die Familiengeschichte aufgenommen worden waren. Und aus Angst.

Annas Neugier setzte ihn unter Zugzwang. Er konnte nicht weiter alles in eine unbestimmte Zukunft verschieben, die ihm vielleicht erspart bleiben würde. Oder weiter auf den richtigen Zeitpunkt hoffen. Er zog sich an und telefonierte mit Heinz.

Eine Stunde später trafen sie sich in der *Laterne* auf ein Bier. Heinz saß auf einem der Barhocker und rauchte. Das Glas vor ihm war halbleer.

»Was gibt's so Dringendes, mein Junge?«

»Ich kann nicht mehr schlafen«, sagte Ludwig. »Ich lieg jede Nacht wach. Es geht mir dauernd im Kopf herum. Demmin. Ulrike. Das macht mich fertig.«

Heinz gab dem Wirt ein Zeichen für die nächste Runde.

»Du musst dich beruhigen, Ludwig.« Heinz legte seine Hand auf Ludwigs Arm und sah ihm direkt in die Augen. »Verstehst du? Du musst dich beruhigen. Das geht vorbei.«

Ludwig nickte stumm. Das Bier kam.

»Das geht nicht vorbei. Ich muss mit Ulrike sprechen«, sagte Ludwig.

»Was soll das Ulrike nützen?«, sagte Heinz. »Lass die alten Zeiten ruhen.«

»Das sagst du so einfach. Die Zeiten ruhen aber nicht. Jetzt, wo die Mauer auf ist, wird jeder Stein umgedreht.«

»Naja. Familien wie euch gab's Tausende. Tausende auf der Flucht. Papiere weg und das ganze Pipapo«, sagte Heinz. »Da kümmert sich doch keiner ausgerechnet um euch.«

»Kann sein, aber die ganzen Geschichten in unserer Familie, die muss ich mal in Ordnung bringen. Ich hab ja nur Ulrike, und es ist einfach nicht richtig, dass wir ihr jahrelang Märchen erzählt haben. Ich kann's nicht besser erklären. Es ist nicht richtig«, sagte Ludwig und trank an seinem Bier. »Auch wenn sie es vielleicht nicht versteht.«

Heinz nickte langsam. Nicht richtig, dachte er. Das Einzige, was nicht richtig war, war etwas in Ludwigs Kopf. Das stand jedenfalls fest.

»Ich werd's ihr sagen, dann ist es raus, und dann hab ich meinen Frieden wieder.«

»Und hast du dabei auch mal an Ulrike gedacht?«, fragte Heinz.

»Ich denke dabei nur an Ulrike«.

»Du denkst nur an dich«, sagte Heinz. »Damit du wieder ruhig schlafen kannst. Mit Ulrike hat das nichts zu tun.« Er zündete sich eine Zigarette an.

»Edith war auch immer dagegen«, sagte Ludwig. »Ulrike war dann ja einfach ihr Kind. Am Anfang hat das Mädel noch immer nach Siefi gefragt. Siegfried konnte sie noch nicht sagen. Wo ist Siefi?, hat sie gefragt. Da wurde mir immer heiß und kalt. Irgendwann hat sie nicht mehr gefragt.«

Heinz nickte und zog an seiner Zigarette.

»Da war immer was zwischen uns. Zwischen Ulrike und uns«, sagte Ludwig. »Als hätte sie gespürt, dass wir nicht ihre Eltern waren. Sie hat aber nie gefragt.«

»Warum auch? Ihr wart doch wunderbare Eltern«, sagte Heinz. »Aus ihr ist doch was geworden. Aus der kleinen Ulrike.«

»Ja. Frau Professor. Aber glücklich ist sie nicht.« Ludwig sah Heinz in die Augen, hob seine Hand und machte eine kurze Bewegung, so wie man ein Schnapsglas leert. »Verstehst du? Und das tut mir weh.«

Heinz sah Ludwig stumm an.

»Und das nehm ich mir übel«, sagte Ludwig und klopfte mit dem Zeigefinger auf seine Brust. »Damit möcht ich nicht sterben.«

Daran dachte Ludwig seit kurzem immer öfter. Ans Sterben. Er hatte keine Angst vor dem Tod. Aber er wollte keine Unordnung hinterlassen. Keine unerledigten Dinge. Er wollte alles regeln. Reinen Tisch machen. Vor allem mit Ulrike.

17

Die Zugfahrt nach Marburg dauerte weiterhin quälend lang. Es gab draußen keine Transparente mehr mit Politparolen, und die Passkontrolle war freundlicher. Aber sonst war alles wie immer, und die Züge rochen weiterhin nach Mitropa. Anna hätte auch über die Mitfahrzentrale fahren können. Aber im vollen Auto war es noch schlimmer als im vollen Abteil. Im Zug konnte man sich zur Seite drehen und schlafen. Oder die Kopfhörer aufbehalten.

Als sie nachmittags im Haus ihrer Eltern ankam, waren beide noch bei der Arbeit. Ulrike an der Uni, Dekanatssitzung, und Klaus in seiner Praxis. Anna stellte ihre Reisetasche in ihrem Zimmer ab und machte sich in der Küche einen Kaffee. Dort roch es nach Fenchel. Auf dem Fensterbrett stand eine Basilikumpflanze in einem glasierten Tontopf, der nach Provence aussah.

Ulrike würde direkt zum Restaurant kommen, um Anna und ihren Vater zu treffen.

Anna ging durchs Wohnzimmer ins Arbeitszimmer ihres Vaters. Ihre Eltern hatten schon immer eigene Zimmer gehabt. Manche haben getrennte Schlafzimmer, Klaus und Ulrike hatten getrennte Lebensräume, in denen sie ihre Unterschiedlichkeit entwickeln konnten. Fast aseptische Ordnung bei ihr, hortende Verkramung bei ihm.

Während Anna auf ihren Vater wartete, sah sie sich in seinem Arbeitszimmer um. Auf dem Schreibtisch stand ein großes Farbfoto in einem Metallrahmen – sie selbst mit ihren Eltern bei einer Wanderung in Oberbayern im letzten Sommer. Sie saßen auf einer Eckbank in einer Gastwirtschaft. Klaus Keller zwischen den beiden Frauen legte seine Arme um ihre Schultern. Vollbart, weiße Zähne, strahlend blaue Augen. Den Hut hatte er vor sich auf den Tisch gelegt.

Sie stellte sich vor das Bücherregal und studierte, was ihr Vater zusammengetragen hatte. Hier standen medizinische Fachbücher neben Raymond Chandler und einer Gesamtausgabe von Robert van Gulik. Dazwischen Lexika, ein Buch über Pralinen, Bildbände über die Alpen und ein paar Wanderkarten. Noten aus der Zeit, als er noch Trompete gespielt hatte. Bücher über Florenz und die Renaissance. Ein Band mit Bildern von Marianne von Werefkin. Der Platz vor den Büchern wurde für weitere Sammlungen genutzt – die drei chinesischen Affen, zwei vertrocknete Tannenzapfen und viele Steine, die er von seinen Wanderungen mitgebracht hatte. Postkarten mit Bildern von Giotto und Gabriele Münter. Und es standen im Regal auch Bücher von Niemöller, Gollwitzer, Bonhoeffer. Und von Albert Schweitzer. Bücher, die ihm wichtig waren, das wusste Anna.

Ein grünlicher Stein lag als Gewicht auf einem Zettel: *Leben erhalten ist das einzige Glück.* Daneben ein gerahmtes Schwarz-Weiß-Bild, kleiner als eine Postkarte. Klaus mit seinen Eltern und seinen zwei Schwestern. Das Bild musste zwischen Juni 1944 und Oktober 1945 aufgenommen worden sein. Es hatte keinen Impfstoff gegen Diphtherie gegeben. Elisabeth war gestorben. Wie unterschiedlich Familienfotos sein konnten.

Anna dachte selten an ihre beiden zusätzlichen Vornamen. Gertrud nach ihrer Großtante, die alle nur Trudi genannt hatten. Elisabeth nach der Schwester ihres Vaters. Bei beiden ging der Familienstammbaum unterhalb ihres Namens nicht weiter.

Plötzlich stand ihr Vater fertig umgezogen in der Tür. Blaues Leinenjackett und weißes Hemd ohne Krawatte. Seine

Haare wurden grau. Anna hielt das Familienfoto in der Hand und drehte sich zu ihm um.

»Das einzige Foto von Elisabeth«, sagte er.

Anna stellte das Bild vorsichtig ins Regal zurück.

»Ich kann mich gar nicht an sie erinnern«, sagte ihr Vater. »Ich denke manchmal, da müsste doch was sein, irgendetwas. Ich war wahrscheinlich einfach zu klein.«

Er sah kurz aus dem Fenster, dann zurück zu Anna. »Ich war vier. Ich kann mich ganz entfernt an ein blondes Baby erinnern, das immer gestrampelt hat. Wollte aus Mamas Armen raus. Sich frei bewegen. Aber an mehr nicht. Lass uns mal essen gehen. Mama wartet wahrscheinlich schon.«

Sie gingen zum Auto und fuhren in die Stadt.

Ulrike war schon im Restaurant und saß an einem Fensterplatz, auf den noch die Sonne schien. Sie hatte ein Glas Prosecco vor sich und studierte mit ernstem Gesicht die Speisekarte. Sie winkte den beiden zu, als sie auf sie zukamen. Anna und ihr Vater setzten sich ihr gegenüber.

Ihre Eltern gingen fast jeden Freitagabend hierher, um die Woche zu beschließen. Eigentlich kannten sie die Speisekarte beinahe auswendig. Aber der Moment, den es dauerte, eine Wahl zu treffen, gehörte für sie zum Freitagabend. Es durfte nicht zu schnell gehen, und die Qualität des Restaurants bestand neben dem Essen auch darin, das richtige Tempo einzuhalten. Nur der Aperitif musste schnell kommen.

»Wie war denn die Fahrt von Berlin?«, fragte Ulrike und dachte bereits an die nächste Frage, die sie stellen könnte.

»Fast wie früher. Auch der Geruch«, sagte Anna. »Da merkt man noch nichts von Maueröffnung.«

»Hast du immer noch deine Geruchssammlung?«, fragte Ulrike, obwohl sie eigentlich wissen wollte, wie es Anna ging.

»Natürlich«, sagte Anna, während sie in der Speisekarte blätterte. »Da kommt alles rein, was mir begegnet.«

»Das Restaurant auch?«

»Das auch.« Anna grinste. »Riecht nach Tomate, Kapern, Mehl und Leder.«

»Wieso denn Leder?«

»Das riech ich eben. Vielleicht die Sitzbänke? Vielleicht die Schürzen? Ich weiß nicht genau. Es ist ein Gefühl, kein Rezept.«

»Und wie nennst du das?«

»Capriccioli. Es riecht so schön nach Entspannung und Freizeit.«

Anna und ihr Vater bestellten ebenfalls Prosecco und folgten der Empfehlung der Tageskarte. Während sie auf das Essen warteten, kam Klaus auf das Thema Erinnerung zurück.

»Ich finde es erstaunlich, was noch im Gedächtnis ist und was nicht. Ich weiß noch, wie mein Schulranzen gerochen hat. Wie wir den Mann genannt haben, in dessen Laden wir die Schulhefte gekauft haben. Der Tschüss-Mann. Ein unfreundlicher, immer unrasierter Typ in einem grauen Hausmeisterkittel. Unrasiert war damals noch schlimmer als heute. Fast wie ein Penner. Und Tschüss sagte man nicht in unserer Gegend. Wir haben uns ein bisschen vor ihm gefürchtet. Aber eine Erinnerung an irgendwas vor der Schule oder an meine kleine Schwester? Das ist alles wie weg. – Daran musste ich denken, als ich mit Anna über das Foto von Elisabeth gesprochen habe«, fügte er an Ulrike gewandt hinzu. Und wieder zu beiden: »Könnt ihr euch noch an irgendetwas erinnern vor eurer Schulzeit?«

»An gar nichts«, sagte Ulrike und zuckte mit den Schultern. »An überhaupt gar nichts. Aber wenn ich in einer alten Bäckerei bin, in so einer wie der am Marktplatz, dann gibt es da einen Geruch, mit dem ganz viele Erinnerungen hochkommen: Wie ich an der Hand meines Vaters Schrippen holen ging. Er hat mich sonst nie an die Hand genommen. Vielleicht aber dort, weil ich so klein war und wir über eine große Straße mussten. Er sagt, er wisse das nicht mehr. Also schon, dass er Schrippen holen ging, manchmal auch mit mir, aber dass ich da immer eine Brausestange oder eine Gummischlange gekriegt habe, das weiß er nicht mehr. Das ist mehr ein Gefühl. Ich kann mich auch nicht an alles erinnern. Wie zum Beispiel die Bäckersleute hießen – keine Ahnung. Es ist wie ein Puzzlespiel, bei dem die Steine plötzlich wie aus der Luft kommen und sich manchmal wieder auflösen, bevor man sie mit den anderen verbinden kann. Es gibt kein richtiges Bild.«

Anna konnte sich an die Besuche auf der Kirmes erinnern, an den Geruch von Magenbrot und von Zuckerwatte. An das Getröte und Geheule der Fahrgeschäfte und der Geisterbahn mit ihren blinkenden Lichtern. An Kindergeburtstage mit Topfschlagen und Verstecken. Wie sie einmal in einer Gärtnerei so lange unter einer Plane im feuchten Torf gesessen hatte, bis das Spiel zu Ende war. Da war sie aber schon etwas älter gewesen. Von der Zeit vor der Einschulung wusste sie fast nichts mehr. Sie hatte eine Narbe auf dem Knie, aber der Sturz mit dem Roller und die blutende Wunde waren aus ihrem Gedächtnis gelöscht.

Der erste Geruch, den sie bewusst wahrgenommen hatte, war etwas, das Apfelkraut hieß und von Tante Trudi aus einem gelben, gewachsten Pappbecher aufs Brot geschmiert wurde. Den hefigen Geruch und die ölige Konsistenz fand sie schon fast eklig. Wie konnte man so etwas essen? Auch der Geschmack war komisch. In der schlechten Zeit war das eine Kostbarkeit, hatte Trudi gesagt.

»Das schmeckt nach schlechter Zeit«, sagte Anna seitdem, wenn sie etwas partout nicht essen wollte. Vielleicht hatte es damals schon angefangen mit ihrem Katalog der Gerüche.

Das Essen wurde gebracht und verdrängte für einen Moment das Thema. Anna nahm den Salbeigeruch sehr bewusst wahr. Sie schloss die Augen und inhalierte den Duft

ihres Essens – den zarten Weißweingeruch, das leicht Ange-
bratene, den salzigen Geruch des Schinkens. Ihre Eltern zer-
schnitten bereits zielstrebig die Speisen, während Anna erst
einmal die Soße vom Rand ihres Tellers probierte. Die Zeit
fürs Riechen muss man sich auch nehmen, dachte sie, nicht
nur für den Geschmack. Es war einfach köstlich.

»Ich hab mit meiner Schwester darüber gesprochen«, sagte
Klaus und kam wieder auf die verlorene Erinnerung an Elisabeth zurück. »Renate kann sich auch an nichts erinnern.
Sie will es aber auch nicht. Es macht sie traurig, sagt sie. Sie
will diese Stimmung nicht im Haus haben. Ihre Kinder sollen
ohne diese Last aufwachsen. Also, das hat sie früher gesagt,
die vier sind jetzt schon groß. Bei Kirsten kommt bald das
Staatsexamen, und Holger war schon beim Bund.«

Klaus machte eine Pause.

»Ich weiß gar nicht, ob die Kinder das überhaupt wissen
mit Elisabeth. Lass die Toten ruhen, sagt Renate dann meistens. Will ich aber nicht. Ich würde mich gerne an etwas erinnern. Nicht nur an Elisabeth, die war ja noch ganz klein. An
was soll man sich da erinnern? Aber daran, wie das für uns
war, für meine Eltern. Das weiß ich nicht mehr. Den Schmerz,
den haben wir einfach zugeschüttet. Er ist aber noch da. Wie
unter einer Bleidecke.«

»Ist das denn wichtig?«, fragte Ulrike. »Ist doch schon
lange her.«

»Deswegen bin ich wahrscheinlich Arzt geworden, der erste in einer Familie von Handwerkern und Kaufleuten. Hört
sich vielleicht etwas simpel an, so eine Erklärung, aber ich
denke, das hat eine Rolle gespielt.«

»Dann weißt du doch, warum du Arzt geworden bist«,
sagte Ulrike.

»Das schon«, sagte Klaus, »aber ich würde es gerne besser
verstehen. Es ist wie ein Auftrag, aber den hat mir keiner
richtig gegeben. Wie kommt man zu solch einem Auftrag?

Kann man den überhaupt erfüllen? Hab ich meinen Auftrag erfüllt?«

Sie bestellten Nachtisch und Kaffee. Ulrike erzählte von ihrer Sitzung, um das Thema zu wechseln. Die Vergangenheit war eben, wie sie war. Vor allem war sie vorbei. Sie sah keinen Sinn darin, immer wieder auf Ereignisse zurückzukommen, die man ohnehin nicht ändern konnte. Sie erzählte von ihren Überlegungen, im nächsten Semester das Dekanat zu übernehmen, und von ihrer Abneigung gegenüber der ganzen Gremienarbeit.

»Eigentlich Zeitverschwendung«, sagte sie. »Da würd ich lieber ein Buch schreiben. Aber die Leute halten einen für blöd, wenn man's nicht macht.«

Klaus bestellte die Rechnung. Zu spät wollten sie wegen der Geburtstagsfeier von Oma Grete am nächsten Tag nicht ins Bett.

Zu Hause saßen sie noch im Wohnzimmer zusammen. Klaus machte sich wie immer abends einen Rooibos-Tee. Ulrike stieg ihre Bibliotheksleiter hoch und griff ein Buch aus einem Pappschuber. Dann setzte sie sich aufs Sofa, goss sich ein großes Glas Single Malt ein und nahm einen Schluck.

»Ich les euch das mal vor. Das ist einfach eine großartige Stelle bei Proust: ›Aber wenn von einer früheren Vergangenheit nichts existiert nach dem Ableben der Personen, dem Untergang der Dinge, so werden allein, zerbrechlicher aber lebendiger, immateriell und doch haltbar, beständig und treu Geruch und Geschmack noch lange wie irrende Seelen ihr Leben weiterführen, sich erinnern, warten, hoffen, auf den Trümmern alles übrigen und in einem beinahe unwirklich winzigen Tröpfchen das unermessliche Gebäude der Erinnerung unfehlbar in sich tragen.‹ Dann müssen wir noch den richtigen Geruch finden für die irrenden Seelen. Oder einen Geschmack«, sagte Ulrike und nippte an ihrem Glas. »Sowas wie die Brausestange.«

88

»Wonach schmeckt denn dein Whisky?«, fragte Klaus.

»Nach unserer Schottland-Reise. Nach rauer See vielleicht. Salzige Gischt über den Klippen.« Ulrike nahm einen Schluck und zerrieb mit geschlossenen Augen die Flüssigkeit zwischen Zunge und Gaumen. »Mit Feuerwasser hatten die Indianer schon recht. Schmeckt etwas nach verbrannter Dachpappe.«

»Hört sich ja sehr lecker an«, sagte Klaus und sah Ulrike etwas ratlos an.

»Oder es schmeckt vielleicht wie ein Tässchen Äther«, sagte Ulrike. Das Thema war ihr jetzt zu ernst.

»Aber noch mal zu den Gerüchen«, sagte Klaus. »Ich hab schon an allem Möglichen gerochen. Auch im Studium. Nichts kommt da. Ich glaube, wir wissen gar nicht, wie das funktioniert. Ich meine, die Wissenschaftler wissen es nicht. Gut, der Geruch liegt neben dem Lustzentrum, aber mehr Erklärungen haben wir nicht. Irgendwie komisch, dass so wenig erklärt werden kann, was viele Menschen immer wieder erstaunt.«

Anna beobachtete ihre Eltern und dachte darüber nach, wie sie begonnen hatte, Gerüche zu studieren und zu sammeln. Und warum. Es hatte etwas mit Abneigung zu tun. Gerüche, die sie nicht mochte, blieben auf ewig in ihrem Gedächtnis. Oliven zum Beispiel. Oder Hefe. Und sie konnte sich Gerüche gut merken. Ihre Mutter verließ sich nicht allein auf die Erinnerung. Sie hatte eine kleine Flasche von Omas Parfum im Schrank, mit dem sie sich ab und zu die Erinnerung an ihre Mutter zurückholte. Manchmal trug sie das Parfum auch selbst, obwohl es nicht richtig zu ihr passte. Aber es fehlte etwas ganz Wesentliches, weshalb die Erinnerung sich nicht so einstellte, wie Ulrike hoffte: die Haut ihrer Mutter, die den Duft des Parfums erst zur Entfaltung brachte. Der Geruch blieb der Geruch aus der Flasche und wurde nicht zum Duft von Edith.

»Ich finde Kombinationen am interessantesten. Gerüche

sind doch immer Zusammenstellungen, oder?«, bemerkte Anna. »Einzelgerüche gibt's doch nur im Labor.«

»Wie riecht es denn bei Opa?«, fragte Ulrike. »Du hast gesagt, es riecht jetzt anders in der Wohnung.«

Es riecht nach altem Mann, dachte Anna. Nach alter Strickjacke, nach Teppichbodengummierung und nach Kernseife. Nach Gummibaum, Kamille und Ata. Und nach stehengebliebener Zeit. Es war fast eine Abwesenheit von Geruch. Es fehlte etwas Frisches.

»Kann ich noch nicht beschreiben. Ist schwierig«, wich sie aus. Sie fand, das ging zu weit. Ihre Mutter sollte mal nach Berlin fahren und es selbst herausfinden. Wenn es schon keine anderen Gründe gab, nach Berlin zu kommen.

»Ich hab Opa mal gefragt, was er am liebsten isst«, sagte Ulrike. »Ratet mal, was er gesagt hat.«

»Pizza vielleicht«, sagte Anna. »Er geht doch immer zum Italiener. Ich glaube, da isst er immer Calzone.«

»Pfannkuchen«, sagte Klaus ins Blaue und stand von seinem Sessel auf, um eine Schachtel Pralinen aus dem Kühlschrank zu holen. »Ach so, das heißt ja in Berlin Eierkuchen. Würd ich auch mal wieder gerne essen. Mit Apfel vielleicht. Oder Marmelade.«

»Fast«, sagte Ulrike. »Milchreis mit Kompott, hat er gesagt. Das ist das, was er auf eine einsame Insel mitnehmen würde. Kein Wunder, dass es das damals dauernd bei uns gab. Das ist echt typisch für diese Generation.«

Klaus stellte die geöffnete Pralinenschachtel auf den Tisch und nahm sich dann eine sehr dunkle mit Pistazie.

»Milchreis mit Kompott. Das steht ganz oben auf meiner Liste von Sachen, auf die ich vollkommen verzichten könnte«, sagte Ulrike und lachte. »Und Kompott war ja schon der Luxus. Normalerweise gab's nur Zucker und Zimt drüber.«

»Das kriegst du auch nirgends im Restaurant«, sagte Klaus. »Das gibt's nur zu Hause. Und deshalb schmeckt es auch nach zu Hause. Nach dem Zuhause, als man klein war. Und dann kommt die Mutti und streut dir Zucker und Zimt drüber. Das ist doch ein schönes Gefühl.«

»Was ist denn daran typisch für die Generation von Opa?«, fragte Anna.

»Hausmannskost«, sagte Ulrike. »Ohne jede Finesse. Und Hauptsache viel. Die sprechen dann auch immer von Verpflegung und Nachschlag. Wie bei einer Massenabspeisung. Wie beim Militär.«

»Vollkommen anspruchslos. Das würden sie jeden Tag klaglos essen. Vielleicht sogar mit Genuss. Hauptsache, der Magen ist schön gefüllt«, sagte Klaus. »Das Anspruchslose find ich gar nicht so schlecht«, fügte er dann noch hinzu.

»Dieses Ambitionslose finde ich schon furchtbar«, sagte Ulrike. »Stell dir mal vor, wir würden nur essen, um uns zu ernähren. Da würde doch was fehlen. Das, was wir eben im Restaurant hatten.«

»In der schlechten Zeit haben sie nur gegessen, um sich zu ernähren. Wir ja auch noch. Das haben wir nur fast vergessen«, sagte Klaus.

Er erinnerte sich an die Gespräche seiner Eltern mit seinen Großeltern. Und später mit ihm und seiner Schwester. Die schlechte Zeit war ein immer wiederkehrendes Thema. Schlechte Zeit hieß »nichts zu essen«. Für alles andere gab es keinen vergleichbaren Begriff. Für die Bombennächte. Für die Angst. Für den massenhaften Tod. Schlechte Zeit war erstaunlicherweise die Zeit nach dem Krieg und nicht die Zeit im Krieg. Der Steckrübenwinter hatte sich als großes Trauma in die Familien-DNA eingegraben. Denn den gab es ja sogar in beiden Weltkriegen. Das Wissen, wie man schlechte Zeiten überlebt, wurde mit der Gewissheit weitergegeben, dass in jeder Generation schlechte Zeiten wiederkehren würden. Das waren Dinge, die man wissen musste, und Erfahrungen, die man geteilt hatte. Und wieder teilen würde. Man hatte Strategien dagegen. Alles wurde eingekocht. Und ausgekocht. Gehamstert. Gebunkert.

Wie er das ständige Einkochen der Obst- und Gemüseernte aus dem Garten gehasst hatte. In jeder Familie gab es noch weit nach dem Krieg gemeinsame Aktionen, um stets für eine kommende schlechte Zeit gerüstet zu sein. Sie hatten putzige Tarnnamen wie »Aktion Eichhörnchen«, damit sich auch straff organisierte Manöver fast wie ein lustiger Abenteuerausflug der Familie anfühlten. Ersatzstoff-Übersichten hingen an jedem Küchenschrank. »Wer weiß, wozu man es noch braucht« war ein Lebensgefühl. Wer einfach Dinge wegwarf, hatte keine Ahnung. War naiv. Der würde schon noch sehen. Wer die schlechte Zeit nicht erlebt hatte, konnte sowieso nicht mitreden. Das Phantom des Katastrophenverhaltens führte später ein hinterhältiges Eigenleben weiter, dem man schon deshalb kaum auf die Schliche kam, weil es sich in jedem Aspekt des Lebens eingerichtet hatte, ja das Leben selbst war. Verhalten, das vordergründig vernünftig wirkte, aber von einem inneren Zwang getrieben war. Dem Zwang etwa, im Bus oder im Kino für die ganze Familie Plätze freizuhalten. Oder wie beiläufig, aber ununterdrückbar im Geist die Mengen auf dem Tisch und in der Speisekammer immer wieder durch die Anzahl der Familienmitglieder zu teilen. Immer zu prüfen, ob es reicht. Es war nicht so sehr die Vorratshaltung selbst, die Klaus so zuwider war, auch nicht der Umstand, dass er dafür als Kind ständig zu Arbeiten herangezogen worden war. Nein, es war das Systematische, mit dem die kleinste Einheit der Gesellschaft auch in Friedenszeiten aus eigenem Antrieb weiterhin eine fast militärische Ordnung praktizierte. Immer im Dienst war. Jederzeit Rechenschaft über Kleinkram ablegen konnte und an den großen Themen stur vorbei sah. Das ging einfach nicht raus.

Klaus war hin- und hergerissen zwischen Nicht-mehr-hören-können und einem ungläubigen Respekt, wie seine Eltern das alles geschafft hatten. Manchmal dachte er, dass seine Mutter immer noch in Einheiten von Lebensmittelmarken rechnete.

»Ich glaub, ich geh ins Bett«, sagte Klaus und gähnte. »Morgen ist ja Mamas Geburtstag. Und für Günther brauch ich gute Nerven. Mein Schwager geht mir sowas von … Naja, das hab ich ja bestimmt schon erwähnt.«

»Nur ein paar Mal«, sagte Ulrike. »Ich find ihn auch anstrengend. Und immer geht's nur ums Geld. Er hat auch keine Hemmungen zu fragen, was man verdient und was unser Haus gekostet hat.«

»Kommen Astrid und Silke morgen auch?«, fragte Anna. Sie hatte ihre Cousinen schon länger nicht gesehen.

»Ja, full house«, sagte Klaus. »Alle kommen. Die beiden Mädchen sind ja ganz niedlich.«

»Die sind inzwischen auch schon Mitte zwanzig, Klaus«, sagte Ulrike. »Silke arbeitet in einer Bank, und Astrid ist Rechtsanwältin. Niedlich! Sag das morgen bloß nicht laut.«

Klaus stand auf, sagte »Gute Nacht, ihr beiden« und ging nach oben ins Schlafzimmer.

Ulrike goss sich ein weiteres Glas ein und ignorierte den kritischen Blick von Anna.

»Was schenkst du denn Oma?«, fragte sie.

»Einen Bildband über Potsdam«, antwortete Anna. »Mit schönen Fotos. Kommst du mal nach Berlin?«

»Lass uns morgen drüber sprechen«, sagte Ulrike und stellte den Proust-Band wieder dahin, wo sie ihn hergeholt hatte.

»Ich finde, du solltest bald nach Berlin kommen. Opa braucht dich, glaube ich.«

»Ja, er hat mir geschrieben. Er will was Dringendes mit mir besprechen«, sagte Ulrike. »Jetzt muss ich aber ins Bett.«

Damit nahm sie das Glas, trank den Rest und stellte es in der Küche ins Waschbecken.

Aus der Küche rief sie: »Schlaf gut, Anna!«

18

Oma Grete sah gut aus. Nicht nur für ihre 75 Jahre. Schön frisiert und in einem eleganten Kostüm stand sie in der Tür. Eine echte Dame. Anna hatte sich ein helles Jackett für die Feier gekauft. Kleider zog sie schon lange nicht mehr an.

»Wie schön, dass du gekommen bist, Anna. Du Neu-Berlinerin.«

»Alles Gute zum Geburtstag«, sagte Anna und streckte ihrer Oma den Blumenstrauß entgegen.

»Kommt rein, Renate und die Kinder sind auch schon da«, sagte Oma Grete. Anna sah die Schwester ihres Vaters und die Cousinen eigentlich nur bei Omas Geburtstagen oder zu Weihnachten. Sie nannte sie für sich die Bullerbü-Cousinen, weil Renate und Günther in einem Schwedenurlaub den Vorsatz gefasst hatten, allen Kindern skandinavische Vornamen zu geben. Und an Vorsätze hielten sie sich immer.

»Kirsten und du, ihr könnt ja heute mal richtig fachsimpeln«, sagte Oma zu Anna. »Sie macht nächstes Jahr ihr Staatsexamen.« Damit schob sie die neuen Gäste in Richtung Wohnzimmer und schloss die Haustür. Ein junger Mann mit grüner Kellnerschürze lief mit einem Tablett durchs Wohnzimmer und verteilte Getränke. Eine junge Frau mit Pferdeschwanz nahm die Blumen entgegen. Auf der Anrichte standen bereits einige Vasen mit Sträußen. Auch die Geschenke und Glückwunschkarten waren dort aufgebaut. Anna legte ihr Geschenk dazu.

Kirsten und Holger standen mit ihrem Vater an der Terrassentür und hielten Gläser mit Getränken in der Hand. Sie hatten Anna gesehen, schienen aber mit einer Begrüßung zu warten, bis sie zu ihnen kam. Kirsten trug ein enganliegendes Leinenkleid mit einem dünnen Gürtel. Holger war im Anzug gekommen, zu dem seine gestreifte Krawatte ebenso gut passte wie die Budapester Schuhe. Seine Haare lichteten sich schon etwas. Ihre wurden jetzt durch eine Dauerwelle geformt.

»Jetzt fängt das da drüben mit den Hausbesetzern auch schon an«, hörte sie Günther sagen, als sie sich der Gruppe um ihren Onkel näherte. »Können die in Berlin überhaupt für Recht und Ordnung sorgen?«

Holger lachte und schüttelte den Kopf.

»Wollen die das überhaupt?«, ergänzte Günther für den Fall, dass seine Meinung über die Berliner Stadtregierung noch unklar geblieben sein sollte.

»Was sagst *du* denn dazu, Anna?«, sagte Günther statt einer Begrüßung zu seiner Nichte.

»Hallo«, sagte Anna. »Es ist ja eine Ewigkeit her, dass wir uns gesehen haben.«

»Ich wollte auch gerade sagen, Mensch, bist du groß geworden«, sagte Holger und grinste.

»Und du bist jetzt im wilden Berlin?«, fragte Kirsten.

»So wild ist es auch wieder nicht«, antwortete Anna.

»Also für mich wär das nichts«, sagte Kirsten, »diese Massen-Uni meine ich.«

»Ist eigentlich ganz okay. Man gewöhnt sich. Kannst mich ja mal besuchen«, sagte Anna.

Kirsten lächelte etwas verlegen, wobei sie ihr Kleid glattstrich und sich im Wohnzimmer umsah. Der Raum füllte sich mit weiteren Gästen. Omas Freundinnen und einige Nachbarn.

»Vielleicht mach ich das wirklich mal,« sagte Kirsten.

Annas Eltern standen mit Renate zusammen. Ulrike schnappte sich ein Glas Weißwein, als der Kellner mit dem

Tablett vorbeikam. Sie trug einen neuen Lippenstift, der die Falten um ihren Mund ungünstig betonte. Günther steuerte auf die Gruppe zu und legte seiner Frau den Arm um die Hüfte.

»Wie läuft die Praxis, Klaus?«

»Kann nicht klagen«, antwortete Klaus und wartete freundlich auf die nächste Frage, die mit Sicherheit kommen würde. Wahrscheinlich zum Thema neues Auto, Geldanlage oder noch schlimmer: Weltpolitik.

»Wie findet ihr denn, dass Anna in Berlin studiert?«, fragte Günther.

»Sie wollte ja eigentlich lieber nach Freiburg«, sagte Klaus. »Aber ich glaube, ihr gefällt es. Jedenfalls besser als mir damals.«

»Ich würd mir da schon Sorgen machen«, sagte Günther, »eine junge Frau in so einer großen Stadt. Und die U-Bahn ist doch auch nicht sicher. Ihr macht euch da keine Sorgen?«

»Nein, machen wir uns nicht«, antwortete Klaus. »Anna ist ja schon groß. Die schafft das.«

»Eigentlich sollte man mal wieder nach Berlin fahren«, sagte Renate. »Da tut sich ja jetzt viel. Auch kulturell. Ich war schon lange nicht mehr da.«

»Wir wollen Anna besuchen, wenn das Sommersemester vorbei ist. Im Moment hat sie zu viel zu tun. Sie ist auch gerade erst in eine Wohngemeinschaft gezogen«, sagte Klaus.

»Und mein Vater wird ja nicht jünger. Da müssen wir auch mal wieder hin«, sagte Ulrike. »Wird Zeit, dass wir mit ihm besprechen, was ist, wenn er nicht mehr allein zurechtkommt. Davor graut's mir. Das will er alles nicht hören.«

»Mutti ist ja zum Glück noch total fit. Toi, toi, toi«, sagte Renate und klopfte mit den Fingerknöcheln ihrer Faust an ihren Kopf.

Die Wohnzimmertür wurde geöffnet. Matthias war da.

»Entschuldigt bitte. Der Flug hatte Verspätung. Und dann der Zug. Naja ...« Die Krawatte hing lose gebunden und schief auf dem weißen Hemd. Seine Locken waren länger geworden, der Bauch etwas runder, dachte Anna, als ihr Bruder sie begrüßte. Er hatte ihren Blick gesehen.

»Kommt vom dauernden Probieren«, sagte Matthias und betastete prüfend seinen Bauch. »Das Problem aller Köche.«

Es wurde zum Essen gerufen. Der Tisch im Esszimmer war eingedeckt. Vier Gläser an jedem Platz und in der Mitte ein Gesteck aus Frühlingsblumen.

Anna wurde zwischen Günther und Astrid platziert. Sie mochte die stille Astrid, die sie sich kaum in einem Gerichtssaal vorstellen konnte. Aber nach allem, was in der Familie erzählt wurde, ging Astrid zielstrebig ihren Weg und war bei einer guten Kanzlei angestellt. Anna gegenüber saß zu ihrer Beruhigung Matthias. Oma nahm am Kopfende Platz, wo ihr Klaus in den Stuhl half. Anna dachte kurz etwas sehnsüchtig an die Küche in der Körtestraße, wo sie frühmorgens allein ihren Espresso trinken und in der noch stillen Großstadt den Tag für sich beginnen konnte.

Oma Grete hielt eine kurze Tischrede und erinnerte, wie bei jeder Familienfeier, an ihren Mann.

»Es hätte ihn gefreut, heute dabei zu sein. Wie ihr alle wisst, fehlt er mir sehr. Wir trinken auch auf Franz«, sagte sie und hob ihr Glas, das mit einer winzigen Menge Wein gefüllt war. »Vogelfußbad«, sagte Günther dazu.

Die Suppe wurde aufgetragen. Dazu gab es Riesling.

»Etwas zu viel Salz«, flüsterte Matthias über den Tisch. »Aber sonst gut.«

»Das sagst du immer«, sagte Anna.

Ulrike nahm einen großen Schluck aus dem Weinglas und lehnte sich zurück.

»Ich liebe diese fröhliche Gutmütigkeit beim Mittagessen«, sagte sie. »Das könnte ich jeden Tag haben.«

»Und, Matthias, wie ist es in der Schweiz?«, fragte Günther und stieß Anna unabsichtlich an, als er die Serviette ausbreitete.

»So ähnlich wie in den letzten drei Jahren.« Matthias grinste. »Außer dass ich jetzt in Lausanne bin. Ist eine tolle Gegend. Sehr schöne Weinberge und nicht so weit zum Skifahren. Wo hat man das schon?«

»Und die zahlen wahrscheinlich gut«, sagte Günther und strich seine Krawatte glatt.

»Und fast keine Steuern«, bemerkte Holger von der Seite, »wenn man das mal mit hier vergleicht. Jetzt übernehmen wir auch noch die marode DDR.«

»Das Leben dort in der Schweiz ist aber auch echt teuer«, sagte Matthias. »Aber ich denke, ich bleibe noch eine Weile. Man lernt viel.«

»Und, Anna, was macht die Liebe?«, fragte Günther.

»Sie wartet.«

»Da ist der Richtige wohl noch nicht gekommen«, kommentierte Günther. »Astrid hat sich verlobt. Vielleicht werden wir bald Großeltern.«

»Na, so eilig hab ich es damit auch wieder nicht, Oma zu werden«, sagte Renate quer über den Tisch.

Astrid sah ihre Schwester an und schüttelte stumm den Kopf. Kirsten nickte zustimmend.

So bewegten sich die Gespräche in vertrauten Bahnen. Nach dem Kalbsbraten und der Crème Bavaroise gab es eine Pause für die Raucher. Die Tür zum Garten wurde geöffnet. Ulrike nahm ihr Glas Rotwein mit auf die Terrasse. Das Rauchen hatte sie schon lange aufgegeben, aber die Geselligkeit der Zigarettenpausen mochte sie weiterhin. Anna und Matthias liefen über den Rasen.

»Und wie geht's dir in Berlin?«, fragte er seine Schwester.

»Bisher ganz gut. Gefällt mir besser, als ich dachte«, sagte sie. »Ich war neulich mal in Brandenburg. Das geht jetzt alles viel einfacher ohne Mauer. Da gibt es einen See am anderen. Ich freu mich schon auf den Sommer.«

»In der DDR war ich noch nie«, sinnierte Matthias.

»Sag mal, was weißt du über Oma und Opa? Ich hab da wirklich krasse Sachen bei ihm gefunden,« sagte Anna. »Also zufällig gefunden. Nicht dass ich was gesucht hätte. Ein Mutterkreuz und einen SS-Dolch.«

»Mutterkreuz ist ja seltsam« sagte Matthias. »Kann eigentlich nicht aus unserer Familie sein. Tante Trudi hatte keine Kinder, und Mama hat keine Geschwister. Das ist bestimmt von jemand anders.«

»Warum hebt man denn sowas auf? Etwas von anderen Leuten. Und er hatte es im Keller versteckt«, sagte Anna.

»Da hast du es ganz zufällig gefunden?«, fragte Matthias.

»Ja, ich weiß. Geht mich eigentlich nichts an«, antwortete Anna.

»Ich hab dir was mitgebracht.« Matthias griff in seine Jackentasche. »Einen neuen Geruch.«

Anna öffnete eine schlanke Aluminiumdose und roch vorsichtig an dem rötlichen Pulver, das ein wenig an Lebkuchengewürz erinnerte. Aber auch an Nelken und Chili.

»Das ist Ras el-Hanout. Für Couscous zum Beispiel. Ich dachte, das würde dir gefallen. Vielleicht riecht Marrakesch ja so.«

Die Gäste wurden zu Kaffee und Kuchen wieder hereingebeten. Oma schnitt die Torte an, und die junge Frau mit Pferdeschwanz verteilte die Stücke auf Kuchenteller.

Günther spießte die kandierte Kirsche mit der Kuchengabel auf und schob sie entschlossen in den Mund. Wie ein Raubvogel kreiste sein Blick über der Kaffeetafel auf der Suche nach einem geeigneten Opfer für seine noch nicht gestellten Fragen.

Das Geräusch vorsichtig abgestellter Kaffeetassen hatte

etwas Beruhigendes. Eine milde Schläfrigkeit legte sich über die Gesellschaft.

Oma Grete schaute zufrieden über den Tisch, an dem alle im Gespräch waren. Ein guter Moment, dachte Anna, sich zu ihr zu setzen.

»In Berlin war ich auch als junge Frau«, sagte Oma Grete. »Für mein Pflichtjahr. 1938.«

»Ach, das wusste ich ja gar nicht«, entgegnete Anna.

»War eine schöne Zeit, da denke ich gerne dran zurück. Die ganze Stadt war immer mit Fahnen geschmückt. Franz und ich haben da auch geheiratet. Dann musste er den Betrieb in Marburg übernehmen, und wir sind weg aus Berlin. War vielleicht besser so«, sagte Oma Grete. »Schön, dass du gekommen bist und wir ein bisschen reden können.«

Bald begann der allgemeine Aufbruch. Anna und ihre Familie verabschiedeten sich auch, nachdem die Nachbarn und Omas Freundinnen gegangen waren. Günther und Renate blieben wie immer bis ganz zum Schluss, standen mit Oma in der Haustür und winkten den letzten Gästen. Klaus holte den Wagen und ließ seine Familie vor der Tür einsteigen.

Die Strecke würde man in Berlin laufen, dachte Anna während der kurzen Fahrt im Auto. Marburg kam ihr nun sehr klein vor.

»Jetzt brauch ich erst mal einen Schnaps«, sagte Ulrike und ließ sich aufs Sofa fallen. »Ich hab viel zu viel gegessen. Vor allem von der Torte.«

Endlich konnte sie auch die Schuhe ausziehen. Sie holte die Flasche Aquavit aus dem Eisfach und trank ein erstes Glas noch neben dem Kühlschrank.

»Ist alles in Ordnung mit dir und Opa in Berlin?«, fragte Klaus.

»Ich denke schon«, antwortete Anna. »Ich hab ihn jetzt

zwei Wochen nicht gesehen, aber es ist nichts Besonderes passiert. Warum?«

»Opa hat mir doch diesen Brief geschrieben, dass er etwas sehr Wichtiges mit mir besprechen muss. Vielleicht ist er krank«, sagte Ulrike. »Ich soll nach Berlin kommen. Am Telefon wollte er nicht weiter darüber reden.«

»Mir hat er nichts erzählt. Er hat es wieder mit dem Magen«, sagte Anna. »Aber sonst ist alles wie immer.«

»Ich mach mir etwas Sorgen. Auf die Dauer kann er nicht so allein bleiben. Was ist, wenn er mal Hilfe braucht? Marburg ist einfach zu weit weg«, sagte Ulrike. »Dann kann ich dich ja auch in deiner WG besuchen. Kommst du mit, Klaus?«

»In die Stadt des ewigen Winters?«, stichelte Anna.

19

Anna bestellte am Tresen einen Espresso und setzte sich ans Fenster. Die Platanen blühten hier ein paar Wochen später als in Marburg. Das Camouflage-Muster der Baumstämme war grau und staubig. Noch immer rauchten die Kohleöfen innerhalb des S-Bahnrings.

Sie sah die Vergrößerungen durch, die sie im Fotoladen neben dem Café abgeholt hatte. Die Familie vor dem Fachwerkhaus. Die kleine Gruppe, die im Garten unter Lampions ein Mutterkreuz feierte. Sie legte die Postkarte mit dem Stadttor dazu. Wie hingen diese Dinge zusammen? Weshalb hatte Opa sie aufgehoben? Weshalb hatte er sie im Keller versteckt?

Sie war sich sicher, dass das Stadttor eine Bedeutung hatte. Jemand hatte den Ortsnamen entfernt. Und dafür musste es einen Grund geben.

Sie war vor ihrem Auszug aus Ludwigs Wohnung noch einmal im Keller gewesen, um die Postkarten und Briefe zu fotografieren, die in der Metallkassette neben dem Dolch und dem Mutterkreuz darauf warteten, dass jemand sie ansähe. Opa vielleicht. Vielleicht aber auch erst jemand bei der Auflösung seines Haushalts. Sie fragte sich, ob er selbst manchmal daran dachte. Vielleicht würde der Kellerinhalt einfach unbesehen entsorgt, und die Briefe und Postkarten hätten die ganze Zeit nutzlos darauf gewartet, dass jemand sie entdeckt. Das war das Ironische daran, dass gerade die Dinge, für die sich überhaupt noch jemand interessieren würde, verschlossen und versteckt auf einen Zufall warteten. Auf eine Entdeckung. Während die ganze übrige Banalität frei herumstehen durfte.

Die Fotos der Briefe und Postkarten wollte sie später genauer durchsehen. Und für die Texte in Sütterlin brauchte sie ohnehin Hilfe. Es wurde Zeit, dass sie sich auf den Weg machte. Opa würde sie heute gegen Abend in der Körtestraße besuchen kommen und bei der Gelegenheit eine Lampe anschließen. Seit sie bei ihm ausgezogen war, hatten sie sich kaum gesehen. Ihre Anatomiekurse waren recht zeitintensiv, und sie musste mehr Zeit für Klausurvorbereitungen einplanen. Aber sie wollte wenigstens einmal im Monat mit ihm bei Gino essen gehen.

20

Im Dreistromland Vorpommerns liegt die kleine Hansestadt Demmin. Das Gewässerkreuz der Trebel, der Peene und der Tollense umschließt ihr gitterförmiges Straßennetz. Die Peene kommt von Südwesten und legt sich als große Schleife in Form eines Schafkopfs um die Altstadt, bevor sie nach Nordosten weiterfließt. Die Trebel mündet im Nordwesten dort in die Peene, wo das Schaf die Nase hat. Südlich der Stadt mündet die Tollense in die Peene, die an dieser Stelle vier Meter tief ist. Wenn man dort steht und dem rauschenden Wasser lauscht, denkt man vielleicht an die quirligen Fische, die in den Flüssen leben. An die Kraft der Strömung, die Mühlen antreiben kann. An das frische, klare Wasser, in dem man an heißen Tagen die Füße kühlt. Man denkt nicht an den Tod. Jedenfalls nicht sofort. Und doch hat die Stadt mehr Erfahrung mit Gewalt und Tod als die meisten anderen pommerschen Städte.

Ein Mauerring mit fünf Toren liegt über Jahrhunderte um Demmin und seine niedrigen Fachwerkhäuser. Nur die Türme von Sankt Bartholomäi sind noch höher als die mächtigen Stadttore. Auch die Flüsse schützen Demmin, denn ohne Brücken gelangt man nur vom östlichen Jarmen her in die Stadt. Durch das Luisentor. Das letzte Stadttor, das heute noch steht.

Und doch kommt fast jede Armee mit Gewalt über die Stadt und ihre Menschen – die Wenden und Pommern, die Preußen, die Dänen und Schweden. Die napoleonischen Truppen. Das zaristische Heer. Viele Male wird die Stadt belagert. Eingenommen. Geplündert. Geschändet. Schließlich der Wehrlosigkeit überlassen, als ihre hohen Mauern abgetragen werden. Die königlich angeordnete *Entfestung*.

Brandgeruch liegt immer wieder über Stadt und Flüssen. Ein Schleier aus Asche und Ruß deckt die Verwüstungen zu. Grau steht das dichte Schilf an den Flussufern.

Ein ausgefranstes Einschussloch in einem Messtischblatt. So kann man es sich vorstellen.

In alten preußischen Meilen gerechnet, liegt die Stadt fünf Meilen von Anklam, acht Meilen von Rostock und etwa zwanzig Meilen von Berlin. An der schiffbaren Peene und ihren Verzweigungen, über die man seit Jahrhunderten Handel trieb. Strategisch günstig.

Das dachte man bis April 1945.

21

Die beiden ungleichen Türme von St. Marien waren schon von Weitem zu sehen. Der schiefergedeckte Nordturm und der gemauerte Südturm standen gleichberechtigt in ihrer weithin sichtbaren Unterschiedlichkeit nebeneinander. Den einen Turm schmückte ein Kreuz, den anderen eine goldene Kugel mit Wetterhahn.

Sie fuhren durchs Ruppiner Tor in die Altstadt von Gransee hinein. Sabine stellte den R4 auf dem Kopfsteinpflaster vor der Kirche ab, und sie gingen über die Baustraße den kurzen Weg zum Luisendenkmal auf dem Schinkelplatz.

»Hier ist sie, die Luise«, sagte Max.

Ein zarter eiserner Baldachin spannte sich über den Metallsarg, der in der Mitte des Platzes auf einem Feldsteinsockel ruhte. So leicht erschien Anna die Konstruktion und so zierlich das eiserne Tuch über dem schmalen Sarg, dass sie glaubte, er müsse trotz all seiner Schwere beinahe schweben.

Sie stellte sich vor, wie der Sarg nachts allein auf dem weiten Platz in der Dunkelheit gewartet hatte. Ohne Wächter und ohne Hofstaat. Nur behütet vom Dach der Sterne. Obwohl der Leichnam der toten Königin vor vielen Jahren nur eine einzige Sommernacht auf dem Weg nach Berlin hier hatte warten müssen, spürte Anna eine unerklärliche Präsenz. Der Sarg unter dem eisernen Baldachin wirkte auf sie, als ob Luise noch hier wäre.

Anna las den Text an einer der beiden Längsseiten des Denkmals:

An dieser Stelle hier, ach, flossen unsre Thränen,

als wir dem stummen Zuge betäubt entgegen sahen;
o Jammer, sie ist hin.

Der Text berührte Anna in einer Weise, die sie überraschte. Sie wusste wenig über Luise. Nur das, was ihr Max erzählt hatte. Dabei hätte ihr Luise sicher gefallen. Die fröhliche Jungfer Husch, die ausgelassen gegen jedes Hofprotokoll Walzer tanzte und kleine Bildergeschichten kritzelte. Der kurze Text rührte an etwas in ihr, das wie eine mächtige eiserne Glocke, stumm und riesig in einer schwarzen Einsamkeit wartete. Die schutzlose Traurigkeit des Textes erzeugte eine zarte Schwingung in ihr, die sich in die Nähe eines tiefen Schmerzes ausbreitete, für den sie keine Erklärung hatte. Den sie so nie gespürt hatte. Es schlief etwas in ihr, das jetzt seinen Kopf hob und in ihr Bewusstsein aufstieg. Etwas, das sie, das spürte sie, vollkommen mit sich reißen konnte, wenn sie es zuließ.

Anna ging hinter das Denkmal und nahm die Kamera aus der Tasche. Sie drehte das Fisheye-Objektiv in die Kamera und fotografierte den Platz zusätzlich mit einem Rotfilter. Der Glanz der vergoldeten Krone, die am Kopfende des Sargs lag, leuchtete unter dem tiefhängenden Grau der Wolken. Der Blick durch die Technik der Kamera beruhigte Anna, wie er es immer tat.

Max und Sabine waren in ein Gespräch vertieft. Max rauchte den Rest seiner Zigarette, während sie in Richtung Vogelsangstraße gingen. Dann blieben sie vor dem Haus stehen, in dem Max' Oma wohnte. In einigen Vorgärten hingen noch bunte Ostereier in den blühenden Bäumen.

»Meine Oma spricht nicht so gerne über sich selbst«, sagte Max und öffnete das niedrige Metalltor am Eingang zum Garten. »Da müssen wir ein bisschen Geduld haben. Die Alten sprechen nur über ihre Krankheiten oder übers Wetter, sagt sie. Wisst ihr, wie sie sich manchmal nennt? Die unwichtige Person. Echt jetzt.«

Max klingelte. Eilige Schritte waren zu hören, und eine kleine weißhaarige Frau in Kittelschürze öffnete die Tür.

»Ach, da seid ihr ja. Kommt rein, Kinder!«, sagte Else Fischer und ging ins Wohnzimmer voraus.

Sie hatte den Tisch gedeckt, Kaffee gekocht und einen Krug mit Rhabarbersaft auf den Tisch gestellt. Max wickelte den Kuchen aus der Verpackung und warf das Papier in den kalten Kachelofen. Vier Stühle standen auf einem flauschigen Teppich um den Esstisch.

»Nu setzt euch mal hin, ihr Lieben«, sagte Else Fischer. Dabei sah sie Anna an. »Und Sie sind neu in Berlin? Ich weiß leider Ihren Namen nicht.«

»Sie können gerne Anna zu mir sagen.«

»Meine Tochter wohnt ja auch in Berlin«, sagte Else Fischer. »In Britz. Kennen Sie die Hufeisensiedlung?«

»Das ist ja nicht wirklich Berlin«, sagte Max und lachte.

»Na, das ist doch in Berlin«, erwiderte Else Fischer. »Ich war doch da und habe Ursula besucht.«

»Ich kenne Berlin kaum«, sagte Anna. »Das kommt erst noch.«

»Wissen Sie«, sagte Else Fischer dann wieder zu Anna, »dieser Krach und diese Hektik in der Großstadt, das ist mir zu anstrengend. Ein einziges Gerenne. Der Berliner hat nie Zeit. Ich bin lieber hier draußen, im Grünen. Da sind die Menschen auch anders.«

Alle schwiegen für einen Moment. Else Fischer seufzte und schien sich dann einen Ruck zu geben. Fragte, was sie denn erzählen solle. Dabei wischte sie langsam mit der Hand über den Tisch.

»Von früher? Wie ich hierhergekommen bin?«

Sie sah plötzlich sehr ernst aus, fand Anna.

»Ich bin eigentlich nicht von hier. Ich bin ja Flüchtling.« Sie machte eine kurze Pause und sprach dann direkt zu Anna.

»Ich hab nicht vergessen, wie das war, wissen Sie, Anna.

Das vergisst man nie. Wir haben alles verloren, den Hof mit den Tieren. Hatten nur noch einen Koffer und was wir am Leib trugen. Die Eltern mussten wir zurücklassen. Das war schwer. Sehr schwer. Und keiner wollte einen haben. Es gibt ja auch heute wieder Flüchtlinge. Denen geht es auch wieder schlecht. Das tut mir in der Seele weh.«

Sie tupfte sich den Mund mit einer Serviette ab. Dann räusperte sie sich und setzte ihre Erzählung fort.

»Winter fünfundvierzig bin ich mit meiner Schwester aus Pommern gekommen. Auf den allerletzten Drücker. Mit dem Flüchtlingstreck. Das war ein bitterkalter Winter. Mit nichts sind wir da weg. Kein Hemd aufm Hintern. Wie gesagt – jeder nur einen Koffer.« Sie machte eine Pause und sah sich mit ihren scharfen grauen Augen in der Runde um.

»Und keiner wollte uns haben. Sie haben zwar gesagt, wir könnten hier als Umsiedler bleiben. So sollte man zu uns sagen. Nicht Flüchtlinge. Aber nee. Wisst ihr, wie die uns genannt haben?«

Sie machte eine Pause. Anna schwieg und bewegte nur ganz sanft ihren Kopf.

»Wasserpolacken haben sie zu uns gesagt. Direkt ins Gesicht. Keiner wollte einen haben. In jedem Haus war schon Einquartierung. Ausgebombte aus Berlin. Dann kamen wir und immer mehr Flüchtlingstrecks. Das kann sich kein Mensch mehr vorstellen.«

Else Fischer nahm ihren Teller, auf den Max ein Stück Kuchen gelegt hatte, griff nach der Kuchengabel und stellte den Teller dann wieder auf den Tisch zurück.

»Ein Dreck war das. Aber wat sollte man machen. Es ging nicht weiter, denn sind wir eben geblieben. Der Mensch passt sich an. Haben hier geheiratet. Man konnte froh sein, dass man noch einen Mann gefunden hat. Dann kamen die Kinder. Man hat gearbeitet. Man hat eben weitergelebt. Naja, ich will euch nicht mit den alten Geschichten langweilen.«

»Also ich höre dir immer wieder gerne zu«, sagte Sabine. »Erzähl doch noch mal, wie das genau war.«

»Wir wollten ja eigentlich nach Berlin, zu unserer Tante. Die war da Krankenschwester. Wir hatten keine Vorstellung, wie wir hinkommen sollten. Und vorher war ja trecken verboten.

Wir mussten dableiben. In Pommern. Also erst sind wir nach Anklam. Da sind wir zwei Monate geblieben. Dann gings weiter nach Neubrandenburg. Da war alles voll mit dienstverpflichteten Polen. Und Häftlingen, die in den Rüstungsfirmen arbeiten mussten. Die hatten so ein *P* auf der Jacke. Da konnten wir nicht bleiben. Zwanzig Menschen in drei Zimmern. Da wollten sie uns auch nicht.

Dann sind wir weiter Richtung Berlin. Die meiste Strecke zu Fuß. Mitte April sind wir hier in Gransee hängen geblieben. Da hatten wir noch Glück. Was man dann gehört hat. Neubrandenburg war völlig abgebrannt. Andere Städte auch. Das schöne Demmin! Alles abgebrannt. Und die Soldaten sind über die Frauen hergefallen. Und dann kam noch der Typhus.«

»Nach Berlin sind Sie dann gar nicht mehr gekommen?«, fragte Anna.

»Nein, das ging nicht mehr. Es kamen immer mehr Flüchtlinge vom Norden. Und die Russen. Die wollten wohl unbedingt am 1. Mai in Berlin sein. Die Straßen waren völlig verstopft. Und es gab Tiefflieger. Überall waren auch noch SS und Werwölfe. Und die SS hat alle Brücken gesprengt. War ja Hitler-Befehl – nur verbrannte Erde für die Sieger. Was mit uns wird, war denen völlig wurscht. Wir hatten den Krieg verloren, und jetzt hatten wir auch kein Recht mehr auf eine Zukunft. Wie als Strafe.«

Sie trank aus ihrem Glas und räusperte sich.

»Wir sind in Gransee untergekommen und geblieben. Wir konnten auch nicht mehr. – Na, nu essen wir erst mal den

Kuchen, den ihr mitgebracht habt«, sagte Else Fischer in die etwas beklommene Stimmung.

Anna legte die Postkarte aus ihrer Handtasche auf den Tisch.

»Ich versuche schon länger herauszubekommen, wo das ist. Wissen Sie das vielleicht? Jemand hat mal gesagt, dass könnte Neubrandenburg sein.«

Else Fischer nahm die Karte in die Hand und sah sie genau an. Sie drehte sie um und las den Aufdruck. Dann sagte sie sehr bestimmt: »Det is nich Neubrandenburg, mein Kind. Det is Demmin. Das Luisentor. Das mit den vielen Fenstern.«

Else Fischer machte eine kurze Pause und beobachtete ihre Zuhörer. Keiner sagte etwas.

»Habt ihr von Demmin gehört? Was da passiert ist fünfundvierzig?«

Anna schüttelte den Kopf.

»Nein?«, fragte Else Fischer. »Ist ja auch kein Wunder. Keiner wollte das hören. Auch wegen der Völkerfreundschaft.«

Es klingelte, Else Fischer stand auf und ging eilig zur Tür. Eine Krankenschwester der Volkssolidarität kam zur Nachsorge.

»Dann muss ich euch ein andermal von Demmin erzählen, Kinder. Ich weiß aber nicht, ob ich das überhaupt tun soll. Ist eine schlimme Geschichte.«

»So, Frau Fischer«, sagte die Krankenschwester, als sie ins Wohnzimmer kam. »Ach, wie schön. Sie haben ja Kaffee-Besuch.«

»Ja, nu hab ich zu tun. Da müsst ihr noch mal wieder kommen«, sagte Else Fischer und brachte ihre Gäste zur Haustür.

22

Ludwig ging in den Keller, um die Bücher und die Metall-kassette wieder nach oben zu holen. Der feuchte Keller war kein guter Ort dafür. Nach Annas Auszug konnte alles wieder ins Schlafzimmer.

Er setzte sich im Wohnzimmer an den Esstisch und nahm das Foto von Julius und Leni mit den Kindern aus der Kassette. Ein Bild, das er selbst an einem Sommernachmittag aufgenommen hatte. 1944. Julius war in Uniform zum Kaffeetrinken gekommen, bevor er wieder zum Dienst musste. Leni spielte mit den Kindern im Wohnzimmer. Agnieszka war mit der Bügelwäsche beschäftigt. Es war eines dieser Fotos, bei denen man später froh ist, dass man es gemacht hat. Auch wenn keiner sich draußen für ein Bild hatte aufstellen wollen. Man war froh über das Foto, weil es kein weiteres mehr gegeben hatte. Geben konnte.

Ludwig erinnerte sich an den 30. April 1945 noch wie heute. Ein herrlicher Frühlingstag in Demmin. Sonnig, strahlend und frisch. Vom Luisentor her wälzen sich Kolonnen von LKWs über die Straße in die Stadt. Auf den Ladeflächen Soldaten mit Verletzungen und schmutzigen Uniformen. Manche haben keine Schuhe mehr. Zwischen den Wagen drängen sich Menschenmassen. Zerlumpte Gestalten mit müden Gesichtern. Alte, Frauen und Kinder. Uniformierte stehen am Rand und winken die Nachkommenden hektisch in die Richtung, der sie ohnehin schon folgen. Es gibt keine andere. Die meisten tragen ein Bündel oder einen kleinen Koffer. Alles Übrige haben sie zurückgelassen. Nach und nach. Zuerst schweren Herzens. Am Ende abgestumpft und bis ins Innerste ermüdet. Einfach abgestellt. Und weiter.

Ludwig kämpft sich durch den Menschenstrom in Richtung Schwedenwallweg. Zu den Lauben. Wo sind Leni und die Kinder?

Er erreicht im Laufschritt den Garten, in dem alles still ist. Das Tor steht offen. Vor der Laube zwei kleine Koffer, die Tür nur angelehnt. Er erinnert sich an das Bild wie unter einem Nebelschleier. Leni liegt auf dem Sofa, den Kopf zur Seite. Auf dem Boden die Kinder. Hartmut, die Zwillinge Siegfried und Bernd, Ulrike. Im Zimmer der scharfe Geruch von Blausäure. In seiner Erinnerung schüttelt er Leni, um sie aufzuwecken. Ihr Körper hängt schlaff in seinen Armen, ihr Kopf kippt nach hinten. Er beugt sich über die Kinder. Nur Ulrike bewegt sich noch. Die Jungen sind tot. Liegen mit seltsam frischer Gesichtsfarbe in einem ewigen Schlaf, die Arme ordentlich an den Körper gelegt auf dem weichen Teppich – mit einem Ausdruck ungläubigen Erstaunens in ihren Gesichtern. Ludwig fühlt eine entsetzliche Schwäche. Er sinkt zu Boden. Ein tonloser Schrei steckt in seinem Hals, ein Röcheln, das aus dem Innersten kommt. Die Zeit scheint wie eingefroren. Er kniet neben den Kindern nieder. Ein Schluchzen kommt aus seinem Körper, gegen das er machtlos ist. Aber Ulrike braucht ihn. Er hält ihr die Nase zu und gibt ihr seinen Atem. Sie hustet und strampelt mit den Beinen. Er schüttelt sie, nimmt sie in seine Arme. Hält sie fest. Sie wehrt sich, stößt ihn mit ihren Ärmchen zurück. Er streicht eine ihrer Locken aus seinem Gesicht und sieht sich ein letztes Mal um. Hier haben sie schöne Abende zu viert verbracht. Das einfache Leben im Garten genossen. Um die Petroleumlampe gesessen und zusammen gesungen.

Er dreht sich nicht noch einmal um, als er aus der Laube flieht. Die Sonne sticht unerträglich. Ludwig rennt den Weg zurück nach Hause. Sein Mund ist trocken, die Zunge fühlt sich an wie Sandpapier. Die Beine sind schwer und ungelenk. Das taube Gefühl in den Ohren lässt nach, und er kann den Lärm von Militärtransportern hören. Laute Befehle und ein vielstimmiges Geschrei aus der Holstenstraße. Edith wartet mit einem Koffer.

»Was machen wir denn mit ihr?«, fragt Edith und zeigt auf Ulrike.

»Sollte ich sie dort lassen? Sie sind alle tot«, sagt Ludwig fast unhörbar. »Leni. Die Kinder. Alle tot.«

Edith nimmt ihn an die Hand und geht mit festem Schritt in Richtung Kahldenbrücke.

»Ludwig, reiß dich zusammen«, sagt sie. »Heinz wartet auf uns. Wir müssen weg.«

Sie schreit fast. »Die Russen kommen.«

Heinz steht neben einem LKW und raucht. Er trägt jetzt das Feldgrau der Gefreiten. Er ist unruhig. Wo bleibt Edith? Er sieht auf die Uhr, dann in Richtung Holstenstraße. Ruft dem Fahrer zu: »Noch einen Moment!«

Endlich erreichen Ludwig und Edith den Lastwagen. Ludwig reicht das Kind hoch auf die Ladefläche, dann den Koffer, hilft Edith nach oben und steigt schließlich selbst zu der Gruppe Menschen.

»Aufsitzen!«, ruft Heinz, wirft die Zigarette weg und steigt neben dem Fahrer ein.

Der Wagen schaukelt in Richtung Peene. Ludwig steht auf der Ladefläche und sieht nach Osten. Auf seine schöne Stadt. In einem Konvoi aus Militärfahrzeugen, Löschwagen, Flak-Transportern überqueren sie den Fluss auf der kurzen Kahldenbrücke.

Knirschendes Metall und Wagenrattern. Die Straße ist durch Trecks verstopft. Zu Fuß, mit Leiterwagen, mit schweren Lasten auf alten Fahrrädern bewegen sich Tausende wie ein zäher grauer Strom nach Süden. Es ist kaum ein Durchkommen. Der Fahrer legt die Faust auf die Hupe und bahnt sich einen Weg durch die Massen, die bis zum Horizont auf ihrem schleppenden Weg sind. Nur weg. Nur weg, bevor die Russen hier sind. Ludwig sieht ein letztes Mal auf die Stadt, auf die Backsteinspeicher am Hafen, auf den Kirchturm von St. Bartholomä.

Edith hält Ulrike fest in ihrem Arm. Ihr Kind. Das ist jetzt ihr Kind. Sie wollte immer ein kleines Mädchen. Sie wird das Kind lieben und beschützen, denkt Ludwig. Und das Kind wird auch sie beschützen. Man sagt ja, die Russen seien kinderlieb.

Ohne Edith wäre er dort zugrunde gegangen, das wusste Ludwig immer. Von weit vor der Stadt hatten sie später die Detonationen gehört, als die Brücken hinter der abrückenden SS gesprengt wurden. Die Kahldenbrücke zuerst. Wer noch in der Stadt war, musste erkennen, dass die malerische Lage in der Schafkopfschleife der Peene eine Falle war. Keiner kam mehr raus. Und die Sieger kamen nicht weiter auf ihrem Weg nach Berlin. Sie würden am 1. Mai nicht dort sein. Erschöpft und wütend saßen sie fest.

23

Demmin also, dachte Anna. Von Berlin aus nicht allzu weit. Sie musste dort hin. Die nächsten zwei Wochen waren voll mit Kursen und Klausuren. Aber danach. Sie würde Sabine fragen.

Ludwig kam etwas zu spät, sie saß bereits an seinem Stammplatz bei Gino. Es wäre auch einen Tisch auf der Terrasse frei gewesen, aber sie wollte seine Gewohnheiten nicht stören. Er sah blass aus, dachte sie, als er kam. Faltig und angestrengt. Er musste sich offenbar zusammenreißen, wie er das immer nannte.

»Wie geht's dir?«, fragte er Anna und setzte sich. »Wir haben uns ja lange nicht gesehen.«

»Ganz gut«, antwortete sie. »Ich freu mich auf die Semesterferien.«

Ludwig knabberte von den Grissini und machte einen abwesenden Eindruck. Sein Blick wanderte durch das Lokal, als suche er etwas. Oder überprüfe die Umgebung wie ein Verfolgter. Der Kellner kam an den Tisch. Heute gebe es zusätzlich zur Karte Ravioli mit Bärlauch-Pesto, sagte er und nahm dann die Getränkebestellung auf.

Ludwig suchte nach einem Thema. Aber es fiel ihm keines ein. Er bürstete ein paar Krümel von seinem Hemd. Das Schweigen war ihm unangenehm.

Sie saßen eine Weile schweigend, dann sagte Anna: »Ich wollte dich was fragen«, und lächelte ihn freundlich an.

Ludwig richtete seinen Blick auf sie, als würde er von Ferne kommen.

»Ja?«

»Kannst du mir was über Demmin erzählen?«

Ludwig sah aus, als würde er kollabieren. Alle Spannung verließ seinen Körper, er sackte kurz zusammen.

»Wieso denn Demmin?«, fragte er.

Die Getränke kamen. Der Kellner notierte die Bestellung. Sie nahmen, was sie auch sonst immer bestellten. Die Tische um sie herum füllten sich. Ludwigs Blick blieb bei einer Frau hängen, die sich an einen Tisch in der Nähe setzte und nach einem Platz für ihre Handtasche suchte. Wozu man Handtaschen braucht, dachte er.

»Demmin. Die Oma von Max hat mir davon erzählt. Von den Flüchtlingen nach dem Krieg«, sagte Anna ins Blaue hinein. »Ich dachte, du weißt vielleicht etwas darüber. Die Vergangenheit interessiert mich.«

Ludwig goss sich Wein ein. Seine Hand zitterte ein wenig. »Da kann ich nicht viel erzählen«, sagte er.

»Ich dachte, du warst vielleicht schon mal da«, sagte Anna. »Ist ja nicht so weit weg.«

»Da war ich früher mal. Im Krieg. Aber das ist ja schon lange her.«

Anna betrachtete ihre Vierjahreszeiten-Pizza und beobachtete dann Ludwig, wie er ein Stück von der Calzone abschnitt – und wie er versuchte, dem Thema zu entkommen.

»Immerhin bist du ja da in der Nähe geboren. Und Oma sogar direkt in Demmin.«

»Ja, stimmt. Woher weißt du das?«, fragte Ludwig.

»Sollte ich das nicht wissen?« Anna sah ihm direkt in die Augen. »Steht in unserem Stammbuch. Brauchte ich für den Staatsangehörigkeitsnachweis. Fürs Studium. Den Ahnenpass hatte Mama ja leider nicht mehr. Sie hat sowieso erstaunlich wenig von früher.« Sie machte eine Pause. »Eigentlich nichts, würde ich sagen.«

Anna teilte ihre Pizza in vier Teile, rollte eines zusammen und schob es in den Mund. Sie hatte Ludwig völlig unerwartet getroffen. Mit dem Stück Pizza im Mund musste sie erst mal nichts sagen. Ludwig sagte auch nichts. Nippte an seinem Wein und sah an ihr vorbei aus dem Fenster.

»Was willst du?«, fragte er endlich.

»Ich will wissen, was Demmin mit unserer Familie zu tun hat, und ich will, dass diese Geheimniskrämerei aufhört.« Anna schob ein weiteres Viertel der Pizza in ihren Mund. »Von wegen, ich hab die Bücher verbrannt. Die liegen im Keller.«

»Das geht dich gar nichts an. Gar nichts. Klar?!« Ludwig zeigte mit dem Messer auf sie. »Das ist mein Leben und nicht deins. Du hast überhaupt keine Ahnung.«

Ludwig sah, wie sich die Frau mit der Handtasche zu ihm umdrehte.

Anna aß weiter wortlos ihre Pizza und sah ihn mit einem Blick an, den er als vorwurfsvoll empfand. »Ich muss jetzt gehen«, sagte sie dann sehr plötzlich und stand auf.

24

Ludwig ging zur Wäscherei, um die Bettwäsche abzuholen. Der marzipanartige Geruch der Reinigungs-Chemie verursachte bei ihm immer leichte Übelkeit. Er kam nicht dahinter, was es genau war. Vielleicht eine Erinnerung an etwas von früher. Aus dem Krieg oder aus der schlechten Zeit mit ihren vielen Ersatzstoffen.

Vielleicht erinnerte ihn der Geruch an die Karbidlampen im Garten oder an den Chlorreiniger, den Agnieszka im Haus von Julius und Leni immer reichlich verteilt hatte. Vielleicht an das Matador-Herdputzmittel. Solche Gerüche gab es heute gar nicht mehr. Bohnerwachs vielleicht noch. Schon das Wort klang wie aus einem anderen Jahrhundert.

Während er an der Theke wartete, bis Frau Ziegler die in Papier eingeschlagene Bettwäsche holte, stiegen Erinnerungen an ähnliche Gerüche in ihm auf. Aber es war nichts Konkretes.

Zu Hause legte er das Paket auf den Küchentisch und machte sich eine Tasse Tee. Er dachte an Leni und Julius an einem der Abende, die sie zu viert verbracht hatten. Es musste so Anfang März 1945 gewesen sein. Agnieszka war gerade mit dem Putzen fertig geworden. Der Geruch des Chlorreinigers hing noch in der Wohnung.

Während sie die Mäntel abgelegt hatten, konnten sie hören, wie Leni die Kinder ins Bett brachte und mit den Zwillingen sang. Siegfried wollte die Stelle mit den Sternen immer wieder hören.

»Bei den Sternen steht, was wir schwören.
Der die Sterne lenkt, wird uns hören.

Eh der Fremde dir deine Kronen raubt,
Deutschland, fallen wir Haupt bei Haupt!«

Es gab Abendessen. Julius hatte sich umgezogen und trug statt der Uniform einen Wollpullover und eine Tweed-Hose. Auf dem Tisch lag das hellblaue Leintuch. Sie tranken Wein, lachten. Julius rauchte eine Zigarre.

Die beiden Frauen gingen in die Küche, um den Nachtisch zu holen. Edith erzählte ihm später, wie Leni mit dem Stapel Glasschalen in der Hand plötzlich gesagt hatte, dass sie schon genügend Tabletten beiseitegeschafft habe – für den Fall, dass der Krieg verloren sei. Ob sich Edith denn schon Gedanken gemacht habe. Sie könne ihr natürlich helfen.

Edith habe sie angesehen und gefragt: »Worüber sprichst du Leni?«

»Na, darüber wenn die Russen kommen«, sagte Leni. »Dann sollen sie ein schlafendes Deutschland finden.«

»Darüber denkt ihr nach? Während unsere Soldaten im Feld stehen?«

»Edith, der Krieg ist verloren. Die Russen kommen. Und was sie dann machen werden, auch mit meinen Kindern, das möchte ich mir nicht vorstellen. Hast du Nemmersdorf vergessen? Julius hat mir Dinge erzählt, worauf sie sich in der Heeresleitung einstellen. Das ist nur noch eine Frage von Wochen.«

Leni stellte die Schalen ab und packte Edith bei den Armen. »Überleg's dir. Zyankali geht schnell, fast schmerzlos. Der Apotheker hat uns versorgt.«

»Und die Kinder?«

»Um die Kinder zu schützen, werden wir sie mitnehmen«, sagte Leni.

»Was meinst du mit mitnehmen?«

Sie sahen einander stumm an. Leni antwortete nicht. Auch Edith sagte nicht, was sie dachte. Sie war sich nicht mehr sicher, was Leni tun würde. Sie vertraute ihr nicht. Nicht mehr.

»So, und jetzt gibt es Kompott«, sagte Leni und trug die Schalen ins Wohnzimmer.«

Auf dem Nachhauseweg war Edith völlig verstört gewesen.

»Das mache ich auf keinen Fall«, sagte sie zu Ludwig. »Und du auch nicht. Wenn das hier losgeht, gehen wir zu Trudi nach Lichtenberg. Ich werde ihr schreiben.«

25

Else Fischer hatte in ihrem kleinen Garten hinter dem Haus gedeckt. In dieser Woche vor Pfingsten war es schon sommerlich warm, und um den Rasen herum standen die blühenden Tulpen fest wie aus Wachs.

»Was wollt ihr denn nu hörn, Kinder?«, fragte sie, als sie um den Tisch herum saßen. Der Erdbeerkuchen lag angeschnitten in der Mitte.

»Erzähl von Demmin, Oma«, sagte Max.

»Nee, das will doch keiner hören.«

»Erzähl einfach«, sagte Max. »Da gibt's irgendwas in Annas Familie, das mit Demmin zu tun hat.« Er nickte ihr zu. »Bitte, Oma. Erzähl einfach.«

»Ja. Demmin«, sagte sie etwas unschlüssig. »Wo fängste da an? Ich hab's ja nicht selbst erlebt. Nur von andern gehört. Da weiß man nicht, was nu stimmt. Aber Demmin war wohl die Hölle. Meine Freundin Lisbeth hat es mir erzählt. Es muss furchtbar gewesen sein. Das hat sie nie wieder losgelassen.«

Else Fischer berichtete, was sie von Lisbeth Maschke gehört hatte. Eine Freundin erzählt der Freundin. Eine Schwester erzählt der Schwester. Manchmal vergehen Jahre. Irgendwann weiß man nicht mehr genau, wie es war. Aber was einem passiert ist, das weiß man so genau wie heute. Einiges wird weggelassen. Vielleicht auch bewusst verschwiegen. Hören wollte es sowieso fast niemand. Den Schmerz der anderen. Man hatte selbst genug Schmerz erlebt. Und die Verbrechen an den Verbrechern? Was sollten die sich beklagen? Dass die Sieger das taten, was alle Sieger tun? Frauen sind Kriegsbeute. Immer.

Und die Zeit davor. Wie weit entfernt der Krieg gewesen war. Und wie normal das Leben. Obwohl eigentlich nichts mehr normal gewesen war. Wenn man es jetzt bedenkt. War es normal, dass alle von Granatenfabriken lebten? Mit Zwangsarbeitern, die noch halbe Kinder waren? War es normal, dass die Davidsohns mit über 70 weggeschafft und ermordet wurden? Versehen mit allen Amtsstempeln und vorgeschriebenen Nummern? Es hatte nur noch die drei alten Juden gegeben. Eine von ihnen hieß auch Lisbeth.

Und dann, als immer mehr Flüchtlinge aus Pommern und aus Ostpreußen kamen. Und mit ihnen die Angst. Was die Russen mit den Besiegten machten, wenn der Krieg verloren wäre. Und das war er. Das glaubten nach Stalingrad immer mehr. Die Zeitungen waren halb voll mit den kleinen Anzeigen: *In stolzer Trauer.* Da war etwas gekippt. Und die Wunderwaffe kam nicht.

Und als um einen herum die Leute anfingen, dass man den Krieg genießen solle, denn der Friede würde fürchterlich. Und diese Idee, die Russen sollten ein schlafendes Deutschland vorfinden. Wie viele Tabletten man schon beiseitegeschafft hatte. Oder Rasierklingen. Man konnte auch ins Wasser gehen. Davon hatte Demmin mehr als genug.

»Lisbeth wollte nicht sterben«, sagte Else Fischer. »Sie war ja mal gerade sechsundzwanzig. Das ganze Leben lag noch vor ihr. Da will man noch nicht gehen.«

Und dass Lisbeth dazu nicht viel gesagt hat. Nur freundlich und interessiert den Plänen der anderen zugehört hat. Vielleicht hat sie gesagt, dass sie auch etwas Gift zu Hause habe für den Fall. Sie war eine gute Schwimmerin.

Und als man am 30. April das Geknatter der Maschinengewehre hören konnte. Und das Rasseln der Panzerketten. Dieses unheimliche Pfeifen. Wie man schnell Bettlaken aus den Fenstern gehängt hat. Und rote Fahnen mit dem rausgeschnittenen Kreis in der Mitte.

Es war ein wunderbarer Frühlingstag. Und dann kamen sie. Um genau elf Uhr liefen die ersten Soldaten der Roten Armee durch Demmin. Am Luisentor gab es die ersten Toten. Kinder in HJ-Uniform schossen mit Panzergranaten auf die anrückenden Soldaten.

Wie es zu den Bränden kam, weiß Lisbeth nicht mehr. In der Nacht zum 1. Mai beginnt es. Sie bekommt Angst, denn das Feuer frisst sich schnell durch die Fachwerkhäuser. Wie sie mit den Nachbarn in die Trebelwiesen flüchtet, zwischen die Trauerweiden. Die Schreie der Frauen und der Brandgeruch liegen tagelang über der Stadt. Der Turm von St. Bartholomä steht in dichtem Rauch. Den roten Feuerschein der brennenden Altstadt sehen sie von den Wiesen aus. Es ist kalt, und sie haben Angst. Am 3. Mai kehren sie durchgefroren und ausgehungert zurück in die niedergebrannte Stadt. Der Kirchturm ragt aus einer Aschewüste. Verkohlte Fassaden säumen die Straßen. Geschirr und Kleidung liegt dort. Leere Flaschen. Tote. Die Russen sind weg. Leichen hängen in den blühenden Apfelbäumen. Hunderte Tote schwimmen in den Flüssen, aneinandergebunden, mit Steinen in Rucksäcken und Manteltaschen. Ihre Körper hängen fest im dichten Schilf. Man zieht sie an Land und stapelt sie am Ufer. Dort liegen zweimeterbreit schon Berge von Ausweisen, Geld, Pelzmänteln, Uhren, Fotoalben. Und auf den Dachböden. In den Wohnungen. In den Lauben und Gärten. Überall Tote. Vielleicht 500, vielleicht 1000, vielleicht mehr. Keiner hat sie gezählt. Es kommen immer achtzehn in ein Massengrab, wie man sie gerade gefunden hat. Der Pfarrer bringt Ordnung ins Chaos. Es dauert Wochen.

Trotz der wärmenden Nachmittagssonne fühlte sich Anna bis ins Mark von einer Kälte durchdrungen, als hielte ein riesiger Eisblock sie umklammert.

»Tja, Kinder. So war das. Und danach wollte keiner davon hören. Der Russe war ja unser Freund. – Ich hol uns mal einen Schnaps. Ich glaube, den brauchen wir jetzt.« Else Fischer stützte sich auf die Armlehnen und hob sich aus dem Stuhl. Etwas steif wackelte sie ins Wohnzimmer.

»Meine Fresse«, sagte Max. »Das hör ich zum ersten Mal. Das hat sie noch nie erzählt.«

»Wie kann man denn sowas überleben?«, fragte Sabine. »Da hast du doch für den Rest deines Lebens einen Schaden.«

»Ich glaube, ich muss da unbedingt hin«, sagte Anna. »Nach Demmin.«

Else Fischer kam mit einer Flasche Obstbrand und vier kleinen Gläsern zurück. »Seid froh, dass ihr das nicht erleben musstet. Die Lisbeth, die lebt noch in Demmin. Bisschen gebrechlich, aber hier im Kopf noch 1A.« Sie tippte sich mit dem Zeigefinger an die Schläfe.

Auf dem Rückweg zum Auto wollte Anna noch einmal am Luisendenkmal vorbeigehen. Auch später ging Anna bei jedem Besuch in Gransee hierher. Hier spürte sie eine Schwere, in die sie sich wie in eine bisher unbekannte Heimat zurückziehen konnte. Das zarte Dach des Baldachins über der leuchtenden Krone gab ihr das Gefühl, vor aller Einsamkeit beschützt zu werden. Sie spürte die Wärme in der Sprache des Trauertextes auf den Seiten des eisernen Sargs, in dem überschwängliche Freude und tiefster Schmerz zugleich Platz hatten. Das spürte sie sonst nur bei Bach. Wenn mit Trompetenschall und weicher Trommel ein ganzer Chor, vielstimmig wie aus einem Herzen, das »Jauchzet« sang. Das ergriff sie genauso wie jetzt diese Sätze. Auf diesem stillen Platz in einer Kleinstadt in Brandenburg.

Orte konnten zu einem sprechen. Und dieser Ort sprach zu ihr. Ja, das ganze einsame Land, in das sie nur der Zufall geführt hatte. Sofern es den überhaupt gab. Und plötzlich spürte Anna eine Unbedingtheit, die ihr sonst fremd war. Sie musste nach Demmin. Fast nichts hatte sie bisher so unbedingt gewollt.

Auf der Rückfahrt schwiegen sie. Hörten auch keine Musik. Der Bericht von Else Fischer begrub alle anderen Themen. Wie kam es, dass keiner von ihnen vom Kriegsende in Demmin je gehört hatte? War etwas Ähnliches auch an anderen Orten passiert? Auch im Westen?

In Berlin ließ sich Max am U-Bahnhof Reinickendorfer Straße absetzen. Im Schering-Gebäude brannte in einigen Etagen noch Licht. Mit seiner Aluminiumverkleidung stand der Verwaltungsturm des Konzerns wie ein Raumschiff zwischen den Altbauten und Kriegsbrachen der Müllerstraße. Die große Kreuzung führte zu Dönerbuden, dem Arbeitsamt und etwas weiter südlich zur Mauer, die die Chausseestraße abtrennte. Max nahm die U-Bahn nach Kreuzberg, die unter dem Territorium der Hauptstadt der DDR ohne Halt im Schritttempo durch Geisterbahnhöfe fuhr. Noch vor ein paar Monaten war man an bewaffneten Soldaten und Schäferhunden vorbeigefahren, die die verlassenen Stationen bewacht hatten.

Abends sah sich Anna *Lacombe Lucien* im Xenon an. Das kleine Kino brachte nach einer Film-Noir-Reihe eine Luis-Malle-Retrospektive. Nächste Woche würden sie *Atlantic City, USA* zeigen. Anna mochte die Szene, in der sich Susan Sarandon am Fenster stehend die Brust mit Zitronen einreibt und weiß, dass sie dabei beobachtet wird.

26

An den Geruch von Formaldehyd würde sie sich nie gewöhnen, dachte Anna, während sie zum Ausgang der Universität ging. Den ganzen Weg bis in die Körtestraße blieb der Geruch des Anatomiepraktikums in ihrer Nase. Für sie eher ein aufdringliches, olfaktorisches Memento mori als nur eine berufliche Erfahrung. Viel später in ihrem Leben sollte es ihr vorkommen, als hätte sie in dieser Zeit in Berlin überall Zeichen gesehen, überall Botschaften. Damit sie hinsah.

Abends rief ihre Mutter wegen des Berlin-Besuchs an. Die zweite Verschiebung. Sie hatte einen Vortrag beim Poetik-Kongress und noch zwei Dissertationen angenommen. Und dann war da noch das Hauptseminar. Außerdem hatte sie den Vorsitz im Fachbereich. Und dann Klausuren und Prüfungen.

»Ich könnte Ende August kommen«, sagte sie.

»Das musst du mit Opa besprechen«, sagte Anna. »Ob ihm das zu spät ist.«

»Hat er was zu dir gesagt?«, fragte Ulrike.

»Nein, aber hat er nicht gesagt, es sei dringend?«

»Es geht jetzt aber nicht. Der Vortrag ist auch dringend. Ich melde mich noch mal. Mach's gut, meine Kleine.« Damit legte Ulrike auf.

Nach den Telefonaten mit ihrer Mutter fühlte sich Anna, als wäre sie ungeschützt in eine Autowaschanlage geraten. Die großen Bürsten im Gesicht und der Druck der Schaumdüsen von allen Seiten. Wie man mit unhinterfragter Gründlichkeit immer Unwichtiges zuerst erledigte. Auch nach der Arbeit kam dann kein Vergnügen, sondern noch mehr Arbeit.

Ob sich ihre Mutter nie fragte, wovor sie zu flüchten versuchte?

Anna rief Sabine an.

»Sag das deiner Mutter«, sagte Sabine. »Vielleicht müsst ihr mal reden. Hab ich aber mit meiner Mutter auch nicht gemacht, als sie noch lebte.« Und nach einer Pause: »Geht vielleicht nicht mit Müttern. – Willst du zu mir kommen?«

Anna überlegte minutenlang. Sabine wartete geduldig.

»Ich bin gleich bei dir«, sagte Anna endlich.

Sie fuhr mit dem Fahrrad die stille Körtestraße entlang bis zum Südstern und dann weiter über die Gneisenaustraße, an den Cafés vorbei, in denen die Gäste unter dem dichten Laubdach der Straßenbäume den Abend ausklingen ließen. Dann weiter nach Westen bis zum Kleistpark und zur Apostel-Paulus-Kirche, deren Glockenklang man von Sabines Balkon aus hören konnte. Etwas atemlos kam sie im dritten Stock an und schob ihr Fahrrad in den langen Flur.

»Meine Mutter nervt mich manchmal wirklich. Warum ist sie so?«, sagte Anna.

»Komm erst mal rein.«

»Außer Arbeit gibt es nichts in ihrem Leben. Und der Flasche Wein jeden Tag natürlich. Kann sie sich nicht einmal um die Familie kümmern?«

»Komm erst mal rein. Du bist ganz aufgeregt.«

Sie setzten sich in die Küche ans Fenster. Sabine hatte gerade Pfefferminztee gekocht und goss Anna etwas in ihre Tasse. Anna fühlte sich müde und war froh, hier zu sein. Sabine schien oft zu spüren, was sie brauchte, bevor sie es selbst wusste. Hätte Sabine sie nicht gefragt, dann säße sie jetzt allein in der Körtestraße.

»Es ist eigentlich immer dasselbe«, sagte Anna. »Meine Mutter hat so eine Art, mit der sie einen einfach abbürstet. Früher hat sie immer gesagt, ich soll mich nicht so anstellen. Wenn ich hingefallen bin oder vor etwas Angst hatte. Immer:

Stell dich nicht so an! Dabei stell ich mich gar nicht an. Und danach tat es ihr wieder leid. Hat sie nicht so gemeint, sie war eben gerade im Stress. – Sie ist eigentlich meistens im Stress. Immer angespannt.«

Sabine lehnte sich in ihrem Stuhl zurück, schloss die Augen und schien sich zu konzentrieren.

»Deine Mutter muss immer ganz schön kämpfen, oder?«

»Kann sein«, sagte Anna, die nicht genau wusste, worauf Sabine hinauswollte.

»Keiner sieht so richtig, was sie alles macht.«

»Na, so ist es auch wieder nicht. Sie kriegt schon eine Menge Bestätigung. Sie hat die Professur. Und mein Vater sagt ihr immer, wie großartig sie ist.«

»Das braucht sie aber auch. Wahrscheinlich ist es nie genug«, sagte Sabine.

»Ich finde ja, es ist umgekehrt. Sie lobt keinen. Mich schon gar nicht. Sie hat an anderen ganz schön oft was zu kritisieren. Umgekehrt könnte sie das bestimmt nicht so gut aushalten.«

»Das meine ich ja. Hart zu sich und zu anderen. Waren deine Großeltern auch so?«

»Die hatten ihre Prinzipien. Erst die Arbeit und dann das Vergnügen. Wer den Pfennig nicht ehrt – so was eben. Für jede Situation so einen Spruch wie auf einer Küchenkachel. Aber sonst waren sie eigentlich in Ordnung. Keine schwarze Pädagogik, kein Rumschreien. Ich glaube, sie haben sie auch nicht geschlagen.« Anna trank ihren Tee und seufzte. »Sie könnte sich mal auf die Bedürfnisse von anderen einstellen. Jetzt hat sie den Besuch in Berlin schon wieder verschoben.«

»Hast du ihr gesagt, dass du enttäuscht bist?«

»Ich bin sauer, nicht enttäuscht«, antwortete Anna und wusste sofort, dass Sabine doch Recht hatte. Sie war enttäuscht, dass im Leben ihrer Mutter die Arbeit immer vorging.

»Ich kann dir sagen, was sie darauf sagen würde, dass ich enttäuscht bin. Stell dich nicht so an, würde sie sagen.«

»Du kannst es ja mal ausprobieren«, sagte Sabine. »Dann weiß sie es. So richtig glücklich scheint sie ja nicht zu sein. Aus irgendeinem Grund kämpft sie immer.«

27

Viertausendzweihundertachtzig Mark. Rennen acht. Sieg. 50 Mark. Nummer 7. Er konnte es kaum glauben. Er hatte aus Versehen auf Nummer 7 gesetzt. Ludwig hatte zunehmend Schwierigkeiten mit den Zahlen. Er hatte auf Merlin setzen wollen, der hatte ihm schon einmal Glück gebracht. Aber im Gedränge vor der Wettannahme wollte die Frau im Glaskasten die Nummer des Pferdes, nicht den Namen.

Hinter ihm eine Schlange. Er spürte den Druck. Und statt »fünf« kam »sieben« aus seinem Mund.

»Hier ist die Quittung. Und gut drauf aufpassen, ja? Nächster!«, bellte es aus dem Glaskasten.

Er hatte den Fehler gar nicht bemerkt. Erst als das Geschrei an der Rennbahn losging und der Sieger mit Avalon seine Ehrenrunde drehte, hatte er den Zettel genauer studiert. Er hatte gewonnen. Wegen eines Irrtums. Ein Irrsinnsgewinn.

Heinz fand, das müssten sie bei Gino feiern. Von der Trabrennbahn zum Restaurant mit dem Taxi.

»Da muss 'ne Oma lange für stricken«, sagte Heinz beinahe ernst.

»Man kann ja auch mal Glück haben«, antwortete Ludwig und strahlte demütig.

Heute hatte er ein richtiges Ding gelandet. Dass er die Nummern der Pferde durcheinandergebracht hatte, brauchte Heinz nicht zu wissen. Heute musste er sich keine Vorträge anhören. Heute hatte er mal alles richtig gemacht.

Der Tisch am Fenster war frei, es war noch zu früh für den großen Abendbetrieb. Drago brachte sie persönlich zum Tisch, gab jedem eine Speisekarte, die er bei den Hauptgerichten aufgeklappt hatte, und stellte einen sauberen Aschenbecher in die Tischmitte. Sie bestellten Aperol Spritz, den Heinz Gigolo-Limo nannte. Etwas skeptisch betrachtete er die intensive Farbe, in der große Eisklumpen schwammen. Trotzdem nahm er noch einen zweiten. Schmeckte fast wie Limo und trank sich auch so weg. Dann Rinder-Carpaccio, gefolgt von gegrillter Seezunge mit Rosmarin-Kartoffeln und hinterher Zabaione. Dazu eine Flasche kühlen Vermentino. Es war ein lauer Sommerabend. So fühlte sich das Leben gut an.

Auf die Frage, ob einer der Herren Geburtstag habe, lächelte Ludwig verlegen. Man müsse auch mal das Leben genießen, mal einen Freund einladen. Dinge, die Drago ohne große Erklärung verstand.

»Ich denke viel über früher nach«, sagte Ludwig. »Ich glaube, ich hatte oft Glück in meinem Leben. Da hätte viel schiefgehen können. Dafür sollte man dankbar sein. So hätte ich früher nicht gedacht. Das ist wahrscheinlich das Alter.«

»Und du hattest Edith. Die hat immer gewusst, was zu tun ist. War wirklich ein patentes Mädel«, sagte Heinz und zündete sich eine Zigarette an.

»Ohne dich hätten wir es nicht geschafft, nach Berlin zu kommen. Wenn du uns nicht da rausgebracht hättest, wären wir draufgegangen. Das habe ich nicht vergessen.«

»Dieser Julius war ein komischer Vogel. Er und seine Frau haben das Ganze nicht verstanden. Man muss wissen, wann Schluss ist. Und man kann doch nicht seine Kinder umbringen«, sagte Heinz.

»Das ist etwas, was ich nie verstanden habe. Wieso sich die Leute das Leben genommen haben. In Massen«, sagte Ludwig.

»Dieser ganze Totenkult. Man lebte ja wie in Odins Gruft. Du weißt, dass ich kein Feigling bin, aber dieses ständige Blut- und Opfergequassel. Blutfahne, Fackeln und der ganze Kram. Das war schon nicht mehr normal«, sagte Heinz.

»Und deshalb sind die Frauen ins Wasser gegangen? Glaub ich nicht. Da gab's ganz andere Gründe«, sagte Ludwig. »Ganz furchtbare Gründe.«

»Lassen wir heute mal die Gruselgeschichten. Sei froh, dass wir es überlebt haben. Zum Wohl, mein Lieber!« Heinz hob sein Glas.

Dann erzählte er die Geschichte, wie sie mit seinem Motorrad und dem Beiwagen in einen Straßengraben gefahren waren. Wie der Holundersekt in den viel zu dünnen Flaschen hochgegangen war. Wie er die Karl-May-Bücher seines Neffen in Danziger Goldwasser und dieses dann in einen Schinken umgetauscht hatte. Wie ihm ein Russe in Lichtenberg eine Zigarette aus Zeitungspapier und Stalinhäcksel gedreht hatte. Danach hatte er nie wieder rauchen wollen. Wie sie die VE301 unten im Keller versteckt hatten, statt sie bei der Kommandantur abzugeben. Die *Goebbels-Schnauze*. Man wusste nie, wofür man Dinge noch brauchte. Was man hatte, hatte man.

Ludwig erinnerte sich, wie eines Tages eine kleine Gruppe russischer Soldaten mit Militärkapelle am Haus in Lichtenberg vorbeigezogen war. Die Kapelle hatte schwermütige Musik gespielt, immer vier Soldaten hatten schwankend einen offenen roten Sarg getragen. Die Deckel wurden hinterhergetragen. Dann ließ man die drei Särge auf dem Bahnhofsvorplatz in eine frisch ausgehobene Grube hinab. Mit Ehrensalven. Ein paar Tage später wurden die Särge wieder ausgegraben und nach Treptow gebracht. Er hatte vom Fenster aus zugesehen. Wie lange das schon her war. An die traurige Musik konnte er sich noch erinnern.

Drago brachte mit der Rechnung Grappa, zwei für seine Gäste und einen für sich selbst. Neben dem Tisch stehend stieß er mit den beiden an. Das machte er ganz selten.

Vor dem Restaurant umarmte Heinz den größeren Ludwig

und drückte ihn – er wusste nicht warum – lange an seine Brust. Klopfte ihm fest auf die Schulter, bevor er in ein Taxi stieg.

»Mach's gut, mein Junge. War ein sehr schöner Abend. Pikobello!«, rief Heinz und schlug die Autotür zu.

In der Stille vor seinem Haus spürte Ludwig, dass er zu viel getrunken hatte. Das war er nicht gewohnt. Er ging bedächtig die Treppen hoch zu seiner Wohnung und schloss die Tür auf, ohne ein Geräusch zu machen.

Noch im Mantel nahm er die Scheine aus dem Umschlag und ordnete sie der Größe nach auf dem Esstisch. Viertausendeinhundertsechzig Mark. Hundertzwanzig Mark waren schon weg. Es blieben zwei braune Tausender, neunzehn blaue Hunderter, vier braune Fünfziger, drei grüne Zwanziger. Schöne glatte Scheine mit den Bildern von drei Männern und einer grünen Frau. Jetzt gab es die Scheine in ganz Deutschland. Auch im Tausch für die Ostmark. Ludwig nahm einen der Tausender und besah den Schein genauer. Was waren das eigentlich für deprimierende Farben für das schöne Geld, dachte er. Die Scheine hatten fast etwas Schmutziges, als ob man sich für ihren Besitz schämen müsse. Er brauchte so viel Geld gar nicht. Hatte nie viel Geld gehabt.

Er könnte Anna was schenken, dachte er. Sie wollte sich ein Auto kaufen, um zu den vielen Badeseen zu fahren. Studenten haben nie Geld. Da könnte der Opa doch mal helfen.

Dann machte er sich einen Tee und legte sich ins Bett.

28

Am nächsten Morgen spürte Ludwig den Alkohol. Der Kopf fühlte sich taub an und sein Mund wie mit Sägespänen getrocknet. Ein ekelhaftes Gefühl. Deshalb trank er meist wenig. Er vertrug einfach nichts.

Ludwig ging in die Küche, kochte sich einen Tee und rührte Milch und Kakaopulver in eine Schüssel Haferflocken. An das Frühstück allein hatte er sich immer noch nicht gewöhnt. Auch nach zwei Jahren ohne Edith nicht. Er trug alles auf einem Tablett ins Wohnzimmer, wo die Geldscheine noch auf dem Tisch lagen. Wie bei einem Spieler, kam ihm in den Sinn. Der Anblick hatte etwas Unsolides. Das war er nicht. Er räumte die Geldscheine in den Umschlag und setzte sich. Um viertel nach zehn noch im Bademantel, das ging nur ausnahmsweise.

Von solchen Ausnahmen hatte er in seinem Leben nicht viele zugelassen. Er blieb immer in der Spur. Obwohl Männer wie Heinz und Julius oft versucht hatten, ihn aus dem Gleichgewicht zu bringen. Manchmal auch Frauen.

Jetzt sei doch mal nicht so war ein Spruch, den er oft gehört hatte.

Wie war er denn?

Manchmal gab er nach.

Ludwig dachte an den Juniabend '43, als sie in der Laube Lenis Mutterkreuz gefeiert hatten. Agnieszka hatte zu Hause auf die Kinder aufgepasst. Edith und Leni hatten Kartoffelsalat mit Würstchen gemacht. Es gab Bier und Waldmeister-Bowle.

»Jetzt sei doch mal nicht so!« Leni schob die Hand weg,

135

die Ludwig über sein Glas hielt, und goss mit einer Kelle Bowle nach. Ludwig spürte schon deutlich die Wirkung. Sein Hirn war vollgesogen mit Cumarin wie ein Löschblatt mit Tinte. Julius nahm das Mutterkreuz aus der Papiertüte und band es Leni um. Eingerahmt vom Ausschnitt ihres Kleides lag der kalte blauweiße Orden auf ihrer hellen Haut.

»Ich gratuliere zum Mutterkreuz, meine liebe Frau. Einen kleinen Anteil habe ich ja auch daran«, sagte Julius und lächelte sie an. Er stand auf, hob sein Glas und sagte unerwartet laut: »Für unseren Führer Adolf Hitler. Sieg Heil!«

Ludwig erschrak. Er erinnerte sich noch genau, wie er gedacht hatte, wir sind doch unter uns. Etwas so Förmliches bei einer kleinen privaten Feier unter Freunden! Aber er hatte nichts gesagt. Es gab Dinge, die Julius nicht geduldet hätte. Er war sogar in Uniform gekommen.

»Wir haben einen Eid geschworen«, sagte er steif, »einen heiligen Eid. Daran müssen wir uns immer erinnern.«

»Unter uns« gab es nicht mehr. Schon gar nicht nach der totalen Mobilmachung. Nach dem Ende der Schlacht, die als Rattenkrieg im Osten begonnen hatte. Verlustreicher Häuserkampf. Der monatelange Kampf war verloren. Aber er war heldenhaft verloren gegangen. Bis zur letzten Patrone hatten sie gekämpft. Bis zum letzten Atemzug. Zwei Angebote zur Übergabe waren stolz zurückgewiesen worden. Das hatte in allen Zeitungen gestanden. Den Namen des Ortes, an dem die sechste Armee im Höllenschlund untergegangen war, wollte keiner aussprechen. Stalingrad.

Das Mutterkreuz war nichts Privates. Das war Ludwig an diesem Abend klar geworden. Es war das Eiserne Kreuz für Frauen, die dem Führer Kinder geschenkt hatten. Die das Glück hatten, dem Führer dienen zu dürfen. Die sich auf dem Schlachtfeld der Frauen bewährt hatten. Edith stieß mit Leni an und gratulierte ihr, legte den Arm um sie. Die Stille, die entstanden war, als Ludwig keinen Deutschen Gruß

hatte folgen lassen, war zäh und nicht unbemerkt vorbeigegangen. Sie saßen eng beieinander um einen Feuerkorb. Die
Nächte waren noch kühl Anfang Juni. Julius warf noch ein
paar Holzscheite in die Flammen. Der Schein des Feuers ließ
ihre Gesichter für einen kurzen Moment hell wie geschnitzte
Masken aufscheinen. Glutfunken knackten und stiegen dann
lautlos als Asche ins Schwarz des Himmels.

Edith trank an ihrem Bowle-Rest und schluckte das Gefühl
herunter, unverschuldet eine Frau bleiben zu müssen, die ihre
Bestimmung nicht erfüllt hat. Sie hatten keine Kinder. Edith
konnte keine Kinder bekommen. Jedem musste man es von
Neuem erklären. Mit einem demütigen Bedauern. Als könne
man etwas dafür. Manche glaubten ihr nicht, das sah man.
Sie mussten sogar höhere Steuern zahlen.

Leni hatte endlich erreicht, worauf sie all die Jahre hin-
gelebt hatte. Das Mutterkreuz war ihr sehnlichster Wunsch
gewesen, hatte sie immer gesagt. Dabei betonte sie *sehnlichst*
auf eine nasale und wehleidige Art, die Ludwig fast zuwider
war. Und er wusste, dass sie noch nicht am Ziel war. Leni war
in diesem Sinne nie am Ziel. Das silberne Mutterkreuz wollte
sie mindestens. Immerhin musste sie sich jetzt in der Bäckerei
nicht mehr hinten anstellen. Mutterkreuzträgerinnen hatten
überall Vorrang.

»Ich muss mich aber wundern«, sagte Leni, »wer den
Orden sonst noch tragen darf. Wer da angeblich würdig ist.
Die Frau Krause, von der zwei Kinder wegen Diebstahls vor-
bestraft sind, und die anderen lungern auch herum, der hat
man das Ehrenkreuz auch verliehen. Das ist doch wirklich
eigenartig.«

Sie hatte den Fall in einem Brief an die Gauleitung vorge-
bracht. Einer müsse sich um sowas kümmern, sagte sie. Das
Mutterkreuz wurde doch durch die Verleihung an Asoziale
entwertet. Nein, entehrt wurde die höchste Auszeichnung der
Frau. Und dagegen musste jemand vorgehen.

Es gab Momente, da schauderte es Ludwig vor dem, was Leni sagte und tat. Dass sie der Gauleitung schrieb, wer welche Witze gemacht hatte. Und wer am Endsieg zweifelte und darüber sprach. Jetzt sei doch mal nicht so, hätte er am liebsten gesagt. Wie konnte eine Frau überhaupt so sein. So streng und so schneidend. Aber diese Momente gingen vorbei.

Dennoch bemerkte Ludwig, dass auch Edith vorsichtiger geworden war mit dem, was sie sagte. Früher, da hatte sie noch ab und zu etwas gesagt, wenn Leni darüber sprach, was nach dem Endsieg kommen würde. Ob man nicht in die Reichshauptstadt ziehen sollte, die bald größte und prächtigste Stadt der Welt. Oder dass sie abends zum Führer betete. Ludwig kannte den Gesichtsausdruck seiner Frau, wenn sie sich bei etwas zusammennehmen musste, das sie für gefährlichen Unsinn hielt. In solchen Momenten sah sie Leni nur an und nickte, während der Glanz ihrer Augen von einem stumpfen Schleier überzogen schien. Auch mit Ludwig sprach sie nicht darüber, was sie dachte. Sie zog sich wie in eine Röhre zurück und schaltete die Umwelt ab. In solchen Momenten war sie nicht erreichbar. Auch viel später, nach Krieg und schlechter Zeit, und sogar als sie schon im Westen waren, machte sie das. Sie zog sich in sich zurück. Niemand bekam heraus, was sie wirklich dachte.

Der Abend war ein Wendepunkt gewesen. Ein ernster Abend, bei dem alle so taten, als ob sie ausgelassen feierten. Man musste aufpassen, das war Ludwig klar geworden. Überall. Und immer.

Es gab ein Foto von dem Abend, das Ludwig gemacht hatte. Julius in der Mitte zwischen beiden Frauen unter den Lampions. Sie hielten die Gläser hoch und lachten in die Kamera. Wie lange das her war.

Ludwig schüttelte den Kopf, als er merkte, dass er sich in einem Tagtraum verloren hatte. Es gab Momente, da waren die Erinnerungen an seine Frau und an seine Freunde, die alle nicht mehr am Leben waren, so real, dass es ihm beinahe unheimlich war. Vielleicht war etwas mit seinem Kopf. Inzwischen war der Tee kalt geworden. Ludwig frühstückte zügig und zog sich dann an. Schließlich hatte er noch etwas vor.

29

Am zugigen Hindenburgdamm gab es einen Gebraucht-
wagenhändler, den Ludwig von seinen Fahrten mit dem Bus
zum Klinikum Steglitz kannte. Kennen war vielleicht nicht
das richtige Wort. Er hatte keinen Führerschein, nie ein Auto
gehabt. Das Gelände neben einer der Haltstellen hatte er im
Vorbeifahren gesehen. Auffällig genug war es ja. Blaue und
silberne Folien-Wimpel flatterten an straff gespannten Leinen
über einem Zaun, der das Gewerbegrundstück eingrenzte.
Fast wie bei einem Zirkus, dachte Ludwig. Der natürliche
Lebensraum von Autoverkäufern schien ein Eckgrundstück
zu sein, mit steinigem Untergrund. Eine Kriegsbrache, die
sonst keiner wollte. Es sah aus wie ein Parkplatz, nur dass
die meisten Fahrzeuge keine Nummernschilder hatten.
Ordentlich aufgereiht standen sie nebeneinander und schwiegen über ihr Vorleben. Mit neuer Zulassung, neuer Lackie-
rung und ein paar neuen Teilen wurden sie fast neu geboren.
Schwamm drüber, über die vielen Vorbesitzer, die Schäden
und den vielleicht getürkten Kilometerstand.

Bei der Idee, Anna ein Auto zu schenken, war Ludwig
das Eckgrundstück mit dem blausilbernen Geflitter eingefallen. Als Einziger stieg er an der Haltestelle aus dem Bus und
betrat die für ihn fremde Welt. Wind wirbelte Staub aus dem
Schotterboden über die Wagenreihen. Im hinteren Bereich
des Grundstücks duckte sich ein niedriges Verkaufsbüro. Ein
großes blaues Firmenschild mit der Aufschrift *Gebraucht-
wagen-Palast West-Berlin* stand auf dem Dach wie ein Segel
und schwankte leicht im Wind.

Ludwig ging zwischen den Wagenreihen auf das Büro zu

und überflog im Vorbeigehen die Angebote. Er suchte etwas Solides, mit dem man nicht sofort irgendwo liegenblieb. Liegenbleiben in der Ostzone. Gar nicht dran zu denken. Er ging um einen grünen VW Golf herum und sah ins Wageninnere. Das Handschuhfach stand offen. Die Polster waren sauber und aus grauem Stoff. Etwas in der Art schwebte ihm vor.

Aus dem Verkaufsbüro steuerte ein drahtiger Mann mit Schnurrbart in einem dünnen Rollkragenpullover auf ihn zu. So um die vierzig. Vielleicht Türke, dachte Ludwig.

»Ich brauche ein Auto für meine Enkelin. Ist der hier zu haben?« Ludwig zeigte auf dem Golf.

»Der ist reserviert. Tut mir leid«, entgegnete der Mann.

»Ich zahle auch bar«, sagte Ludwig.

»Alle zahlen bar«, sagte der Mann und verzog den Mund zu einem Grinsen.

Er versuchte Ludwig einzuschätzen. Immer wieder kamen ältere Männer, die meist ein Auto für sich selbst wollten. Etwas Einfaches. Gleich mit Anmeldung und Versicherung. Wo man sich um nichts kümmern musste. Und fast alle wollten bar zahlen. Er fragte sich manchmal, welche Mengen von Geldscheinen wohl in den Berliner Wohnungen herumlägen. Hunderttausende D-Mark in jedem Wohnblock? Oder mehr? In sicheren Verstecken oder als dickes Bündel in der Brieftasche?

»Wie ist mit diesem?« Er zeigte auf einen blauen R4. »Ist ein gutes Auto. TÜV ist neu und hat Garantie. Auch neue Reifen.«

Wahrscheinlich Jugoslawe, dachte Ludwig. Der Händler hatte einen Akzent wie Drago. Ludwig stand da und überlegte. Er verstand nichts von Autos. Traktor fahren auf dem Land, das ja, aber nicht auf einer Straße in einer großen Stadt. Der Jugoslawe schien auf eine Antwort zu warten. Auf irgendeine Entscheidung. Er schob seine Metallbrille hoch und sah Ludwig an.

»Wir sprechen in Büro. Kommen Sie«, sagte der Jugoslawe. »Ist besser drinnen. Draußen zu viel Wind.«

Das Büro war ein kleiner Container mit zwei Büroräumen und einer Toilette. Der Jugoslawe setzte sich hinter den Schreibtisch und schob das Tastentelefon zur Seite, das an einem Scherenarm über dem Schreibtisch schwebte. An der Wand hing ein Fotokalender. Er zeigte eine vertrocknete bergige Landschaft an einem schwarzblauen Gewässer. Auf der Wasserfläche ruhten ein paar ebenfalls vertrocknete Inseln. Der Datumsschieber stand korrekt auf dem 22. Juni. *Petak* stand darüber. Wahrscheinlich der Wochentag.

Neben dem Kalender hingen die Autoschlüssel an einem Bord aus Lochblech. Ludwig musste kurz an den Holländer-Michel denken, in dessen Haus die Herzen seiner Kunden in Gläsern im Regal standen. Ohne Autoschlüssel blieb ein Auto tot wie ein Haufen Blech. Mit der Zündung bekam es sein Leben. Wie ein Herz, das gestartet wurde. Merkwürdige Erinnerung, dachte Ludwig und setzte sich auf einen der Stühle, die vor dem Schreibtisch standen. Der Jugoslawe räumte den Schreibtisch frei, wischte die Unterlage mit seinem Unterarm ab und klappte einen Ordner auf.

Einen Kaffee lehnte Ludwig ab. Er behielt auch die Jacke an, obwohl es im Büro warm war. Bullenhitze hätte Heinz dazu gesagt. Aber Ludwig hatte nicht vor, lange zu bleiben. Er wollte das schnell hinter sich bringen. Der Jugoslawe stellte sich als Željko Iličić vor und als Besitzer des Geschäfts. Er erklärte die Angebote, versicherte, auf alles gebe es Garantie, und fragte Ludwig nach seinen Wünschen. Er sei schon über zehn Jahre in Deutschland, erst als Taxifahrer und jetzt mit dem Geschäft. Sein Bruder repariere die Autos, er verkaufe sie.

Das Gespräch verlief schleppend. Es dauerte Ludwig zu lang. Der Jugoslawe schob ihm einen Mustervertrag über den Tisch und führte ein Telefongespräch in einer fremden Sprache. Dann wandte er sich wieder Ludwig zu.

»Wir machen so. Kommen Sie mit Ihrer Enkelin. Junge Leute kaufen gerne Renault oder Citroën. Französische Autos. Sind etwas schicker. Und nicht so teuer. Die Leute aus DDR auch. Die wollen keine Trabbis mehr. Keine *Rennpappe*, wie die sagen.« Er lachte. »Sagen wir, morgen um elf?«

Ludwig rief Anna von einer Telefonzelle aus an und verabredete sich mit ihr für den nächsten Vormittag an der Bushaltestelle.

»Und bring deinen Führerschein mit«, sagte er, bevor er einhängte.

Am nächsten Tag stand Ludwig pünktlich an der Bushaltestelle und wartete auf Anna. Er sagte etwas von einer Überraschung, die er für sie habe, und ging zielstrebig vor ihr her zum Büro des Autohändlers. Von Weitem sah er, dass der Jugoslawe schon auf sie wartete. Er stand vor dem Container, hatte eine Mappe unter dem Arm und winkte.

Anna war gerührt, dass Ludwig ihr ein Auto schenken wollte. Mit Versicherung für ein Jahr. »Damit du auch mal ins Umland fahren kannst«, sagte er. Sie wusste, dass er mit dem Wort Umland eigentlich Ostzone meinte. Und Ostzone war etwas, wo man nicht hinfuhr. Ein Gebiet, in dem es nichts Gutes gab und vor dem man sich hüten musste.

Sie sahen sich einige Fahrzeuge an. Željko scherzte ein bisschen mit Anna. Fragte sie, ob sie schon mal mit hundert Sachen über die Avus gefahren sei. Denn falls nicht, solle sie das unbedingt mal tun. An den dunklen Tribünen vorbei, mit offenem Autofenster an einem Sommerabend Richtung Dreilinden. Das wäre wie San Remo oder Los Angeles. Oder abends zum Teufelsberg hoch, von dem aus man einen großartigen Blick über die flimmernde Abendstimmung hatte. Anna entschied sich für den blauen R4.

»Gute Wahl«, sagte Željko. »Gutes Auto für junge Leute.

Passt viel rein. Kann man Umzug machen.« Er ging ins Büro und holte die Nummernschilder für die Probefahrt.

»Wo willst du hin?«, fragte sie Ludwig, als er sich auf dem Beifahrersitz angeschnallt hatte.

Sie startete den R4, legte den Gang ein und fuhr vom Verkaufsgelände auf den belebten Hindenburgdamm und von dort auf die Schloßstraße. Ludwig wollte zum Kudamm. Wohin sonst. Sie fuhren am wuchtigen Bierpinsel vorbei und folgten der Straße durch alle ihre Namensänderungen nach Norden bis zur Bülowstraße. Als Ludwig zur Seite aus dem Fenster sah, weil er dachte, einen früheren Kollegen auf dem Fußweg gesehen zu haben, entdeckte er *Elwert und Meurer*, wo Ulrike immer ihre Bücher bestellt hatte. Und wohin sie zu unzähligen Lesungen gegangen war. Wie eine Sucht war das schon gewesen. Ein großes Schild mit nur einem Wort lehnte an einer Klappleiter, die in der Auslage stand. Dort wo sonst Bücher ausgestellt worden waren. Oder Adventskalender. Oder große Fotos der Literatur-Nobelpreisträger. Jetzt stand da nur ein Schild. Wie eine Todesanzeige. *Geschäftsaufgabe.*

»Jetzt sind die auch weg«, sagte er zu Anna. »Man kennt sich langsam gar nicht mehr aus.«

Ludwig genoss es, gefahren zu werden und nach draußen zu sehen. Trabbis und Wartburgs fuhren neben ihnen, Taxis und Doppeldecker. Von Weitem sah er schon die Gedächtniskirche. Man könnte auf ein Stück Torte zu Möhring gehen. Oder zum Kranzler. Auf dem breiten Bürgersteig sitzen mit einem Eisbecher und die Menschen beobachten, die vorbeigingen. Wie lange war er nicht mehr hier gewesen!

30

Der Sommer kam in Berlin jedes Mal mit einer Wucht, auf die man nach dem Winter nicht richtig vorbereitet war.

Ein guter Deutscher rechter Art trägt seinen Pelz bis Himmelfahrt, hatte ihre Mutter an warmen Frühlingstagen immer gesagt, wenn Anna kurze Hosen tragen wollte. Aber auch Himmelfahrt war nun schon vier Wochen vorbei. Jetzt wollte Anna die Sonne auf ihrer Haut spüren.

Leuchtend gelbe Felder säumten die Landstraßen nach Norden. Der Roggen stand schon hüfthoch. Auf den Eichenalleen lagen breite Schatten, und die Baumkronen raschelten im Wind. Es war ein strahlend blauer Samstag. Sonnabend sagte man hier. Vielleicht könnten sie baden gehen. Nach dem Besuch bei Lisbeth Maschke, der Freundin von Else Fischer, die das Kriegsende in Demmin erlebt hatte.

»So ein herrlicher Sommertag für ein solch ein Thema«, sagte Anna zu Sabine, die den Renault fuhr. »Eigentlich fast schade.«

»So was Ähnliches hat Sophie Scholl auch gesagt an ihrem letzten Tag«, sagte Sabine und sah kurz zu ihr herüber.

Sie fuhren über die Straße, die von Jarmen kam und an der Nordseite des großen Friedhofs vorbeiführte. Man fuhr lange an der Backsteinmauer vorbei, die auf einem Feldsteinsockel saß. Kreuzaussparungen verzierten den oberen Rand der Mauer, die um das Gelände lag. Man sah sofort, dass dies kein Volkspark war. Hinter dem Luisentor, ein wenig nach links versetzt, ragte der hohe Turm von Sankt Bartholomä auf. Sie folgten der Holstenstraße, die auf die beiden Backsteingebäude zuführte. Auf der Postkarte mit dem Luisentor war die Straße eng und durch niedrige Gebäude begrenzt. Von denen stand keines mehr. Die Eroberung hatte eine Schneise der Verwüstung geschlagen, die der Stadt einen wehrlosen Eindruck gab.

Sabine stellte den Renault in der Holstenstraße ab. Lisbeth Maschkes Wohnung lag im zweiten Stock eines Neubaus in der Nähe des Luisentors und blickte auf eine triste Grünanlage. Ein alter Mann hockte mit seinem Radio auf einer Parkbank und leerte in kleinen Schlucken einen Flachmann.

Lisbeth Maschke öffnete ihre Wohnungstür. Ein fröhliches Radioprogramm lief im Hintergrund. Durch die Fenster im Treppenhaus schien die Sonne auf den gesprenkelten Steinboden. Es roch nach Hühnerfrikassee und Essigreiniger. In Lisbeth Maschkes kantigem Gesicht zeigte ein Netz tiefer Lachfalten, dass sie trotz allem ihren Humor behalten hatte.

Else Fischer hatte ihre Freundin angerufen und gefragt, ob sie bereit sei, Anna und Sabine zu treffen.

»Junge Leute, die sich für früher interessieren«, hatte sie gesagt. »Die wollen hören, wie das Kriegsende war. Als die Russen kamen. Was du in Demmin erlebt hast. Das sind Freunde von meinem Enkel. Die sind in Ordnung.«

Lisbeth war sich nicht sicher, ob sie diesen Wunsch erfüllen konnte, wollte nicht zurück in die Dunkelheit ihrer Erinnerungen. Nach dem Anruf hatte sie eine unerträgliche Unruhe und Schwere gespürt. Einen Druck, der sich in der Brust festsetzte. Den spürte sie auch, wenn im Mai die Apfelbäume blühten und der Duft der Fliederbüsche süßlich und schwer über den Wiesen an der Trebel hing. Lisbeth hatte sich setzen müssen. Sie hatte die Schachtel Heilerde aus dem Küchenschrank geholt und einen Löffel voll in ihren kalten Tee gerührt. Nein, sie wollte sich nicht erinnern.

»Überleg's dir noch mal«, hatte Else sie gebeten. »Irgendwann sind wir weg, und dann kann keiner mehr erzählen.«

Wozu auch, dachte Lisbeth. Über Jahrzehnte hatte es keinen interessiert, wie man damit weiterleben sollte. Aber Else hatte Recht, das wusste sie. Sie sprachen nicht oft über früher. Und jetzt – die eine Frage von Else, und alles war wieder da. Die Erinnerung an die schwarze Rauchsäule, die tagelang über der Stadt gestanden hatte. An den stechenden Brandgeruch. An das Grölen der besoffenen Soldaten. An die Gewehrsalven in der Nacht. Dieses trockene Taktaktak. Und vor allem an die Angst. Diese fürchterliche Angst. Und die Schreie der einen Frau, die sie über Stunden gehört hatte, obwohl sie sich später die Ohren zuhielt, ihren Kopf in Gretes Arm vergrub. Grete war immer stärker gewesen.

Ein Schrei wie von einem Tier. Da war nichts Menschliches mehr. An die kurzen Momente der Stille, bevor das Schreien wieder begann. Vielleicht ist die Frau tot, hatte Lisbeth gedacht. Vielleicht haben die Männer genug. Sind weitergezogen oder betrunken eingeschlafen. Aber das Schreien hörte nicht auf. Wurde zu einem Brüllen. Zu einem Klagen und Jammern. Kam in Wellen mit dem Wind herüber. Wie die lodernden Flammen. Und die Geräusche unter den schwankenden Bäumen. Man wusste nicht, ob es Tiere waren oder Soldaten. Diese lähmende Angst. Wie erstarrt hatte Lisbeth dagesessen auf dem feuchten Boden, hatte vergessen zu atmen, bis ihr die Augen zugefallen waren.

Dann war sie aufgeschreckt: Grete war nicht mehr neben ihr. Um Gottes Willen.

Grete war fast lautlos wiedergekommen. Dann hatten sie Wasser aus dem Fluss getrunken. Auf dem Bauch liegend. Kriechend hatten sie sich wieder zurückgezogen, unter die Bäume. Sie hatten an den Baumstämmen gelehnt und den Herzschlag im Hals gespürt. Hatten sich an den Händen gehalten. Grete hatte ein Lied vor sich hin gesummt. *Am Brunnen vor dem Tore*. Etwas anderes war ihr nicht eingefallen.

»Nein, Else. Ich kann nicht«, hatte Lisbeth gesagt. »Es geht wirklich nicht.«

Sie dachte darüber nach, es ließ sie nicht los. Sie ging auf den Friedhof, an Gretes Grab, und sprach mit ihr. Was würde sie machen? Lisbeth wusste es. Grete hätte sich erinnert, und sie hätte mit den jungen Leuten gesprochen.

»Verlang das nicht von mir, Grete«, dachte sie. »Verlang das nicht. Ich bin nicht so wie du.«

So ging das eine Zeit. So lange es eben brauchte. Irgendwann rief sie Else an.

»Ich hab drüber nachgedacht, Else. Ich mach's. Ich spreche mit den jungen Leuten. Aber nur einmal.« Dann legte sie auf. Bevor sie es sich noch anders überlegen konnte.

Nun waren sie da.

Lisbeth Maschke bittet sie in die Wohnung. Stellt die Blumen ins Wasser, die Anna und Sabine mitgebracht haben. Es ist ein warmer Tag. Eine Flasche Wasser steht auf dem Tisch und drei Gläser. Sie wartet auf eine Frage. Anna wartet auf eine Erlaubnis. Die kommt nicht. Schließlich beginnt sie doch.

»Danke, dass wir kommen durften. Ich glaube, meine Familie hat im Krieg in Demmin gelebt. Mein Opa will nicht darüber sprechen. Ich muss es aber wissen. Vielleicht können Sie mir etwas darüber erzählen.«

Lisbeth beobachtet Anna genau. Sie weiß nicht, wo sie beginnen soll.

Anna holt die Fotos und die Postkarte aus ihrer Tasche und legt sie auf den Tisch.

»Damit hat es angefangen«, sagt Anna »Das habe ich bei meinem Opa gefunden.«

»Ja, das ist das Luisentor«, sagt Lisbeth Maschke. »Und die Breitscheidstraße. Hieß früher Luisenstraße.«

»Was ist hier passiert?«, fragt Anna.

Lisbeth Maschke beginnt, wie sie es sich vorgenommen

hat. Sie will es vom Anfang her erzählen. Sich vorsichtig nähern.

»Während des Krieges war es ganz ruhig hier, wir hatten keine Angriffe, keine Toten. Wir haben ganz normal gelebt. Natürlich hab ich später nachgedacht, und dann war mir auch klar, wie dumm es war von uns zu glauben, dass man im Krieg normal leben kann. Aber in Demmin hat man nicht viel vom Krieg gespürt. Ich hab in der Bäckerei gearbeitet, Brot verkauft. Ich war noch ein junges Ding. Wusste nicht viel vom Leben. Dass die da oben alles Mörder und Verbrecher waren, hab ich damals nicht gewusst. Hätte ich vielleicht wissen können. Aber so dumm war man.

Anfang fünfundvierzig kamen die Flüchtlinge aus Pommern, aus Ostpreußen – die haben uns erzählt, wie das war, als plötzlich die Front zusammengebrochen ist. Als plötzlich der Russe da war.«

Lisbeth Maschke ist flau im Magen, eine große Unruhe beherrscht ihren Körper. Aber sie hält jetzt durch. Sie trinkt ein Glas Wasser.

Anna weiß nicht, ob sie zu weit gegangen ist mit dem, was sie der alten Frau zumutet. Sie sieht, wie sie mit sich kämpft. Aber Lisbeth Maschke erzählt weiter.

»Wir haben gedacht, die Russen ziehen vielleicht schnell durch. Vielleicht wird es schlimm, aber wenn wir uns still verhalten, können wir es überstehen. Wie in Greifswald. Da haben sie die Stadt übergeben. Da ist nicht so viel passiert. Ich kann gar nicht sagen, wie es gekommen ist. Tausende Menschen waren auf einmal in der Stadt. Es kamen immer mehr. Man wusste gar nicht mehr, wohin mit denen. Die hatten nichts zu essen, keine Schuhe, waren voller Läuse. Hatten an jeder Hand einen Koffer und zwei Gören. Flüchtlinge. Ich wollte nicht weggehen, es war ja mein Zuhause. Aber als immer mehr Leute gesagt haben ›Ich geh ins Wasser, wenn die Russen kommen, mit meinen Kindern‹, oder ›Wir nehmen

Gift‹, da hab ich Angst gekriegt. Da hab ich wirklich Angst gekriegt. Die waren völlig verrückt. Selbstmord ist Sünde, davon abgesehen. Und ich wollte leben, endlich mal leben. Ohne Krieg.«

Lisbeth Maschke hat die Hände im Schoß und guckt auf die Tischdecke. Mit einem abwesenden Blick. Sie vergisst fast die beiden jungen Frauen.

»Aber wenn man da was gesagt hätte, oh Gott. Da musste man aufpassen wie ein Schießhund. Ich hab immer nur freundlich getan und meinen Mund gehalten. Die haben Tabletten gesammelt, haben den Apotheker bedrängt, ›Herr Doktor, Herr Doktor, bitte helfen Sie uns.‹ Wie wenn alle plötzlich verrückt geworden wären.«

Lisbeth Maschke stützt sich mit der Hand auf dem Tisch ab, steht auf und geht in die Küche. Sie braucht jetzt erst mal einen Kaffee. Und einen Schokoladenkeks.

Anna weiß nicht, ob sie einfach sitzen bleiben und warten kann. Sabine nickt ihr zu. Scheint ihr sagen zu wollen, dass Lisbeth Maschke ihre eigenen Entscheidungen treffen kann. Und dass sie sich entschieden hat, über die Vergangenheit zu sprechen.

Aus der Küche hören sie einen Wasserkessel, es riecht nach Filterkaffee. Ruhige Arbeitsgeräusche, wie sie aus Küchen alter Frauen kommen. Sabine geht nach nebenan zu Lisbeth Maschke. Anna hört, wie die beiden miteinander sprechen, und schaut sich im Wohnzimmer um. Auf der Anrichte steht ein Hochzeitsbild aus dem Zweiten Weltkrieg. Ein junger Mann mit Brille in Uniform. Auf der Schirmmütze den Reichsadler mit Hakenkreuz. Und ein Knopflochband für einen Orden. Eine junge Frau mit Schleier auf den blonden Haaren und ein paar Blumen. Ernst und pflichtbewusst gucken beide. Am schönsten Tag in ihrem Leben.

Sabine trägt das Tablett, als sie mit Lisbeth Maschke aus der Küche zurückkommt, und gießt dann für alle Kaffee ein.

Aus einer großen, gepunkteten Kanne gibt es richtige Milch. Lisbeth Maschke schiebt die Schale mit den Schokokeksen in die Mitte des Tisches.

»Bitte, greift zu«, sagt sie und räuspert ein paar Kekskrümel aus dem Hals. Sie klopft sich mit der flachen Hand leicht auf die Brust und scheint zu überlegen, wo sie stehengeblieben war.

»Ach ja«, sagt sie, »es war ein einziges Durcheinander, als der Krieg zu Ende ging. Schlimmer als der Krieg selbst. Es sind auch viele weggegangen. Ich wollte aber nicht. Hätte auch nicht gewusst wohin. Zuletzt sind die Soldaten weg, auch die SS. Die haben die Autos mitgenommen. Sogar die Löschwagen der Feuerwehr. Und dann hinter sich die Brücken gesprengt. Die Kahldenbrücke zuerst. Da saßen wir in der Falle. Von weitem haben wir ein Dröhnen gehört und schweres Geratter. Meine Nachbarin hat ein ganz komisches Gesicht gemacht. Sie wurde richtig weiß und sagte: ›Lisbeth, hör mal. Das sind die Panzer. Jetzt kommen sie.‹ Und dann kamen sie wirklich. Die ersten noch zu Fuß. Sie sind so an der Hauswand entlanggegangen, Gewehr in beiden Händen. Haben immer so geguckt, nach rechts, nach links. Ganz junge Kerle. Das war der Tag vor dem 1. Mai. Dann haben wir Schüsse gehört und ein Krachen. Das kam vom Luisentor. Das war der Anfang von allem.«

Lisbeth Maschke schweigt. Die Bilder in ihrem Kopf schieben sich übereinander. Alles kommt gleichzeitig. Sie muss das erst mal für sich sortieren.

»Wir hatten Bettlaken aus dem Fenster gehängt. Und haben uns erst mal still verhalten. Aber Grete, das war meine Freundin, die sagte: ›Wir müssen hier weg. Irgendwann kommen sie ins Haus. Und was machen wir dann?‹ Also sind wir weg, zu Fuß zu den Wiesen und dann weiter. Das war unser Glück. Später brannte die ganze Stadt. Und die Soldaten haben gewütet.

Als wir zu den Wiesen kamen, lagen schon überall Tote. Ein grausiger Anblick. Ganze Familien sind zum Fluss gegangen. Mit dicken Mänteln. Und Rucksäcken. Obwohl es so warm war. Die hatten sich auch das Leben genommen. Die armen Kinder. Ganze Familien schwammen da im Wasser, aneinandergebunden mit Stricken.«

Lisbeth Maschke sieht erschöpft aus. Sie macht eine lange Pause.

»Wir müssen für heute Schluss machen. Ich muss mich hinlegen«, sagt sie mit fester Stimme.

»Vielleicht können wir morgen wiederkommen?«, fragt Sabine. »Wir haben noch ein paar Fragen. Und ich muss Montag ja wieder arbeiten.«

»Das könnt ihr machen«, sagt Lisbeth Maschke.

31

Nach einer Nacht in der Jugendherberge gingen Anna und
Sabine den Weg zum Friedhof zu Fuß, den sie am Vortag mit
dem Auto gekommen waren. Über die Bahngleise in Richtung
Jarmen. Die Sonne stand bereits hoch, und der Weg war länger, als sie ihn in Erinnerung hatten. Sie wollten dennoch zu
Fuß gehen. Ein Gefühl für die Stadt bekommen, für die Ent-
fernungen. Wie hatte man die vielen Leichen von der Peene-
schleife zum Friedhof geschafft?

Durch den Seiteneingang an den Tannen nahmen sie einen
der langen Sandwege bis zur riesigen Rasenfläche, auf deren
Mitte ein Obelisk stand. Eine Weltkugel aus zwei Eisenringen
saß auf dem stumpfen Ende der Stele. Eingemeißelt die Jah-
reszahl auf allen vier Seiten: 1945. Was konnte man auch
sonst sagen angesichts des vielfachen Grauens. Der vielen
Toten. Der schweren Arbeit ihrer Bestattung. Verwesungs-
geruch über der Stadt. Ein Massengrab, das so groß war, dass
man die Orientierung verlor.

*Nord und Südliches Gelände ruht im Frieden seiner Hän-
de*, stand auf einer Seite des Obelisks.

Welche Vorstellung hatte sie von diesem Massengrab gehabt? Vielleicht hatte sie etwas erwartet wie in Verdun. Dort
war sie mit der Schule gewesen. Hatte das Knochenhaus
gesehen und die immer noch geschundene Landschaft. Die
endlosen Reihen der weißen Kreuze. Hier auf diesem Friedhof bedeckte nichts als eine große Rasenfläche Hunderte von
Menschen, die in Demmin gelebt hatten oder in die Stadt ge-
flüchtet waren. Es tauchten Bilder in Annas Vorstellung auf,
wie Ausschnitte aus Stummfilmen mit ruckartig gesprenkel-

ten Sequenzen, in denen Menschen banale Dinge taten. Und man wusste, dass alle, die man dort sah, schon lange tot sein mussten.

Sie wusste nicht, was sie eigentlich erwartet hatte. Jedenfalls nicht eine solch nüchterne Anlage. Es gab keine Hinweisschilder, keine Blumen, keine Kerzen, keine Namen. Es gab nur diese große Fläche, die man gesegnet und dann wieder verlassen hatte. Und die viele vielleicht nie wieder besucht hatten. Anna und Sabine machten sich auf den Rückweg, um Lisbeth Maschke nicht zu lange warten zu lassen.

»Suchen Sie was?«, fragte sie ein alter Mann, der sein Fahrrad über den Friedhof schob. »Haben Sie hier Verwandte?«

Anna hatte schon wieder das Gefühl, irgendwas an ihrem Verhalten sei nicht in Ordnung. War es verboten, einfach so auf den Friedhof zu gehen?

»Wir wollten das Massengrab sehen«, sagte Sabine so natürlich wie möglich.

»Alle kommen immer nur deswegen. Immer nur wegen der Sache nach dem Krieg«, sagte der Mann. »Was gibt's denn da zu gucken?«

»Haben Sie das miterlebt?«, fragte Sabine.

»Gott bewahre«, winkte er ab, »ich war in Gefangenschaft. Beim Russen.« Damit schob er kopfschüttelnd sein Fahrrad weiter. Eine Frau, die zwei Gießkannen trug, beobachtete das Gespräch von Weitem. Sie war zu jung, um die Sache nach dem Krieg miterlebt zu haben.

Anna und Sabine verließen den Friedhof über einen Seiteneingang und liefen den Weg zurück zu Lisbeth Maschkes Wohnung.

Frau Maschke hatte Kaffee gekocht und eine Zitronenrolle aufgeschnitten. Gäste zum Kaffee statt Zeitzeugenbefragung.

»Ich möchte Ihnen sehr danken«, sagte Anna. »Es sind

keine schönen Erinnerungen, die wir da in Ihnen wecken. Mein Opa jedenfalls spricht nicht mit mir über diese Zeit.«

»Nein, das sind keine schönen Erinnerungen. Ich hab Else auch gesagt, ich weiß nicht, ob ich das kann.«

Lisbeth Maschke erzählte, wie sie zurück in die Stadt kamen, nach den Nächten unter den Weiden am Fluss. In die verwüstete Stadt. Niedergebrannt wie im Dreißigjährigen Krieg. Auch die eigene Wohnung. Alles weg.

Wie sie dann mit anderen die Folgen dieser totalen Zerstörung beseitigt hatte. Ein erster Trümmerfraueneinsatz. Männer waren kaum noch dagewesen. Viele der Toten hatte sie gekannt. Und über vierhundert Kinder. Das war am schlimmsten. Wie sollte hier Zukunft entstehen? Ohne Kinder. Soweit es die Kinder betraf, war die Bezeichnung *Massenselbstmord* völlig falsch. Die Kinder wurden ermordet. Von denen, die sie beschützen sollten.

»Wie lebt man nach so etwas weiter?«, fragte Sabine.

Lisbeth Maschke sah auf, als ob die Frage sie überraschte. Als ob sie sich diese Frage nie gestellt hätte. Aber sie hatte sich die Frage gestellt. Immer wieder. Nicht nur, wie sie weiterleben könnte. Sondern auch, ob.

»Das weiß ich nicht. Man lebt einfach weiter. Versucht, nicht dran zu denken. Aber man kann's nicht vergessen. Nur, es wollte ja keiner hören. Ich hab heute noch manchmal schwere Träume. Es kommt alles wieder. Jetzt, wo ich alt bin. Man liegt nachts wach, und alles kommt wieder.«

Sie sah zum Balkon, ließ ihren Blick minutenlang bei den Geranien und atmete schwer. Eine Hummel überflog das kleine Geranienfeld und tauchte von einer in die nächste Blüte.

»Dass man nicht helfen konnte. Man hat so schreckliche Dinge gehört und gesehen und hat nichts gemacht. Nichts machen können. Man musste überleben. Das quält mich. Aber damit muss man allein fertig werden.«

Die Zitronenrollenscheiben lagen unberührt in einem Puderzuckerbett auf den guten Tellern. Sabine teilte mit der Kuchengabel etwas ab und genoss den sauren und erfrischenden Geschmack.

»Nur habe ich mich immer wieder gefragt«, begann Lisbeth erneut, »wie Menschen sowas machen können. Sich das Leben nehmen. Das war ja nicht nur wegen der Russen. Manche haben gesagt, ein Leben ohne den Nationalsozialismus sei nichts mehr wert. In einer solchen Welt wollten sie nicht mehr leben. Dann lieber tot sein. Die Kinder wurden nicht gefragt. Was für ein Irrsinn!«

Lisbeth Maschke wirkte erschöpft, aber auch sehr klar. Gradlinig würde es gut beschreiben, fand Anna. Sie hatte trotz allem ihr Leben auf Kurs gehalten, folgte ihren Überzeugungen. Auch als alle um sie herum den Verstand verloren.

Anna holte die Fotos aus ihrer Tasche, und obwohl sie sah, dass sie mit dem Gespräch an einem Ende angekommen waren, musste sie unbedingt noch diese Frage stellen. Ob Lisbeth Maschke die Menschen auf dem Gruppenfoto kannte. Die Familie mit den vier Kindern vor dem Fachwerkhaus und die drei Erwachsenen, die zusammen ein Mutterkreuz feierten. Unwahrscheinlich vielleicht. Aber wen konnte sie sonst fragen?

Lisbeth Maschke sah sich die Fotos gründlich an. Aß zwischendurch vom Kuchen.

»Die eine Frau ist wahrscheinlich meine Oma, auf dem Bild vor der Laube«, sagte Anna. »Die anderen kenne ich nicht.«

»Die da«, sagte Lisbeth Maschke und zeigte mit der Kuchengabel auf die andere Frau, »die da war die Allerschlimmste. Eine richtige Nazisse. Vor der hatte ich immer Angst, wenn die in die Bäckerei kam. Helene Lechner hieß sie. Leni wurde sie genannt.«

»Die neben meiner Oma?«, fragte Anna.

»Ja, die. Der Mann war ein hohes Tier in der Partei. Sie hat sich auch mit ihren Kindern umgebracht. Die lagen in einer der Lauben. Sie und die drei Kinder. Was mit dem Mann wurde, weiß ich nicht.«

»Auf dem Foto sind es aber vier«, sagte Anna.

»Sie hatten noch ein kleines Mädchen. Das hatte die Lechner immer auf dem Arm, wenn sie in die Bäckerei kam. Wie eine Trophäe. Das Mutterkreuz gab es auch erst ab vier Kindern. Aber in der Laube lagen nur drei. Nur die Jungen«, sagte Lisbeth Maschke und schien sich trotz der langen Zeit, die seitdem vergangen war, sicher zu sein.

»Und was ist mit dem Mädchen passiert?«

»Vielleicht ist das Kind aufgewacht und weggelaufen. Oder jemand hat es mitgenommen. Im Krieg sind viele Kinder verschwunden. Wo sollte man da suchen?«

Nach einer Pause des Nachdenkens sagte Lisbeth Maschke schließlich: »Ich glaube, das Mädchen hieß Ulrike.« Und dann etwas leiser: »Wollt ihr mal wiederkommen?«

32

Ulrike. Das konnte kein Zufall sein. Wie viele Ulrikes hatte es 1945 in Demmin gegeben? Neben den Helgas, Erikas, Giselas. Oder einzelnen Extremen wie Holdine. Ulrike war vielleicht ein häufiger Name. Aber auch das Alter passte. Wenn ihre Mutter diese Ulrike war, dann war sie in Demmin geboren und der Eintrag im Familienstammbuch wahrscheinlich falsch. Wenn Kinder spurlos verschwinden konnten, was zählte ein Stück Papier mit einem Stempel?

Sabine steuerte den R4 ruhig über die Landstraßen nach Berlin. Durch den explodierenden Sommer. Die Eichen bewegten sich im Wind und warfen ein flirrendes Muster auf die Straße. Währenddessen schwankte in Anna alles. Eine Oszillation zwischen Ohnmacht, Aufruhr und der Klarheit eines Eiskristalls.

»Ulrike. Das ist doch kein Zufall«, sagte sie. »Das ist doch meine Mutter. Deshalb diese ganzen Lügen.«

»Vielleicht«, sagte Sabine. »Vielleicht auch nicht. Sie wird nicht die einzige Ulrike in Demmin gewesen sein. Hat sie denn irgendwas von Brüdern erzählt?«

»Wie sollte sie sich daran erinnern? Sie war doch viel zu klein. Jahrgang '43. Stell dir das vor. Die Mutter bringt ihre Kinder um. Und bei Ulrike hat's nicht geklappt. Irgendwas ist schiefgegangen. Vielleicht zu wenig Gift. Frau Maschke hat vergiftet gesagt, oder? Die eigenen Kinder? Die waren doch völlig verrückt.«

Anna schwieg und versuchte, Ordnung in die wenigen gesicherten Fakten zu bringen. Wie aus einem Meer aus Tausenden perlmuttschimmernder Knöpfe jene zu greifen, die genau in die Knopflöcher von Omas fester Leinenbettwäsche passten.

»Die Frau Maschke würde ich gerne noch mal besuchen«, sagte Sabine. »Die mag ich.«

Berlin lag bereits im Samt des abendlichen Sommerlichts, als sie in der Körtestraße ankamen. Es war niemand zu Hause. Anna leerte ihre Tasche und begann, die Fotos an die Zimmertür zu kleben, daneben ein leeres Blatt für Notizen.

»Wenn das Helene Lechner ist, ist der daneben in Uniform ihr Mann. Der ist auch auf dem anderen Foto mit den Kindern. Die andere Frau auf dem Bild sieht aus wie meine Oma als junge Frau. Sagen wir mal: Es ist meine Oma«, fasste Anna ihre Überlegungen für Sabine zusammen. »Sie feiern das Mutterkreuz von der Lechner. Das steht auf der Rückseite des Fotos. Mit wem feiert man sowas in einer Gartenlaube? Doch mit Freunden, oder?«

Sie trat zwei Schritte zurück und betrachtete die Zusammenstellung.

»Ich glaube, das Bild hat mein Opa gemacht. In Demmin.«

Anna schrieb etwas auf das leere Blatt. Dann studierte sie das Foto der Familie vor dem Fachwerkhaus.

»Die Lechners und ihre vier Kinder. Das muss so 1943/44 gewesen sein. Die Frau und die Jungen sind tot, sagt Frau Maschke. Was mit dem Mann ist, wissen wir nicht. Der könnte noch leben. Untergetaucht. Vielleicht unter einem neuen Name. Aber wo ist Ulrike? Wenn es einer weiß, dann Opa.«

33

Anna spürte ihre Aufregung erst, als sie vor Ludwigs Wohnungstür stand. Obwohl sie noch vor sechs Monaten hier gewohnt hatte, kam ihr das Treppenhaus eigenartig fremd vor. Die dunkle Holztäfelung im Flur war ihr damals nicht besonders aufgefallen. Nun kam sie ihr altmodisch und fast unlauter bieder vor. Während ganz Berlin in Schutt und Asche gelegt worden war, hatte dieses gediegene und schattige Treppenhaus überlebt. Hatte seinen bedächtigen und selbstzufriedenen Stil in die nächste Epoche getragen und dämpfte nun die Schritte derjenigen, die es geschafft hatten, mit allem Alten im Gepäck dennoch wieder neu anzufangen. In der Stunde null, bei der scheinbar alles auf Anfang gestellt worden war. Merkwürdig mild leuchtete Sonnenlicht durch die bunten Scheiben auf jedem Treppenabsatz. Wer hatte früher hier gelebt?

Sie zog an der geschwungenen Messingklingel und hörte kurz danach Schritte. Ludwig öffnete und stand einen Moment unschlüssig in der Tür. Er bekam nicht oft Besuch. Er hatte Tee gemacht und ein paar Kekse auf den Wohnzimmertisch gestellt. Sie setzten sich, und Anna kam ohne weitere Umschweife zum Grund ihres Besuchs.

»Ich würde gerne mit dir über Demmin sprechen«, sagte Anna. »Und über Mama.«

Ludwig wurde fast schwarz vor Augen. Sein Magen zog sich zusammen. In seinen Ohren begann es zu rauschen wie in einem Tunnel. Er trank einen Schluck von dem noch sehr heißen Tee und versuchte Anna dabei möglichst ruhig anzusehen. Er war nicht sicher, ob ihm das gelang. Dass seine

Hand leicht zitterte, konnte er nicht abstellen. Auch in seinem linken Auge spürte er ein Zucken. Es ärgerte ihn, dass man ihm seine Gefühle so leicht ansehen konnte. »An der Nasenspitze«, hatte Edith immer gesagt.

»Worüber willst du da sprechen?«, gab er steif zurück und zuckte mit seinem Kopf. Er hatte geantwortet, ohne richtig zu überlegen. Vielleicht um Zeit zu gewinnen. Aber wofür? Zum Weglaufen war es zu spät.

Anna legte zwei Fotos auf den Esstisch und sagte: »Darüber.« Sie holte die Aufnahme des Luisentors aus ihrer Mappe und legte das Bild zu den anderen. So wie jemand ein gutes Pokerblatt aufdeckt.

Ludwig kniff die Augen zusammen und sah betont beiläufig auf die Bilder. Er kannte die Fotos ja. Er hatte sie schließlich gemacht. Sie hatte sie also gefunden. Im Keller. Und die ganze Zeit nichts gesagt. Also kannte sie mit Sicherheit auch den Ehrendolch und das Mutterkreuz. Die beiden einzigen Dinge, die er von Leni und Julius noch hatte. Außer den Fotos.

»Ich weiß, ich hätte die Bilder nicht einfach nehmen dürfen. Tut mir leid«, sagte Anna. »Aber du machst es mir auch nicht leicht.«

Ludwig verschränkte die Arme. »Ich glaube, das geht dich nichts an. Wie kommst du darauf, dass ich dir irgendwelche Fragen beantworten muss?«

Anna schob das Gruppenbild mit den vier Kindern näher zu Ludwig und legte ihren Zeigefinger auf das kleinste der Kinder. »Ist das da Mama?«, fragte sie und sah ihn an. Sie spürte einen Kloß im Hals und presste ihre Lippen aufeinander. Um zu verhindern, dass ihre Empörung und ihre Verletztheit einfach ausbrachen und die Kontrolle über die Situation übernahmen. Ludwig schwieg und begann, seine braune Strickjacke von unten zuzuknöpfen. Betont langsam, wie es ihr vorkam. Pedantisch fädelte er dabei jeden einzelnen Hornknopf ein.

»Ich. Will. Jetzt. Endlich. Mal. Eine. Antwort«, setzte sie nach und betonte dabei scharf jedes Wort. Mehr unabsichtlich als mit Vorsatz. Aber die Betonung hatte die Wirkung auf Ludwig, die der Satz einforderte. Trotz aller Gespräche mit Heinz, trotz der wachgelegenen Nächte mit immer denselben Grübeleien hatte er für diesen Moment, der sich seit Monaten auf ihn zubewegt hatte, keinen Plan. Dabei war ihm seit längerem klar gewesen, dass der Moment kommen würde. Anna ließ nicht locker. Man konnte sie eine Weile vertrösten, ihr ausweichen oder sie belügen. Das hatte er ja auch getan. Aber am Ende nutzte es nichts. Er kannte seine Enkelin.

Ludwig strich das Zopfmuster der Strickjacke glatt und sah eine Weile an ihr vorbei aus dem Fenster. Aus den Erinnerungssplittern, die ihm wie aus einem Tunnel entgegenwirbelten, hörte er für einen Moment das Echo von Ulrikes leiernder Frage, mit der sie sich monatelang dem Vergessen widersetzt hatte: »Wo Siefi?«

Und welche Ironie, dass ausgerechnet sie die Einzige war, die von nichts mehr wusste. Sich an nichts erinnern konnte. Selbst ihre Tochter wusste nun schon mehr als sie. Das war nicht richtig.

»Ja, das ist Mama«, sagte er dann endlich matt.

»Und das ist in Demmin?«, fragte Anna.

Ludwig nickte. Ein dünne Spur Schweiß lief langsam aus seinem Nacken die Wirbelsäule entlang.

»Und wer sind die anderen auf dem Bild? Wer ist die Frau, die Mama auf dem Arm hat?«

Ludwig spürte, wie seine mit Mühe konstruierte Familiengeschichte langsam in sich zusammenfiel. Er fühlte sich wie in einem Nussknacker, in dem er die Nuss war. Am Ende würden alle Teile einer Geschichte freigelegt, die eben nicht die Wahrheit war. Spielte das nach so langer Zeit eine Rolle? War das, was sie hatten, nicht besser als die sogenannte Wahrheit? Wer hatte einen Nutzen von dieser Wahrheit? Von einer

Wahrheit, die für alle nur Unglück bedeuten würde, war Ludwig nicht überzeugt. Aber jetzt, wo das Ganze ins Rutschen gekommen war, gab es kein Zurück mehr. Jedes Zurück wäre mit neuen Lügen verbunden, und für die, das spürte er, hatte er keine Kraft mehr.

»Das sind die Eltern«, begann er. »Leni und Julius. Und das da sind Hartmut, Bernd und Siegfried. Ulrikes Brüder.« Er zeigte nacheinander auf die Kinder. »Die leben aber nicht mehr.«

»Mama hatte Brüder?«

Ludwig nickte. Er saß nach vorn gebeugt, den Blick auf das Foto gerichtet. Siegfried war sein Patensohn gewesen. Der schlaffe Kopf von Leni fiel ihm wieder ein, als sie auf dem Sofa gelegen hatte. Schon ganz kalt.

»Warum sind sie alle tot?«, fragte Anna wie von Ferne.

»Leni hat … mit den Kindern …« Das nächste Wort klemmte in seinem Hals, und er musste sich räuspern. »Selbstmord.« Ludwig hustete. »Also sich das Leben genommen, als die Russen kamen.«

»Warum?«

»Warum. Warum. Sie hatten Angst. Todesangst. Vor den Russen. Vor allem die Frauen.«

»Kein Wunder, dass sie Angst hatten. Das waren Nazis«, sagte Anna. »Deshalb hatten sie Angst. Meine echten Großeltern waren richtige Nazis, oder?«

Ludwig zuckte bei dem Begriff »echte Großeltern« zusammen, als habe Anna ihn einen Betrüger genannt. Bevor er sie zurechtweisen konnte, wurde ihm mit furchtbarer Klarheit bewusst, dass es an dieser Wortwahl nichts zurechtzuweisen gab. Er war nicht der echte Großvater. Er war vielleicht ein besserer Großvater, als Julius es jemals gewesen wäre. Aber all die Gespräche, was sie vom Opa hätte, die Haare, die Augen, den Eigensinn, das alles war in einer Minute zerstoben. Sie konnte nicht viel von Opa haben, denn er war ein fremder Mann. Ein fremder Mann, der Opa gespielt hatte. Irgendwie war das schon eine Art Betrug. Und mit Betrügern wollte man nichts zu tun haben. Sie begann, ihn aus der Familie auszustoßen, dachte Ludwig.

»Das kann man so nicht sagen«, sagte er und ruderte mit seinen großen Händen in der Luft herum. »Was soll das denn heißen? Nazis!«

»Das ist eine SS-Uniform«, sagte Anna und zeigte auf den Mann auf dem Foto wie eine Geschichtslehrerin, die einem Schüler eine unbekannte Uniform erklärt. »Das kann man schon so sagen. Und der SS-Dolch, den du im Keller versteckt hast, ist nicht deiner, oder? Und die Bücher.«

Anna beobachtete Ludwig, konnte aber keine Reaktion erkennen. Er sah sie stumpf an.

»Das meine ich mit Nazis«, schob sie nach.

Überflüssigerweise, fand Ludwig. Er war nicht schwer von Begriff. Selbstgerecht war diese Generation, dachte er. Niemand von denen musste Entscheidungen fällen, wie er sie hatte treffen müssen. Musste damit leben, dass man keinem vertrauen konnte. Musste Angst haben, sein Leben zu verlieren und dieses ständige Gebrülle ertragen. Die stellten sich jetzt einfach hin und urteilten.

»Du machst es dir zu einfach. Das kannst du nicht beurteilen«, sagte Ludwig. »Das war damals eben so.«

»Das war damals so.« Zuverlässig kam dieser Satz. Ein fatalistisches Hinweisschild auf die angeblich herrschenden Kräfte, die neben der Schwerkraft den Rahmen für alles Handeln bildeten. Sie galten wie ein Naturgesetz unterschiedslos für alle. Da konnte man nichts machen. Es war halt so.

»Weiß ich nicht, ob das so war«, sagte Anna. »Kann man auch anders sehen. Jedenfalls musst du das Mama sagen. Die weiß nichts, oder?«

Ludwig schüttelte stumm den Kopf.

»Aber das ist eine Sache zwischen Mama und mir. Da lass ich mir nicht reinreden«, sagte er.

»So einfach ist das nicht. Du bist auch nicht mein Opa«, sagte Anna. »Mich habt ihr auch angelogen.«

»Wir haben dich nicht angelogen«, entgegnete Ludwig. »Wie soll man das denn machen? Beim Kaffee die große Beichte ablegen? Du warst ja noch ein Kind.«

Ludwig suchte in seiner Strickjacke nach einem Taschentuch und putze sich die Nase. Dann sah er Anna an.

»Und was soll ich deiner Meinung nach jetzt machen?«

»Du musst dich mit Mama treffen und ihr alles erklären«, sagte Anna.

Ludwig zog sich wieder in seine Krokodilhaltung zurück. Machte seinen Rücken rund, schaukelte leicht mit dem Oberkörper und blinzelte fast unbeteiligt mit Augen, die er auf Fernsicht eingestellt hatte. Er versuchte, das Ganze an sich abperlen zu lassen.

»Und du fährst mit mir nach Demmin. Morgen früh um neun. Ich will, dass du mir alles zeigst.«

»Was soll ich da?«, versuchte sich Ludwig zu wehren. »Da war ich über 40 Jahre nicht mehr. Da gibt's nichts mehr, was ich kenne. Und ich fahr nicht in die Ostzone. Das weißt du doch.«

Er stierte sie mit einer Mischung aus Feindseligkeit und Schicksalsergebenheit an, wie ein angeschossenes Tier, das einen Ausweg sucht.

»Die Mauer ist seit letztem Jahr auf«, sagte Anna. »Hör doch endlich mal auf mit dieser Ostzone. Das heißt DDR. Auch wenn es dir nicht passt. Ich war schon in Demmin. Du wirst es überleben.«

In Ludwig erlahmte jeder Widerstand. Jedenfalls für heute. Er konnte nicht mehr klar denken. Anna war in Demmin gewesen? Was hatte sie da gemacht?

»Du und ich fahren da hin. Sonst muss eben ich mit Mama

reden. Ist deine Entscheidung«, sagte Anna und packte die Fotos wieder in ihre Tasche. Sie nickte ihm kurz zu, als wäre damit eine Vereinbarung geschlossen.

»Ich hol dich morgen früh ab«, sagte sie und ging zur Tür, die sie leise hinter sich schloss.

Nachdem Anna gegangen war, saß Ludwig wie betäubt in der Küche. Als hätte ihn jemand verprügelt, und er hätte sich nicht gewehrt. Hinterher fiel ihm immer ein, was er hätte sagen sollen. Er hätte einfach sagen können: »Ich fahre nicht nach Demmin. Da kannst du dich auf den Kopf stellen.« Oder die Drohung, Ulrike alles zu erzählen. Da hätte er sagen können: »Mach doch!« Und: »Wir werden schon sehen, wem sie glaubt.«

Aber darum ging es ja nicht. Es tat ihm weh, Anna zu verlieren. Die *echten* Großeltern war ein Ausdruck, der wie ein Stachel in einer Wunde saß.

Ludwig blieb eine Weile sitzen und sah aus dem Fenster. Nach Demmin fahren, dachte er. Er erinnerte sich an den letzten Blick auf die Stadt, als er auf dem Lastwagen gestanden hatte. Auf den Backsteinspeicher und den Kirchturm.

Was wohl aus Julius geworden war?

»Ich geh nicht in Gefangenschaft«, hatte der gesagt. »Niemals. Wenn alles untergeht, gehe ich ehrenhaft mit unter. Nur Feiglinge ergeben sich.« Sie hatten nach dem gemeinsamen Essen zusammengesessen, während die Frauen in der Küche den Nachtisch zubereiteten. Julius hatte sich eine Zigarre geholt, geübt die Spitze gekappt und zwei Cognacgläser gefüllt. Er hatte das irgendwie geplant, dieses Gespräch, dachte Ludwig später.

»Und was wirst du machen, Ludwig?«, fragte er ganz leise. Ludwig verstand nicht gleich. Julius sah ihn abwartend an.

»Ich meine, wenn das hier untergeht. All das, was wir für kommende Generationen geschaffen haben. Für unser Volk. Für unser heiliges Deutschland.«

Er blies ein paar Ringe in die Luft und betrachtete für einen Moment die Glut an der Spitze seiner Zigarre. Ludwig erinnerte sich, wie der Kragen seines Hemdes plötzlich im Nacken nass geworden und der Schweiß in einer dünnen Spur an seinem Rücken entlanggelaufen war. Er konnte sich nicht erinnern, was er gesagt hatte. Ob er überhaupt geantwortet hatte?

»Wenn ich gehe, dann nehme ich noch einige Russen mit. Dafür habe ich vorgesorgt.«

Julius nickte wie zur Bestätigung vor sich hin.

»Die werden wir am Luisentor schon richtig begrüßen.«

Leni war mit den Kompottschalen in der Hand aus der Küche gekommen und hatte das Kameradengespräch beendet, vielleicht früher als geplant. Vielleicht hatte Julius auch nicht mehr sagen wollen. Ludwig hatte nicht den Mut gehabt, ihn später noch einmal zu fragen, was genau er vorhatte. Er war auch froh, dass Julius ihn um nichts gebeten hatte. Mitzumachen, etwa.

Später, vom Westen aus, hatte Ludwig nach Julius gesucht. Aber alle Anfragen beim Suchdienst des Roten Kreuzes waren erfolglos geblieben. Ludwig hörte über Jahre systematisch die monotonen Suchmeldungen im Radio, mit denen das Programm um Mitternacht endete. Er hört sie auch weiter, als sie tagsüber gesendet wurden. Auch die Sendungen im Osten. All diese bewusst langsam vorgetragenen, überdeutlich formulierten Suchmeldungen mit Orten, die inzwischen andere Namen hatten, in Regionen, die jetzt zu anderen Ländern gehörten. Von Jahr zu Jahr wurden ihm die Suchmeldungen fremder. Die Stimme, die weiterhin die wenigen bekannten Daten vortrug, schien wie aus einem altmodischen Theaterstück Und Julius blieb verschwunden. Er hatte keine Spur hinterlassen. Eine Meldung zu Ulrike Lechner gab es zu Ludwigs Erleichterung nicht. Niemand suchte nach ihr.

Vielleicht war Julius am Luisentor gefallen. Dort hatte das

letzte Gefecht in Demmin begonnen, kurz nachdem sie die Stadt verlassen hatten. Die Soldaten der Roten Armee wurden von dort beschossen, als sie aus Jarmen auf die Stadt zuliefen. Gezielte Schüsse fielen aus den oberen Fenstern des Tores. Dafür waren die Fenster auch gemacht, denn über Jahrhunderte waren die Angriffe auf Demmin meist von Osten gekommen. Von der Seite ohne die Wasserbarriere einer der drei Flüsse.

Vielleicht war Julius an der Panzersperre gefallen, die im Südosten in den letzten Kriegswochen ausgehoben worden war. Von allen, die noch eine Schaufel halten konnten. Ludwig war als Aufsicht eingeteilt worden. Dort waren dann die drei Unterhändler erschossen wurden, die mit weißer Fahne auf die Befestigungen zugelaufen waren und die Übergabe der Stadt gefordert hatten. Dann, so hatte Ludwig später erfahren, waren die Schleusen der Hölle geöffnet worden.

Vielleicht lebte Julius noch. Mit neuem Namen. Irgendwo, wo ihn keiner kannte. Oder dort, wo ihn jeder kannte. Konnte man ja. Interessierte ja keinen.

34

Sichtbar widerwillig hatte er sich auf den Platz neben Anna gesetzt und zog wie ein Einsiedlerkrebs seine langen Beine ins Auto. Am liebsten hätte er wohl noch seine Muschel zugeklappt. Er lehnte sich mit einem Gefühl wie beim Zahnarzt ganz gerade an die Kopfstütze und seufzte leise. Jetzt ging es also los. Aber spätestens heute Abend wäre er wieder zu Hause. Den heutigen Tag würde er überleben. Sehr wahrscheinlich jedenfalls.

»Das wird ein langer Tag heute«, sagte Anna. »Ist 'ne ziemliche Strecke.«

Anna hatte vollgetankt, Brote und eine Thermoskanne Tee eingepackt. Es gab nicht viel in Demmin, wo man etwas essen konnte. Ludwig hatte gar nichts dabei. Keine Tasche, keine Mappe mit Unterlagen. Nichts, was eine Vorbereitung hätte erkennen lassen. Außer dass er für den Sommertag mit der Strickjacke und seinem hellen Mantel zu warm angezogen war. Wie ein gepanzerter Einsiedlerkrebs, der einer Springflut trotzt, dachte sie.

Er sah müde aus dem Fenster in eine gleichförmige und flache Landschaft. Windgebeugte Bäume säumten Alleen, die grünbewachsene Felder durchschnitten. Der R4 ruckelte über die kaputten Straßen, die in manchen Abschnitten noch aus aneinandergelegten Betonplatten bestanden.

Ludwig hatte in den vielen Jahren, in denen sein Radius sich dauerhaft auf das Stadtgebiet reduziert hatte, das Gefühl für Weite verloren. Die Mauer hatte ihm einen unverrückbaren Rahmen für das Machbare und Erreichbare geboten. Sein Leben blieb in diesem Raum, in dem er alles kannte. Nun bewegte er sich wie ein Gepäckstück im Wagen seiner Enkelin aus diesem Raum hinaus. Es fiel ihm erst auf, als sie das Stadtgebiet schon weit hinter sich gelassen hatten, als hinter den Feldern kein anderer Stadtbezirk begann, sondern weitere Felder. Der gleiche Anblick in alle Himmelsrichtungen. In der Beliebigkeit der Weite fühlte er sich ohne Halt. Sie kamen durch Dörfer, die sich eins wie das andere graubraun und abgeblättert an der Straße entlangzogen. Geduckte märkische Gesindehäuser mit breiten, nutzbaren Rasenflächen vor den Häusern. Früher wurde dort Wäsche zum Bleichen ausgelegt, heute Trabbis geparkt oder Sperrmüll abgestellt. Ludwig kannte keinen der Orte. Bei der Flucht vor 45 Jahren waren sie sicher irgendwo hier durchgekommen. Aber das war zu lange her. Alles sah für ihn jetzt gleich aus.

Anna überlegte, ob sie in Gransee eine Pause machen sollten. Sie könnte ihm das Luisendenkmal zeigen. Aber die Vorstellung, er könne an dem ergreifenden Denkmal stehen und sie fragend ansehen, vielleicht noch sagen: »Was machen wir hier?«, ließ sie davon Abstand nehmen. Das würde sie jetzt nicht ertragen können. Vielleicht auf den Rückweg, es war ja lange hell.

Kurz hinter Löwenberg sprach Ludwig zum ersten Mal. »Ich muss mal«, sagte er. »Kannst du irgendwo rechts ranfahren?«

Anna stellte sich am Abzweig nach Buberow in die Einmündung und wartete, bis Ludwig sich wieder in den Wagen gesetzt und angeschnallt hatte. Er wollte keine Pause machen und schwieg weiter bis Fürstenberg.

»Hier war ja ein KZ«, sagte Anna, als sie am Schild nach Ravensbrück vorbeifuhren.

»Weiß ich«, sagte Ludwig.

Sie machten eine Pause kurz vor Neustrelitz an einem Feld. Zwischen den Ähren wuchsen Klatschmohn und Kornblumen. Grillen zirpten. Anna stieg aus und streckte sich. Machte ein paar Kniebeugen. Sie holte den Tee und die Brote und legte ein Küchentuch über das Armaturenbrett.

»Wurst oder Käse?«, fragte sie Ludwig in versöhnlichem Ton. Vielleicht ließ sich seine Stimmung damit auftauen.

»Danke, hab keinen Hunger«, antwortete Ludwig. Er ließ keine Gelegenheit aus zu zeigen, dass er nur unter Zwang mitgekommen war und jetzt keine gute Miene zum bösen Spiel machen würde.

»Erzähl mir was von Mamas Eltern«, sagte Anna, während sie in das Käsebrot biss. »Wie waren die?«

Ludwig verzog das Gesicht und rieb seine Handflächen aneinander. Ein Geräusch, trocken wie Packpapier. Er überlegte, was er sagen, mit welchen Worten er beginnen könnte. Vielleicht damit, dass sie fleißig gewesen seien. Das waren sie sicherlich gewesen. Oder zuverlässig. Aber das war etwas, was der Generation von Anna nichts bedeutete. Vielmehr sahen sie diese Tugenden mit Skepsis. Sekundärtugenden, nannten sie die, hatte er einmal gelesen. Also keine echten Tugenden. Auch KZ-Wärter seien fleißig und zuverlässig gewesen, meinten sie.

Oder dass sie gute Eltern waren. Dass sie an das, wofür sie sich einsetzten, wirklich geglaubt hatten. Sie waren keine Wendehälse gewesen, die bei etwas nur mitmachten, solange es gut lief.

Waren sie gute Eltern gewesen?

Ludwig schwieg. Alles, was er sagen könnte, würde Anna wieder verdrehen. Gute Eltern bringen doch nicht ihre Kinder um. Und damit hätte sie Recht. So wie man heute darüber dachte. Das war etwas, was auch er nicht zusammenbrachte. Er dachte daran, wie die Kinder nebeneinander auf dem Boden der Laube gelegen hatten. Tausende solcher Szenen hatte es wahrscheinlich im ganzen Land gegeben. Alles gute Eltern?

»Das waren sehr liebe Menschen«, sagte er knapp.

Anna kaute an ihrem Brot und beobachtete Ludwig. Wartete, ob er noch etwas sagen wollte. Sie hätte ihm gerne zugehört, aber sie konnte offenbar nicht die richtigen Fragen stellen.

»Sie haben uns oft geholfen«, setzte er fort.

Das trifft es alles nicht, dachte Ludwig. Ja, er hatte Julius bewundert, aber manchmal auch gefürchtet. Vor allem, als klar wurde, dass der Krieg verloren war. Julius war unberechenbar geworden, man wusste nie, wie weit er gehen würde.

Julius hatte mit der Schaufel auf einen der Arbeiter an der Panzersperre eingeschlagen, bis der sich nicht mehr rührte. Weil er es gewagt hatte zu sagen: »Ich kann nicht mehr.«

Julius hatte ausschweifend unterhaltsam sein können. Und von einer eisigen Kälte. Ganz vertraut, beinahe intim. Und abweisend kalt und verschlossen. Mal schien er ein warmes Herz zu haben, mal einen kalten Stein. Mal war er von Leidenschaft erfasst und bewegt, sogar zu Tränen gerührt. Dann wieder mitleidlos und schneidend. Er hatte Ludwig beschützt, so wie er es seinem Vater versprochen hatte.

»Was habt ihr denn so zusammen gemacht?«, versuchte es Anna weiter.

»Was man halt so macht. Man hatte nicht so viel Zeit. Aber am Wochenende haben wir Radtouren an der Peene gemacht. Im Garten gearbeitet. Karten gespielt. Ganz normale Sachen.«

»Und wart ihr alle in der Partei?«

»Ja. Musste man ja.«

Dann schwieg Ludwig wieder.

»Woher kanntet ihr euch denn?«, fragte Anna.

»Julius war mein Vetter. Ich dachte, das wüsstest du. Der Sohn von meinem Onkel Fritz.«

Ludwig machte eine Pause. Eigentlich hatte er das nicht

sagen wollen. Aber jetzt war es raus. Er konnte einfach seinen Mund nicht halten. Nicht wie Edith, bei der alles sicher einbetoniert gewesen war.

»Onkel Fritz, das war ein richtiger Nazi«, erklärte Ludwig. »Da waren wir alle nichts dagegen. Der war sogar beim Stahlhelm. Und bei der SA. Mit dem wollten wir nichts zu tun haben.«

Anna sah ihn ungläubig und mit großen Augen an. »Dein Cousin? Du warst mit diesem Julius verwandt?«

»Ja, und was ändert das? Man kann sich seine Verwandten nicht aussuchen. Der war richtig auf mich angesetzt worden. Onkel Fritz hat Julius gesagt: ›Pass mal auf den Ludwig auf. Der redet sich noch um Kopf und Kragen.‹«

Ludwig räusperte sich kurz und setzte hinzu: »Was soll man machen? Also hab ich gemacht, was Julius sich für mich ausgedacht hat.«

Anna verstummte, während sie angestrengt die neuen Informationen sortierte. Onkel Fritz war schon lange tot, das wusste sie. Prostata. Über ihn und seine Frau war nie viel gesprochen worden. Zwei undeutliche Figuren ganz am Rand auf dem Hochzeitsfoto, das im Wohnzimmer von Ludwig und Edith hing. Ein dicker Mann mit Schnurrbart und einem runden Abzeichen im Revers. Und einer Armbinde, bei der die Schrift verdeckt war. Onkel Fritz, ein richtiger Nazi. Das wird ja immer interessanter, dachte sie. Opa war also doch kein fremder Mann.

»Fahren wir?«, fragte Ludwig bestimmt.

Anna packte die Sachen zusammen.

Ludwig nickte ein und erwachte erst wieder in Demmin, als sie am Luisentor vorbeifuhren. Er setzte sich erschrocken auf und sah links den Turm von St. Bartholomä. Der Wagen holperte über den rissigen Straßenbelag, vorbei an kochtopfgroßen Löchern. Anna parkte das Auto auf dem Marktplatz, auf dem früher das prächtige Rathaus gestanden hatte – und die Bäckerei im Haus Nr. 4. Jetzt war dort nur eine große, leere Fläche.

»Wir sind da«, sagte sie und stieg aus.

Ludwig kletterte umständlich aus seinem Sitz und drückte kurz die Knie durch. Die Arthrose schmerzte.

»Jetzt brauch ich deine Hilfe«, sagte Anna und schloss das Auto ab. »Wo war eure Wohnung?«

Ludwig sah sich auf dem weiten Platz um, der früher auf allen Seiten bebaut war. In der Mitte hatte das barocke Rathaus gestanden. Ein Schmuckstück. Genau hier hatte er mit Ulrike auf dem Arm gestanden. Genau hier war er auf den LKW gestiegen, der ihn und Edith aus der Stadt gebracht hatte. Matthäi am letzten, wie Edith immer gesagt hatte. Ludwig schwankte, ihm war leicht schwindlig. Er war zu warm angezogen. Einen Moment sammelte er sich und versuchte, sich erneut zu orientieren. Sie hatten nördlich der Holstenstraße gewohnt, in Richtung Laubenkolonie. Ein Eckhaus mit drei Etagen und einem ausgemalten Eingangsbereich. Ein grünes Waldgemälde mit Fachwerkhäusern und gespenstischem Nebel – wie aus einem Märchen.

»Ich warte dann unten in eurer nebligen Spuklandschaft«, war der Dauer-Witz zwischen Edith und Leni bei ihren Verabredungen. Wenn Leni im Eingang wartete. Vielleicht stand das Haus noch. Ludwig setzte einen Fuß vor den anderen und begann in Richtung Luisentor zu gehen. Die Stadt wirkte seltsam leblos, obwohl Menschen auf der Straße waren. Es gab keine hellen Markisen mehr vor den Läden, mit denen die Straßen leicht und fast fröhlich gewirkt hatten.

Anna beobachtete Ludwig. Wie ferngesteuert bewegte er sich. Sie folgte ihm wie einem Traumwandler, den sie nicht wecken wollte. Vor der Kirche drehte er sich in alle Richtungen, sah zum Turm hoch und dann in die Gasse hinter der Kirche.

»Mein Gott. Wie sieht es hier aus! Die ganzen Fachwerkhäuser sind weg«, sagte er. Er legte die Finger vor seinen Mund. »Wie furchtbar.« Dann ging er an dem Rund entlang, wo früher die niedrigen Häuser gestanden hatten. »Alles kaputt.«

Ludwig sah sich um und ging dann weiter in Richtung Luisentor. Dorthin, wo sie gewohnt hatten.

»Das schöne Demmin«, sagte er, mehr zu sich selbst, und schüttelte den Kopf.

Er beobachtete die Menschen, die mit Einkaufstaschen um ihn herumliefen. Einige waren in seinem Alter.

Wer zieht schon in ein Demmin, das so aussieht, dachte er. Und wo das alles passiert ist. Da zieht man doch höchstens weg. Die Alten haben schon hier gelebt, als ich noch da war. Vielleicht kenne ich die. Ein Mann in seinem Alter ging vor ihm über die Straße. Ludwig starrte ihn so lange an, bis der ihn ansprach.

»Is was?«

Ludwig hob beschwichtigend eine Hand und schüttelte den Kopf und sagte leise »Tschuldigung«, während er weiterstolperte. Nein, er kannte den Mann nicht. Glaubte er. Aber auch die anderen Menschen, die ihm entgegenkamen, glich er fast reflexartig mit seiner Erinnerung ab.

Kenne ich vielleicht den? Oder den? Oder die da?

Es kam ihm vor, als ob die Menschen auch ihn beobachteten. Fremde fielen hier auf. Man sah sofort, wer nicht hierhergehörte. Vielleicht fragten sie sich, weshalb man Demmin besuchte. Ob man wegen der Sache nach dem Krieg da war. Oder vielleicht Verwandte hier hatte. Dann würde man schon wieder dazu gehören. Besucher, so schien es Ludwig, wurden sehr genau betrachtet. Eigentlich wollte man hier wohl nur in Ruhe gelassen werden. Ludwig blieb vor einem Haus stehen und ließ die Passanten vorbei.

Dann ging er langsam zum Luisentor. Er berührte den rauen Backsteinsockel. Die Steine fühlten sich warm an. Das Tor stand. War stehengeblieben. War weiterhin da. Trotz allem. Aber das Haus, in dem sie gewohnt hatten, war weg. An der Ecke klaffte eine Lücke.

Anna wartete, bis Ludwig sie wieder ansah. Für einige Momente hatte er wie in einer anderen Welt gewirkt. Er schien sich an etwas zu erinnern.

»War es hier?«, fragte sie.

»Was?«

»Wo ihr gewohnt habt«.

»Kann sein. Sieht alles so anders aus«, sagte Ludwig und wirkte dabei sehr verunsichert. Er konnte es kaum glauben, wie fremd ihm die Stadt war, in der er über zehn Jahre gelebt hatte.

»Ich glaube, das Haus ist weg.«

»Und wo war das mit Mama?«

»Da drüben«, sagte er und wedelte mit seiner Rechten in Richtung Norden. »Ist ja auch alles nicht mehr da. Ich hab sie mitgenommen und bin zum Marktplatz. Dann sind wir schnell weg. Ganz schnell. Oh Gott, wie das hier aussieht.« Ludwig atmete tief durch. »Da hinten gab es einen Zeitungsladen. Da bin ich immer hin. Was wohl aus den Besitzern geworden ist?«

»Willst du jemanden treffen, der das alles erlebt hat?«, fragte Anna und dachte an Lisbeth Maschke. »Jemand, der noch hier war, als die Russen kamen?«

»Nein. Ich will das nicht alles wieder aufreißen. Das ist mir zu viel«, sagte Ludwig entschieden.

»Ich hab mit ihr gesprochen. Sie heißt Maschke. Sie kannte eure Verwandten wohl. Vor allem die Leni. Vielleicht konntest du Lisbeth Maschke auch.«

Anna beobachtete Ludwig genau. Ob seine Entscheidung ins Wanken kommen würde.

»Und sie vielleicht dich«, ergänzte sie so, dass es für Ludwig beinahe wie eine Drohung klang.

»Ich hab mir nichts vorzuwerfen«, sagte er und sah Anna unsicher an. »Nein, ich will nicht mit ihr sprechen«, schob er nach. »Auf keinen Fall.«

Opa hat richtig Angst, dachte Anna.

»Es ist schön, dass das Tor noch steht. Das ist immer stehengeblieben.«

Er schlug mit der flachen Hand leicht auf die Mauer.

»In allen Kriegen. Bei den großen Feuern. Hier hab ich Oma das erste Mal getroffen. Man hat sich damals so verabredet. Am Ulanendenkmal oder am Tor. Das steht auch noch, wenn wir alle nicht mehr sind«, sagte Ludwig vor sich hin.

Er fühlte sich plötzlich todmüde. Der Weg zurück zum Auto kam ihm unendlich lang vor. Er schlurfte über das Kopfsteinpflaster, ihm war kalt. Nahe an der Hauswand hielt er den Blick auf den Boden gerichtet. Er war froh, als er wieder im Auto war und die Tür schließen konnte.

Sie saßen nebeneinander, schon angeschnallt, und sahen durch die Windschutzscheibe.

»Da vorne war die Bäckerei«, sagte Ludwig und zeigte auf eine verwilderte Brache. »Das roch so gut da drin. Warm und gemütlich. Und nach Zucker.« Er lächelte ein wenig. »Sonnabends habe ich immer die Brötchen geholt. Und Kameruner. Die waren noch ganz warm.«

Ludwig atmete tief ein. Dann hörte Anna ein leichtes Schnarchen. Er war eingeschlafen.

Sie startete den R4 und fuhr in Richtung Peene, über die kurze Kahldenbrücke nach Süden. Ludwig schlief. Zum Glück war er nicht kollabiert. So hatte er für einen Moment ausgesehen. Orientierungslos und schwach.

Anna hatte sich wirklich Sorgen gemacht. Und Vorwürfe. Sie fragte sich, ob sie das Ganze lassen sollte. Einfach alle in Ruhe lassen und gemeinsam alles vergessen. Gemeinsam vergessen?

Gemeinsam weiter dämmern. Gemeinsam an allem vorbei-
gucken und keinen beim Vergessen stören. »Das macht doch
überhaupt keinen Sinn«, sagte sie plötzlich so laut, dass Ludwig kurz die Augen öffnete.

Gemeinsam erinnern macht Sinn, dachte Anna.

35

Am nächsten Tag erwachte Ludwig sehr früh. Auf dem Sofa. Noch in der Strickjacke. Nach der anstrengenden Fahrt hatte er sich nur kurz mal hinlegen wollen. Sein Rücken schmerzte, aber sonst fühlte er sich erholt wie nach einer überstandenen Krankheit. Der Mantel hing über einer Stuhllehne, die Schuhe standen ordentlich darunter. Auf dem Tisch die Reste seines Abendessens nach der Rückkehr aus Demmin. Was eben so im Haus gewesen war – Brot, Fleischwurst, Bier und ein hartgekochtes Ei. Rundes Essen in der ersten Trauerwoche, war ihm eingefallen, als er das Ei aus dem Kühlschrank genommen und auf den Teller gelegt hatte. Es ist egal, an was man glaubt, dachte er. Ein Ei war genau das Richtige gewesen. Der Besuch in Demmin erschien ihm nun schon fast unwirklich. Wie ein Traum, der Jahre her war.

Nichts mehr da, dachte er. Alles kaputt. Das hatte er eigentlich gewusst. Demmin war abgebrannt. Geschändet geradezu. Aber so schlimm hatte er es sich nicht vorgestellt. Und die neuen Gebäude. Hässliche Ost-Bauten. Eine bedrückende Stimmung.

Ludwig kochte sich einen Tee und holte die Kassette mit den Erinnerungsstücken aus dem Schlafzimmer. Er breitete die Fotos auf dem Tisch aus. Die Mutterkreuzfeier im Garten. Wenn er jetzt Julius auf den Fotos sah, wurde er fast wütend. Er nahm den Stapel Briefe aus der Kassette und zog das Band auf, mit dem sie zusammengebunden waren. Die Umschläge waren nach Datum geordnet. Er hatte sie einfach nicht wegwerfen können, als Edith gestorben war. Etwas, das sie so lange aufgehoben hatte. Aber manchmal fragte er sich, wer das lesen sollte, wenn er nicht mehr lebte. Und wen das überhaupt etwas anging.

Nachdem Gertrud gestorben war, hatte er mit Klaus den Haushalt in Lichtenberg aufgelöst. Kistenweise Postkarten, aufgerollte Geschenkbänder. Fotoalben. Gedichtbücher. Das meiste hatten sie weggeworfen. Musste ja schnell gehen.

»Gib sie doch Edith. Vielleicht will sie die behalten«, hatte Klaus gesagt und ihm einen Stapel Briefe von Edith an Gertrud in die Hand gedrückt. Jetzt waren die Briefe der Schwestern wieder zusammen. Die meisten jedenfalls. Edith an Gertrud. Gertrud an Edith. Alles, was sie erlebt hatten. Nöte. Sorgen. Auch die Frage, wie es weitergehen konnte, falls der Endsieg ausblieb.

2. März '45

Liebstes Trudchen, entschuldige die lange Zeit, die ich Dir nicht geschrieben habe. Es hat sich viel ereignet. Ich weiß nicht, was ihr in Berlin hört. Wir machen uns Gedanken, wie es weitergehen soll. Hier kommen so viele Flüchtlinge an, das kannst Du Dir nicht vorstellen. Hauptsächlich aus Pommern. Überall ist Einquartierung. Die Familie sollte zusammen sein in solcher Zeit. Können wir zu Dir, wenn hier alle irre werden? Gestern frug mich Du weißt schon wer, ob wir, wenn alles zu Ende geht, auch aus dem Leben scheiden wollen. Und ob wir Gift bräuchten. Ich war so fürchterlich erschrocken, daß ich gar nicht wußte, was ich da antworten sollte. Ludwig und ich werden das auf keinen Fall tun. Wir müssen Vorkehrung treffen, wenn es hier losgeht. Berlin ist ja auch kein sicherer Ort, und ich weiß nicht, wie wir da hinkommen werden. Aber für mich ist das die einzige Rettung. Gib bitte schnell Nachricht, 1000 Küsse.

In großer Sorge
Deine Schwester Edith

Die Schwestern. Das war eine Nebenwelt gewesen, zu der er keinen Zugang gehabt hatte. Er hatte die Briefe aus Lichtenberg hoch in die Wohnung getragen und auf die Anrichte gelegt. Er sah, wie Edith sich freute, auf etwas hoffte, erleichtert war, wenn nach längerer Zeit wieder ein Brief mit dieser kleinen, ordentlichen Schrift kam. Sie las die Briefe immer sofort, manchmal noch im Mantel. Den Schlüsselbund in der Hand setzte sie sich auf den Stuhl neben der Anrichte und überflog hastig die Zeilen. Manchmal lächelte sie, strahlte fast. Manchmal las sie so ernst, dass Ludwig eine schlimme Nachricht befürchtete und vorsichtig fragte: »Ist was passiert?« Aber Edith war in diesen Momenten in der Schwesternwelt und hörte nichts. »Ach ja, ach ja«, hauchte sie, wenn sie den Brief gelesen hatte. Steckte ihn wieder in den Umschlag, strich ihn glatt und sagte dann lauter zu Ludwig: »Ich soll dich schön grüßen.«

Er las die Briefe nach ihrem Tod. Was sollte er mit ihnen machen? Das konnte er später noch entscheiden. Grüße an ihn standen jedenfalls in keinem einzigen.

Mit der Schwester hatte sie auch Dinge geteilt, die sie mit ihm nicht besprechen konnte – oder wollte. Die Traurigkeit darüber, dass sie keine Kinder hatten. Und alle anderen Gefühle, die damit zu tun hatten. Ludwig nahm einen Brief vom Herbst 1942 heraus. Er kannte ihn besser als die anderen. Er hatte ihn immer mal wieder gelesen, wollte das Gefühl spüren, das der Brief in ihm auslöste.

12. Oktober '42

Liebstes Trudchen, heute muß ich Dir schreiben, weil mir das Herz schwer ist. Es macht mich so traurig, daß wir keine Kinder bekommen können. Leni ist schon wieder schwanger. Man sieht es schon, und sie ist so stolz und erwartungsfroh, daß ich es kaum aushalte. Sie spricht über nichts anderes mehr. Jedes Jahr ein Kind. Als Mutter ist das sicherlich zu verstehen, aber für mich ist es schwer. Wir sind doch auch nützliche Volksgenossen, aber ohne Kinder ist das alles nichts. Ludwig sagt, es liege an mir, daß wir keine Kinder haben. An ihm könne es nicht liegen. Warum denn nicht? Warum ist immer die Frau schuld?! Ich bin manchmal ganz verzweifelt. Ich hätte so gerne ein kleines Mädchen. Aber wie geht es Dir? Ist der Badeofen wieder in Ordnung? Es wird ja draußen schon kühl. Ich denke viel an Dich und grüße Dich sehr herzlich aus Demmin.

Deine Schwester Edith

Edith hatte versucht, sich nichts anmerken zu lassen. Man muss es eben nehmen, wie es kommt, hatte sie gesagt. Aber trotz aller Gefasstheit hatte sie darunter gelitten. Beide Schwestern ohne Kinder. Trudchen hatte ihre Arbeit als Krankenschwester. Aber sie? Trotz des quälenden Neids auf Leni war Edith nach außen hin immer die gute Freundin geblieben, die sich alle Neuigkeiten über die Schwangerschaften und die Kinder mit großer Aufmerksamkeit erzählen ließ. Das glaubte Ludwig jedenfalls, bis heute.

Es erfüllte ihn immer wieder mit Stolz und einem intensiven Glücksgefühl, dass er es war, der Ulrike aus dem Chaos mitgenommen und gerettet hatte. Weil er ein letztes Mal nach der Familie hatte sehen wollen. Sonst hätte er Ulrike nicht gefunden, und Ediths größter Wunsch hätte sich nicht erfüllen können.

Später rief Ludwig Heinz an und verabredete sich mit ihm in der *Laterne*. Heinz hatte auf eine Art gezögert, die Ludwig an ihm nicht kannte. Er habe erst in ein paar Tagen Zeit. Mit wem sollte er jetzt reden? Über all das, was jetzt wieder hochkam.

Es gab da diese schattenhafte Erinnerung, die vor kurzem in Ludwigs Leben eingebrochen war. Wie eine Aura. Aus seinem Augenwinkel huschte der blaue Schatten einer jungen Frau in einem Kleid mit kurzen Ärmeln an ihm vorbei. Ihre schulterlangen dunklen Haare waren zur Seite gescheitelt. Sie lächelte. Ein hallendes Kinderlachen begleitete wie ein Echo diese kurze Erscheinung. Es sah aus, als liefe sie in einem Garten. Hinter ihr war alles grün. Sie lief, als sei sie in Eile, mit einem entschuldigenden, scheuen Lächeln. Wie jemand, der kurz weg musste. Vielleicht weil etwas auf dem Herd stand. Oder weil eines der Kinder sie brauchte.

Die Szene aus seiner Erinnerung war so kurz, dass sie sich bereits aufgelöst hatte, wenn er einzelne Dinge wiedererkannt hatte und genauer sehen wollte. Dann verschwand alles wie in einem Nebel und erschien erneut, wieder undeutlich und traumartig. Da war etwas passiert, das wusste er. Etwas Unangenehmes. Daher war die Erinnerung so undeutlich.

Und plötzlich wusste er es: Die Frau war Agnieszka. Eigentlich war sie noch ein junges Mädchen. Ohne Krieg wäre sie in ihrer Heimat bei ihrer Familie gewesen. So aber musste sie Hunderte von Kilometern entfernt auf fremde Kinder aufpassen, waschen und putzen. Was immer die Hausfrau ihr anwies. Zwangsarbeit. Und sie musste außerhalb des Hauses den gelben Aufnäher mit dem violetten *P* an ihrer Kleidung tragen.

Ja, der Schatten mit dem bezaubernden Lächeln war Agnieszka.

»Jawohl, mein Herr. Mach ich sofort«, hatte sie zu jedem Auftrag gesagt.

Er erinnerte sich an die Kellertreppe, die nach unten führte in den kalten Schlund des Kellergewölbes. Und an die schimmlige Kühle, die aus dem Dunkel hochstieg. Sie hatten auf halber Höhe gestanden.

»Nicht, bitte«, hatte sie gesagt.

»Jetzt sei doch nicht so«, hatte er gesagt und sie mit seinem Körper an die Wand gedrückt. Mit seinem kratzigen Gesicht und seinem Schnaps-Atem. Seine Haare klebten schweißnass an seiner Stirn. Sein Fuß stand zwischen ihren kleinen Füßen in weißen Socken.

»Bitte«, hatte sie ganz leise gesagt, während er ihre Handgelenke umklammert hielt. Er hatte seine Kraft gespürt. Seinen Willen. Und dass ihn niemand daran hindern konnte zu tun, wonach ihm jetzt war. Mehr wusste er nicht mehr. Aber da war plötzlich ein Geräusch oben am Kellereingang gewesen. Jemand, der vorbeikam und die Szene auf der Treppe sah. Ludwig hatte unwillkürlich seinen Klammergriff gelöst, und Agnieszka war die Treppe hochgerannt. Später sah er sie wieder im Garten. Sie wich seinem Blick aus. Julius ging nah an Ludwig vorbei und sah ihn eindringlich an.

Der Blick sagte: Idiot. Kann man dich keine fünf Minuten allein lassen?

Was war aus Agnieszka geworden? Er konnte sich einfach nicht erinnern.

36

Anna holte Sabine von der Arbeit ab. Die Tischlerei lag in der Nähe des Bethanien, im Hinterhaus in einem der Industrielofts, für die dieser Stadtteil seit der Gründerzeit bekannt war: Kreuzberger Mischung. Wohnen und arbeiten im selben Gebäudeblock aus schnell errichteten Ziegelbauten, in denen die Menschen dicht zusammenlebten und es nicht weit zur Arbeit hatten. In den Hinterhäusern und den Fluchten dunkler Höfe drängte sich das Gewerbe. Man wohnte in Vorderhaus und Seitenflügel, wo auch die Orte der Heimarbeit lagen – die Knopflochnäherinnen, die Zwischenmeister. Sie kamen nach den Trockenwohnern, wenn die ins nächste Schwindsuchtgebiet weitergezogen waren.

Die wachsende Stadt hatte sich mit eruptiven Zuzugswellen den Spitztürmen des Diakonissenhauses entgegen geschoben. Auf der Parkfläche an der Mauer gab es Platz für Mittagspausen und für Randale an jedem 1. Mai.

»Es ist eigentlich nichts dabei rausgekommen«, sagte Anna. »Er hat kaum etwas wiedererkannt und die ganze Rückfahrt über geschlafen. Ich glaube, es war zu viel für ihn. Vielleicht sollte ich das Ganze lassen. Aber das kann ich irgendwie nicht.«

Sabine packte ihr Brot aus und wartete. Das kannte Anna schon.

»Erzähl mal«, sagte Sabine, lehnte sich zurück und schloss dabei die Augen, was Anna zu Beginn ihrer Freundschaft irritiert hatte. Aber sie kannte inzwischen Sabines Gewohnheit, sich vollkommen auf das, was sie hörte, einzustellen – was ihr am besten mit geschlossenen Augen gelang.

Nein, sie hatten Lisbeth Maschke nicht besucht. Nein, er hatte seine Wohnung nicht wiederfinden können. Nein, es hatte ihm nicht gefallen, wieder in Demmin zu sein. Er hatte das Ganze schnell hinter sich bringen wollen. Das war nicht mehr seine Heimat. Das war ein hässlicher Ort, in dem er das Gefühl hatte, die Menschen würden ihn wie einen Eindringling beargwöhnen und taxieren, zu welcher Sorte Menschen er gehörte – die sie alle dort nicht sehen wollten. Die, die in den vielen Jahren nie gekommen waren und die jetzt die Sensationslust hierherführte, die Treuhand-Plünderer, die das ganze Land nach Verwertbarem abgrasten, oder die Alt-Nazis, die mit allem davongekommen waren und jetzt die Orte besuchten, in denen sie mal was zu sagen gehabt hatten.

»Was hattest du denn erwartet?«, fragte Sabine und sah sie mit ihren plötzlich geöffneten und sehr klaren Husky-Augen forschend an. »Ich find das nicht so überraschend. Mein Opa hat auch nichts erzählt.«

»Da gab's vielleicht nichts«, sagte Anna.

»Er hatte ein Holzbein. Er hat uns nie erzählt, wo er sein Bein verloren hat. Ich fand's immer gruselig, wenn er die Prothese neben das Bett gestellt hatte. Meine Mutter hat erzählt, dass er im Schlaf geschrien hat. Aber gesagt hat er nichts. Hat eisern geschwiegen. Als er gestorben ist, haben wir Einiges in seinen Sachen gefunden. Das Bein hatte er in Brest-Litowsk verloren. Damit war der Krieg für ihn zu Ende gewesen. Jahrzehntelang sagen sie nichts und heben alles auf für die Zeit nach ihrem Tod. Aber dann kann man nichts mehr besprechen. Vielleicht sollte ich mal hinfahren nach Brest-Litowsk.«

Anna schwieg eine Weile und sagte dann: »Meine Mutter kommt bald. Ludwig hat ihr geschrieben. Er will mit ihr sprechen. Wird auch Zeit. Ich nenn ihn jetzt Ludwig, hab ich mir überlegt. Er ist nicht mein Opa. Ich hab ein bisschen Schiss. Das wird vielleicht ein Schock für sie. Aber es ist besser, wenn sie alles erfährt, oder?«

Anna hielt kurz inne.

Ihre Mutter konnte anstrengend sein. Manchmal sehr unsensibel. Sie fand, dass ihre Tochter zu empfindlich war, aus allem ein Drama machte.

»Ist doch schön, dass deine Mutter kommt. Dann seht ihr euch mal wieder. Sei froh, dass du sie noch hast. Meine fehlt mir oft«, sagte Sabine. »Ich würde manche Dinge gerne wissen. Wovon sie geträumt hat, als sie jung war. Wie sie als Freundin war. Was sie so über das Leben dachte.«

Sabine zog den breiten silbernen Ring vom Finger und nahm ihn zwischen Daumen und Zeigefinger.

»Das war ihrer«, sagte sie. »*Sei Deiner selbst Herr* steht da eingraviert. Ich denk oft darüber nach, was das für sie bedeutet hat. Ob sie sich das selbst hat machen lassen. Oder ob ihr das jemand mit auf den Weg gegeben hat. Tja, das kann ich sie alles nicht mehr fragen. Sei ein bisschen nachsichtig mit deiner Mutter.«

Anna sah sich die Gravur an und gab dann den Ring zurück. Ein ganz schön strenges Motto, dachte sie.

»Ich werde es versuchen«, sagte Anna. »Sie ist eigentlich ganz in Ordnung. So als Mutter. Sag mal, wie geht es Max eigentlich?«

»Der ist verliebt. Hat eine Freundin. Wir sehen uns kaum noch. Ruf ihn doch mal an. Er freut sich. Oh, ich muss los, die Pause ist rum.«

»Heute Abend läuft *Ariel* von Kaurismäki im Xenon. Hast du Lust?«, fragte Anna, war sich aber nicht sicher, ob das die Art von Film war, die sie jetzt brauchte.

Zurück in der Körtestraße fand Anna eine Nachricht ihrer Mutter auf ihrem Anrufbeantworter.

»Hallo Anna, ich komme am Freitag nach Berlin, wohne im Hotel am Zoo. Vielleicht können wir uns dann sehen. Für Samstag wollte ich Opa und dich zum Essen einladen. Ich sag dir noch Bescheid, wo. Tschüss mein Schatz. Ich freu mich.«

37

Ulrike hatte in ihrem Hotel einen Tisch für sich und Anna zum Frühstück reserviert. Danach wollte sie ins KaDeWe, sechste Etage. »Da muss ich immer hin. In Marburg kriegst du nichts«, sagte sie zu Anna.

Ulrike trug ein rosa Leinenjackett zu eng geschnittenen Jeans. Ihre Armreife klapperten, als sie in der Speisekarte blätterte. Diesen Schmuck trug sie immer, wenn ihr etwas Wichtiges bevorstand, dachte Anna. Sie hatte sogar den breiten Silberring mit den geometrischen Figuren aus Edelsteinen an. Den trug sie auch bei Kongressen.

In der Karte gab es eine Reihe von Frühstücksvorschlägen, die insgesamt nicht Ulrikes Wünschen entsprachen. Sie wollte weder Wurst noch Nutella.

»Ich denke, wir nehmen à la carte«, entschied sie und begann eine Auswahl zu treffen.

Anna beobachtete ihre Mutter aufmerksam, so wie man die Statik einer Brücke prüft, bevor man sie für einen Schwerlasttransport freigibt. Ulrike wirkte angespannt. Sie musste die Versorgung ihres Vaters lösen. Warum habe ich eigentlich keine Geschwister, klagte sie manchmal. Immer muss ich alles allein machen. So sah Ulrike aufkommende Schwierigkeiten. Sie allein vor einem Berg.

Der Tisch im Café erwies sich als zu klein für den Brotkorb, den Obstsalat, den Aufschnitt, die Teekannen, den Orangensaft, und als das Omelette serviert wurde, versuchte Ulrike angestrengt, Platz zu schaffen. Eigentlich war das die Aufgabe der Bedienung, aber die schien zu wissen, wie man solche Gäste nehmen musste.

Die Kellnerin wartete freundlich ab, bis sie wieder ihre Arbeit fortsetzen konnte. Wünschte dann freundlich ein schönes Frühstück. Anna hatte den Impuls gespürt, in die Szene einzugreifen und etwas zu sagen wie: »Mama, lass sie doch mal machen.« Aber sie hatte sich gerade noch beherrschen können. Ihr Schultern verspannten sich.

»Deine Mutter muss es immer allen recht machen«, hatte Sabine einmal gesagt, lange bevor all das in Demmin ans Licht gekommen war. »Was sollen ungeliebte Kinder auch sonst machen?«

»Wieso ungeliebt?«, hatte Anna geantwortet. »Meine Großeltern waren, glaube ich, ganz gute Eltern. Und Geschwisterrivalität gibt's auch nicht. Sie ist ein Einzelkind.«

»Sie kämpft um Anerkennung«, hatte Sabine erklärt. »Sie hat keine tiefen Wurzeln. Tief drinnen ist sie eigentlich nie in Sicherheit.«

Nun beobachtete Anna, wie ihre Mutter den Papieranhänger des Teebeutels prüfte. Endlich schien sie bereit, mit dem Frühstück zu beginnen.

»Eigentlich hab ich gar keine Zeit, hier zu sein«, seufzte Ulrike, während sie sich Tee einschenkte. »Ich hab noch zwei Doktoranden angenommen. Ich frage mich, wie die bisher ihr Studium geschafft haben. Das ist schon eher sowas wie Therapie. Und Papa und ich wollten ja auch noch Urlaub machen. Er will nach Bayern und ich nach Paris. Mal sehen, wo wir landen werden. Aber jetzt erzähl doch mal von dir.«

Sie sah Anna aufmunternd an und schnitt dann eines der Brötchen der Länge nach durch.

»Also die Brötchen in Marburg sind wirklich besser«, sagte sie. »Gibt es Aschinger noch? Das war doch hier an der Joachimsthaler. Die Schrippen waren zwar auch nicht so doll. Aber immerhin umsonst.« Sie hob den Zeigefinger und lachte.

Dann begann sie wieder von ihrem Dekanat zu erzählen. Den vielen Sitzungen, den Vorbereitungen. Die Lehrverpflichtungen gingen ja noch, aber was noch dazu kam, wurde ständig mehr.

»Das sieht keiner«, sagte sie. Und bei der Sekretärin müsse sie alles nachkontrollieren. Wirklich alles. »Die klebt auch zu wenig Porto auf die Briefe.«

Da war es wieder. Das Ringen. Sie wollte es auch mal etwas leichter haben. So leicht wie alle anderen. Einfach nur so da sein können, ohne etwas zu leisten. Das Gespräch mit Ludwig würde nicht leicht werden. Anna spürte eine Pflicht, ihre Mutter vorzubereiten. Vorzuwarnen. Aber auch zu beschützen. So konnte man den Schwerlasttransport nicht über die Brücke lassen. Aber konnte sie wirklich beurteilen, wie ihre Mutter mit dem eigenen Vater reden sollte? Wieviel Wahrheit sie vertrug? Und war es nicht wirklich Ludwigs Aufgabe, dieses Gespräch zu führen, mit allem, was dazu gehörte? Brauchte ihre Mutter wirklich Schutz, noch dazu von der eigenen Tochter? Was könnte sie ihr sagen, ohne dass alles noch schlimmer würde?

»Hörst du mir überhaupt zu?«, fragte Ulrike plötzlich.

Nein, dachte Anna, sie hörte ihr nicht zu. So wie ihre Mutter auch selten den Eindruck machte, ihr wirklich zuzuhören. Sie sprachen oft miteinander und waren mit den Gedanken woanders.

»Entschuldige, ich hab gerade an Opa gedacht«, sagte Anna. »Wann trefft ihr euch denn?«

»Wir gehen heute Abend zusammen essen, dachte ich, zu dritt. Ich hoffe, du hast Zeit. Es gibt ein neues Restaurant in Moabit. Wurde sehr gelobt. Hatte ich das nicht gesagt? Und morgen will ich dann noch mal zu ihm in die Wohnung. Noch ein paar Dinge besprechen.«

Ulrike machte eine längere Pause und goss sich den Rest Tee ein. Anna überlegte, ob ihre Mutter sich Sorgen um Opa machte. Um seine Versorgung, wenn es mal nicht mehr so weiter ginge. Ihre Mutter dachte immer einige Schritte voraus. Und auch wenn Opa jetzt noch gut zurecht zu kommen schien, würde der Tag kommen, an dem sie bereit sein müsste. Es gab keine gute Lösung.

»Glaubst du, Opa geht es gut?«, fragte Ulrike.

»Ich glaub schon«, sagte Anna. »Aber du machst dir Sorgen, oder?«

»Ich glaube, er ist einsam. Ich mache mir Sorgen, wie es weitergeht, wenn er noch schwächer wird. Wenn es nicht mehr allein geht. Man kriegt auch nichts aus ihm raus. Neulich hat er mal erzählt, dass er einen Schwächeanfall hatte.«

»Hat er mir gar nicht erzählt«, sagte Anna und dachte an den Besuch in Demmin und wie er durch die für ihn fremde Stadt gestolpert war. Wie froh sie gewesen war, dass er es zurück bis ins Auto geschafft hatte.

»Er war irgendwo unterwegs, vielleicht mit diesem Heinz. Da sei ihm ganz komisch gewesen. Er sagte, er wäre beinahe gestürzt. Und für die Zukunft sagt er entweder ,Das lass ich mal ganz langsam an mich rankommen', oder diesen dämlichen Spruch, dass er nur mit den Füßen voran die Wohnung verlässt. Also, da müssen wir was tun. Deshalb bin ich hier. Endlich will er mal was mit mir besprechen.«

Soll ich oder soll ich nicht?, dachte Anna. Muss ich oder muss ich nicht?

Nein, dachte sie. Nein, ich muss nicht. Das sind erwachsene Menschen, die schon viel in ihrem Leben geschafft haben. Wer bin ich denn? Das müssen sie allein hinbekommen. Und das können sie auch. Aber sicher war Anna sich nicht. Es klang ein wenig nach Selbstberuhigung.

»Ich überlege, ob wir ihn nach Marburg holen sollen. Aber einen alten Baum verpflanzt man nicht. Er hat sein ganzes Leben in Berlin gelebt. Was soll er in Marburg? Ich hab ja auch keine Zeit.« Fast wie nebenbei sah sie auf die Uhr. »Ich muss los. Ich treffe Brigittes Mutter noch zum Mittagessen am Savignyplatz. Die hab ich ewig nicht gesehen.«

Ulrike zahlte die Rechnung und schrieb die Adresse des Restaurants in Moabit auf einen Zettel, den sie Anna gab.

»Um sieben dort, ja? Wir machen uns einen schönen Abend. Das andere bespreche ich dann morgen mit Opa.«

38

Anna kam zu spät. Sie hatte den Fußweg von der U-Bahn zum Restaurant in Moabit unterschätzt, einem Stadtteil, in dem sie bis jetzt kaum gewesen war. Etwas in ihr hatte den Weg zu diesem Treffen hinausgezögert. Wäre sie früher gekommen, hätte sich die Situation vielleicht anders entwickelt. Eigentlich, dachte sie, hätte sie gar nicht hier sein sollen. Ein solches Gespräch hätte unter vier Augen stattfinden müssen. Und schon gar nicht in einem Restaurant. Warum wollte sich ihre Mutter nicht am nächsten Tag mit Ludwig bei ihm zu Hause treffen? Allein. Und warum konnte etwas, das 45 Jahre gewartet hatte, nicht noch einen Tag warten?

Bereits als sie das Restaurant betrat und dem Kellner am Eingang ihre Jacke gab, spürte Anna, dass sie sich dem Epizentrum eines Bebens näherte. Am Tisch, an dem Ludwig und ihre Mutter saßen, musste etwas passiert sein. Es musste mehr passiert sein, als sie erwartet hatte. Die Szene kam ihr vor wie eingefroren. Wie in einem Bergmann-Film. Ihre Mutter wirkte wie nach einem Stromschlag. Ludwig war aufgelöst und schien sie mit seinem Blick um Rettung anzuflehen. Als Anna sich dem Tisch näherte, drehte sich ihre Mutter kurz zu ihr um, sah dann wieder zur Wand gegenüber. Direkt an Ludwig vorbei. Im Restaurant waren nur wenige Gäste, man hörte leise Gespräche und den Klang von Besteck, das Teller berührte. Es gab leider keine Hintergrundmusik.

Anna sah die Kellner ratlos an, die mit dezentem Bedauern diskret weiter ihre Aufgaben versahen, aber nichts sagten. Ihre Mutter leerte ihr Weinglas in einem Zug und bestellte »noch mal dasselbe«. Obwohl die Flasche auf dem Tisch noch halbvoll war. Es war die Bestellung einer Frau, die Übung darin hatte, sich systematisch zu betrinken. Ein schmerzhaft wirkendes Lächeln lag auf ihrem Gesicht. So hatte Anna ihre Mutter noch nie gesehen.

Anna setzte sich vorsichtig.

Ludwig biss sich auf die Unterlippe und knetete seine Stoffserviette. Ihre Mutter schüttelte wie in Zeitlupe stumm den Kopf.

»Hallo Anna«, sagte sie tapfer.

Ein Kellner brachte die neue Flasche Rotwein und ließ Ulrike das Etikett sehen. Er zog den Korken, prüfte ihn kurz und schenkte etwas in Ulrikes Glas ein. Ohne den Probeschluck. Sonst wäre die Stimmung am Tisch explodiert. Das konnte man sehen.

Ulrike sah auf und sagte zu Anna: »Hast du das gewusst? Dieser Mann ist nicht mein Vater.« Sie setzte ein bitteres Lachen hinterher. »Also auch nicht dein Opa.«

Anna schwieg. Sie spürte ihren Herzschlag.

»Hast du das gewusst?«, wiederholte ihre Mutter und wirkte den Tränen nahe. »Ja?«

Anna reagierte nicht.

»Du hast es gewusst.«

»Ulrike, jetzt lass doch Anna in Ruhe. Sie kann nichts dafür«, sagte Ludwig.

»Was ist denn eigentlich los?«, fragte Anna.

»Es ist los, dass mir dieser Mann, den ich mein ganzes Leben für meinen Vater gehalten habe, eben gesagt hat, er sei nicht mein Vater. Ich hab kaum angefangen zu essen, da sagt er das einfach so. Ich hab gedacht, ich hab mich verhört. Oder sollte es ein Witz sein? Dann war es jedenfalls kein guter.«

Anna sah zu Ludwig, der nun ein einziges Flattern war. Seine Hände zitterten. Auch in seinem Gesicht konnte sie sehen, wie aufgelöst er inzwischen war.

»Wir mussten doch was machen. Da überlegt man doch nicht groß. Deine Eltern sind im Krieg umgekommen, und wir haben dich mit uns genommen. In dem ganzen Chaos«, sagte Ludwig. »Ich wollte es dir immer sagen, Ulrike.«

»Hast du aber nicht. Seit 45 Jahren hast du mich angelogen«, gab sie zurück.

»Wir mussten erst mal überleben. Für alles andere war keine Zeit. Wenn wir gesagt hätten, wie es war, wärst du ins Heim gekommen. Das wollten wir nicht. Das ging einfach nicht. Du stellst dir das so einfach vor.«

Anna bedeutete dem Kellner mit einem leichten Kopfschütteln, dass sie nichts bestellen wolle, dass der Abend gelaufen war und sie nur noch auf einen geordneten Rückzug hoffte.

»Ich hab doch nicht gewusst, wie ich es dir sagen soll. Für uns warst du unser Kind. Es war uns doch egal, dass wir nicht deine leiblichen Eltern waren. Tausenden von Familien ist das passiert. Es war doch Krieg.«

»Der Krieg ist seit 45 Jahren vorbei«, sagte Ulrike nur mühsam beherrscht. »Ich kann es nicht mehr hören, dieses So war das eben, und Man konnte ja nicht. Ja, gut, es ist nicht einfach, aber das hat ja nichts mehr mit dem Krieg zu tun. Diese ganze Verlogenheit. Immer liegt's nur an den anderen.«

»Ich hab Opa gesagt, er soll endlich mit dir reden«, sagte Anna. »Vielleicht war das keine so gute Idee.«

»Ist ja schön, dass das wohl alle außer mir wussten.«

»Papa weiß, glaube ich, nichts«, sagte Anna.

Ludwig schüttelte den Kopf.

»Es tut mir wirklich leid«, sagte er dann.

Ulrike griff entschlossen, aber zugleich kraftlos nach der Flasche und goss ihr Glas voll. Ihr Blick war unruhig. Sie schien zu überlegen, was sie jetzt sagen sollte. Kam aber zu keiner Lösung. Alles schien ihr zu entgleiten.

»Und wer waren dann meine Eltern?«

»Mein Vetter Julius und seine Frau. Leni«, sagte Ludwig, der froh zu sein schien, eine sachliche Frage beantworten zu können. Dass für einen Moment Ruhe am Tisch einkehrte.

»Julius und Leni also«, sagte sie und nickte. Dann trank sie einen Schluck.

»Und was ist genau passiert?«

Anna vermied jede Bewegung und verhielt sich so unsichtbar wie möglich. Das Gespräch schien jetzt einen besseren Verlauf zu nehmen. Aber durch das dünne Eis konnte man jederzeit wieder einbrechen.

»Die sind gestorben«, sagte Ludwig.

»Und wie war das genau?«

Ludwig rutschte unruhig auf seinem Stuhl hin und her.

»Leni hat ... Ehm. Also sie hat sich das Leben genommen. Als die Russen kamen«, versuchte er eine Erklärung, mit der er vielleicht hoffte, den Sturm wieder einfangen zu können. Aber der Sturm lauerte weiter auf seine Zeit.

»Aha«, sagte Ulrike kalt. »Und was war mit mir?«

Ludwig sah kurz zu Anna. Aber er musste weitererzählen, das war ihm klar.

»Ich hab gesehen, dass du noch gelebt hast, und hab dich mitgenommen. Leni war ja tot. Und wir mussten unbedingt raus aus der Stadt.«

»Was heißt: noch gelebt?«

»Also, Leni war tot, aber du nicht. Du solltest eigentlich auch sterben. Damit keiner übrigbleibt.«

»Leni, also meine Mutter hat auch mich versucht zu töten? Ja?«

Ludwig nickte. »Mit Gift. Ich bin froh, dass sie es nicht geschafft hat.«

Ulrike trank aus ihrem Glas und nickte leicht mit dem Kopf. Als würde sie mit einem Trichter die bitteren Wahrheiten in ihren Kopf schütten.

»Und dieser Julius?«, fragte sie. »Ist der auch tot?«

»Das weiß ich nicht«, sagte Ludwig. »Er ist verschollen.«

»Meine Eltern sind also doch nicht umgekommen. Nur meine Mutter. Wir wollen doch bei der Wahrheit bleiben. Jedenfalls einmal. Und wo war das in Berlin?«

»Das war nicht in Berlin. Wir haben in Demmin gelebt. In Vorpommern. Das war ja dann später DDR.«

»Ich komme also aus einem Kaff in der DDR, und meine Eltern haben versucht mich umzubringen. Ist es das, was du mir zu sagen versuchst?«

Ludwig sah sie hilflos an. Am liebsten hätte er ihr widersprochen. Aber ihre Zusammenfassung gab leider sehr genau wieder, was mit ihr passiert war.

»Ich glaube, ich habe genug für heute«, sagte Ulrike. »Vielleicht gibt's ja noch weitere Überraschungen. Aber bitte nicht jetzt. Das schaff ich nicht. Tut mir leid. – Zahlen bitte! Und rufen Sie mir bitte ein Taxi«, sagte sie zu einem der Kellner. Ludwig saß zusammengesunken an seinem Platz. Ulrike gab ein auch für ihre Verhältnisse ungewöhnlich hohes Trinkgeld und bestellte ein weiteres Taxi für Ludwig.

Anna stand mit ihrer Mutter auf.

»Ich geh mit dir. Ich lass dich jetzt nicht allein«, sagte sie und folgte ihr nach draußen in die warme, klare Sommernacht. Sie fuhren wortlos zu Ulrikes Hotel am Kudamm. Dort ging sie direkt auf die Bar zu und setzte sich auf einen Hocker am Tresen.

»Einen Cognac bitte. Doppelt«, sagte Ulrike ruhig und langsam zum Barkeeper, der ihr gerade die Getränkekarte reichen wollte. »Die Marke ist mir egal. Geben Sie mir das, was Männer nach einem harten Tag bestellen«, sagte sie.

»Das ist keine gute Idee«, sagte Anna.

»Das brauch ich jetzt.«

Anna bestellte sich ein Wasser und sah ihrer Mutter zu, wie sie mechanisch zwei doppelte Cognac leerte, bis sich eine warme Ruhe in ihr auszubreiten schien. Und eine schwere Traurigkeit.

»Was ist passiert?«, fragte Anna.

»Ich Idiot dachte, er will mir sagen, dass er krank ist oder sowas. Sonst hätte ich mich doch nicht im Restaurant mit ihm getroffen.«

Ulrike erzählte, dass sie sich gerade an den Tisch gesetzt hatten. Ludwig sei ihr da schon sehr nervös vorgekommen. Sie hatten gerade die Getränke bestellt, als er merkwürdig förmlich begann, er müsse ihr etwas sagen.

»Und dann knallt er mir das einfach an den Kopf: ›Ich bin nicht dein Vater, das wollte ich dir immer schon sagen, tut mir leid.‹ ›Was?‹, hab ich gesagt. ›Das ist wohl ein Witz!‹ Aber er hat ganz ernst den Kopf geschüttelt. Und dann gesagt: ›Mutti ist auch nicht deine Mutter.‹«

Sie hatte nie an ihrer Familie gezweifelt. Nie überhaupt nur darüber nachgedacht, ob es irgendetwas Ungewöhnliches geben könnte. Sie hatte ihre Eltern als einfache Leute empfunden, deren Borniertheit ihr manchmal peinlich gewesen war. Aber sie waren ihre Eltern. Dass sie aus einem Kaff im Osten kommen sollte, war fast ebenso unerträglich. Ulrike hatte sich gut vorbereitet auf das Treffen. Hatte sie zumindest gedacht. Sie hatte mit Klaus besprochen, Ludwig nach Marburg zu holen, wenn es so weit wäre. Sie hatte ein schönes Restaurant ausgesucht und sich auf einen Familienabend gefreut.

»Ich muss ins Bett«, sagte sie. »Wir können morgen weiter sprechen. Ich fahr erst Montag.«

Sie unterschrieb die Rechnung und suchte in ihrer Handtasche nach dem Schlüssel für ihr Zimmer.

»Du brauchst nicht mit nach oben zu kommen. Ich kann noch gerade gehen«, sagte sie und verabschiedete sich mit einer kurzen Handbewegung. Dann ging sie zum Aufzug.

39

Das Telefon blieb den ganzen Sonntag über still. Eine beunruhigende Stille. Anna wollte noch bis zum Abend warten und dann ihre Mutter im Hotel anrufen. Einen richtigen Grund für das lange Warten hatte sie nicht. Schlechtes Gewissen vielleicht. Und große Unsicherheit. So kannte sie ihre Mutter nicht. War es richtig, sie in Ruhe zu lassen, oder war es falsch? Soll ich oder soll ich nicht?

Kurz nach fünf rief dann ihr Vater an.

Ulrike hatte ihn angerufen und gesagt, dass sie am Montag nicht zurückkommen werde. Sie schaffe es einfach nicht, sie sei völlig am Boden. Wieso, könne sie jetzt nicht erklären. Natürlich würde sie zurückkommen, aber Montag wäre auf keinen Fall möglich, so wie es ihr im Moment ginge. Er solle sich keine Sorgen machen. Das Gespräch mit Ludwig sei schlecht verlaufen. Sehr schlecht. Er habe ihr Dinge gesagt, die sie erst verdauen müsse. Sie müsse jetzt allein sein. Mehr könne sie im Moment nicht sagen. Sie werde vielleicht morgen wieder anrufen. Jetzt brauche sie Ruhe. Nein, er brauche nicht zu kommen. Frag Anna, hatte sie schließlich gesagt und dann aufgelegt.

Frag Anna.

»Was ist denn passiert?«, fragte Klaus hörbar beunruhigt, auch wenn er wie immer in schwierigen Situationen versuchte, möglichst ruhig zu bleiben. »Ich habe ihre Stimme überhaupt nicht erkannt. Eine Grabesstimme, monoton wie eine Maschine. Ich bin wirklich erschrocken.«

Klaus hörte zu, wie Anna ihm den Abend wiedergab, und brummte ab und zu etwas Verständnisvolles. Auch wenn er immer wieder sagte, dass er das alles nicht verstehe. Ludwig sollte nicht Ulrikes Vater sein?

»Warum hat mir keiner was gesagt?«, fragte er dann. »Da hätte ich doch mitkommen müssen. Das schafft sie doch nicht allein.«

»Ich kann's jetzt auch nicht mehr erklären«, sagte Anna. »Wär bestimmt besser gewesen.«

»Ich komm morgen nach Berlin«, sagte Klaus. »Bitte fahr ins Hotel. Mama ist in einem Ausnahmezustand. Und das sage ich jetzt auch als Arzt.«

Das Gefühl in Anna schlug in wenigen Sekunden von Unruhe zu höchster Besorgtheit um. Sie verließ die Wohnung, rannte zum Südstern und nahm den 19er-Bus zum Kudamm. In der Hotellobby ging sie schnell an der Rezeption vorbei, an der die Angestellten mit der Zimmervergabe beschäftigt waren.

Sie lief den Hotelflur entlang. Sie nahm den Geruch der Gummierung wahr und den vom Rest einer Mahlzeit, die unter einem Metalldeckel auf einem Tablett vor der Nachbartür stand. Es roch nach Rührei und nach weißen Bohnen in Tomatensauce. Anna war nicht oft in Hotels gewesen. Die Kartierung dieser Geruchslandschaft stand noch aus. Hier kamen Menschen aus unterschiedlichen Richtungen zusammen und brachten ihr Leben mit. Lederkoffer. Parfums und Haarspray. Nasse Schirme. Rauch. Alkohol. Arbeit. Trauer.

Anna wartete eine Weile, bevor sie ein zweites Mal an die Zimmertür klopfte. Diesmal lauter. Sie hörte Geräusche aus dem Zimmer, dann öffnete ihre Mutter die Tür. Sie war im Bademantel. Ihre Haare zerdrückt. Ihr Gesicht grau und mit etwas Makeup vom Vortag. Auch ihre Ohrringe trug sie noch.

»Komm rein«, sagte sie und ging zur Seite.

»Wie geht's dir?«, fragte Anna.

Ulrike winkte ab.

»Siehst du ja.«

Anna setzte sich aufs Sofa. Das Bett war ungemacht. Auf

dem Beistelltisch standen ein paar Flaschen aus der Mini-
bar und ein Tablett mit einer Teekanne und einer Tasse. Eine
Packung Alka Seltzer lag daneben.

»Ich kann dir leider nichts anbieten«, sagte Ulrike.

»Du fährst morgen nicht nach Hause?«, fragte Anna vorsichtig. »Papa hat angerufen.«

»Nein. Kann ich nicht. Am liebsten würd ich eine rauchen.
Mach ich nur aus Vernunft nicht.«

»Hast du was gegessen?«

»Ich hab mir was bestellt.«

Sie schwiegen einen Moment.

»Ich hatte keine Ahnung von alledem«, begann Ulrike
dann. »Keine Ahnung. Ich hab mir nie Gedanken gemacht,
ob das meine Eltern sind. Es waren eben meine Eltern.«

Sie machte wieder eine Pause. »Aber jetzt, wo ich das
weiß, ist alles anders.«

»Was ist jetzt anders?«, fragte Anna.

»Man fühlt sich völlig wertlos. Wenn sie sich irgendwie
mal Gedanken gemacht hätten um mich, dann hätten sie mir
das doch gesagt. Es war ihnen nicht wichtig.« Ulrike atmete
tief ein. »Ich war ihnen nicht wichtig.«

Sie schien über etwas nachzudenken. »Ich brauch jetzt
Zeit. Ich muss jetzt allein sein.«

»Ich wollte nur sehen, ob alles ok ist. Ich hab mir Sorgen
gemacht, dass du vielleicht ...«

»Brauchst du nicht. Sowas mach ich nicht.«

»Ist gut«, sagte Anna. »Mama. Trink nicht so viel. Das
hilft auch nicht.«

»Kann ich nicht versprechen. Alles andere nützt auch
nichts.«

»Papa kommt morgen. Hat er dir das gesagt?«

»Ja, hat er«, sagte Ulrike. »Und jetzt ...«

»Gut, ich geh dann mal. Tschüss, Mama. Ich komm morgen wieder. Und bitte ruf mich an, wenn irgendwas ist.«

40

Anna wartete in der Hotel-Lobby auf ihren Vater. Er wollte erst einmal allein mit Ulrike sprechen. Als er aus dem Aufzug kam und sich zu ihr setzte, wirkte er bedrückt und müde.

»Sie hat ziemlich viel getrunken, glaube ich. Wir können jetzt nicht reden, sagt sie. Sie hat den ganzen Tag geheult, glaube ich. Sie fühlt sich so allein, hat sie gesagt. Aber sie wollte auch nicht, dass ich dableibe. Gehen wir rüber ins *Möhring* und essen erst mal was.«

Klaus hatte sich ein Zimmer im Hotel am Zoo genommen und wollte in Berlin bleiben, bis Ulrike mit ihm zurückfahren konnte.

Der goldverzierte Stuck und die roten Plüschmöbel des Cafés an der Gedächtniskirche gehörten zu den Dingen, die Klaus in Marburg vermisste. In den großen Cafés konnte man ungestört Gespräche führen. Dafür waren sie da. Für die beruhigende Balance aus Öffentlichkeit und Vertraulichkeit. Oder um in Gesellschaft für sich sein zu können. Zwischen den Gästen eilten die Servierkräfte alten Schlages in schwarzer Kleidung mit weißen Kragen und gestärkten Schürzen hin und her. Mit Kaffeekännchen auf ovalen Silbertabletts. Eine Klangwolke aus Klatsch, Geschäftstätigkeit, Geheimnissen oder Zerwürfnissen hing über den Kaffeehaustischen. Es raschelten Zeitungen. Kräuselnde Säulen aus Zigarettenrauch stiegen zur Stuckdecke auf. Es wurde nach Frollein und Ober gerufen. Wie noch fehlende Puzzlesteine fügten sich Klaus und Anna an ihrem Tisch in die Kaffeehaus-Landschaft.

»Was können wir jetzt machen?«, fragte Anna.

»Sie muss erst mal schlafen«, sagte ihr Vater. »Und dann

muss sie noch mal mit Ludwig reden. Ich meine: ein richtiges Gespräch. Das war wie ein Überfall. Sie muss ja verstehen können, was mit ihr passiert ist. Also ich hab nicht verstanden, was sie mir erzählt hat. Wie kann man das überhaupt so machen?! Ich hab Ludwig angerufen und ihm erzählt, wie es um Ulrike steht.«

»Und was sagt er?«

»Es sagte immer wieder, wie leid ihm das tut. Da musst du jetzt durch, Ludwig, habe ich ihm gesagt. Dieser Heinz war bei ihm. Der hat wohl gesagt, jetzt sei es mal gut. Und ob wir nicht sähen, wie Ludwig leidet. Er sei schließlich ein alter Mann.«

»Heinz ist ein furchtbarer Typ«, sagte Anna. »Der hat mir einen Brief geschrieben. Was ich mir einbilden würde. Ich wüsste nichts vom Leben und würde mich nur aufspielen.«

Klaus schob Rührei auf seinen Toast und balancierte dann alles in seinen Mund. Er schien das warme Ei zu genießen, so wie er generell die Fähigkeit hatte, auch in den schlimmsten Situationen Freude an gutem Essen zu behalten.

»Was glaubt ihr denn, wie es Ulrike geht, hab ich geantwortet. Und dass dieser Heinz sich da raushalten soll. Das ist eine Familienangelegenheit.«

Klaus rührte Zucker in seinen Kaffee und schien zu überlegen, was man jetzt tun könnte. Und was, wenn Plan A nicht funktionierte. Er durchdachte oft die nächsten Züge, hatte gerne schon einen zweiten Plan. Das gab ihm Sicherheit.

»Wir werden es übermorgen versuchen. Wir treffen uns bei Ludwig, soweit hab ich ihn zumindest schon. Wenn's dann nicht geht, weiß ich auch noch nicht, was wir machen.«

Was macht man, wenn man nichts machen kann? Man geht vielleicht spazieren. Anna ging mit ihrem Vater die Kantstraße entlang bis zum Savignyplatz. Ein Platz, den sie beide mochten.

Klaus sah sich mit einem Seufzer auf dem Platz um.

»Dieses Gefühl von Mascha Kaléko konnte ich sofort verstehen, als ich hier das erste Mal war: ›Mein Heimweh heißt Savignyplatz.‹ Der Ort hat was Wehmütiges. Von hier möchte man nicht vertrieben werden.«

Sie sprachen über Annas Medizinstudium und dass sie das Semester wohl wiederholen müsse. Darüber, ob sie weiterhin Ärztin werden wollte. Eine Frage, die sie nicht beantworten konnte.

»Ich geh heute Abend zu Ulrike. Vielleicht kann ich schon etwas mit ihr sprechen«, sagte Klaus. »Ich sag dir Bescheid.«

41

Ludwig versuchte sich noch einmal zu erinnern, wie es wirklich gewesen war. Was er jetzt erzählen sollte. Mit der Zeit verlor er die Klarheit seiner Erinnerungen. Je öfter er darüber nachdachte, desto undeutlicher wurde es. Nur manchmal, wenn er nachts wach lag, waren die Erinnerungen erschreckend klar. Wie Scherenschnitte, die ihm in einem Eistunnel entgegenwehten.

Ja, sie hatten die Stadt verlassen müssen. Man hatte schon Geschützdonner gehört. Das pfeifende Geräusch der Panzerketten. Matthäi am Letzten. Edith hatte seit Wochen darauf gedrängt, aus Demmin wegzugehen. Und er hatte es mit seiner Unentschlossenheit verschleppt. Daran erinnerte er sich noch genau.

»Auf was willst du noch warten?«, hatte sie ihn immer wieder gefragt. »Auf was? Den Letzten beißen die Hunde. Und die Hunde stehen schon vor der Tür.«

Warum er noch einmal zu der Laube am Schwedenwall wollte, konnte er nicht mehr genau sagen. Es war so ein Gefühl. Je mehr er darüber nachdachte, desto klarer wurde ihm, dass er wahrscheinlich Ulrike hatte holen wollen. Die Jungen würden schon irgendwie durchkommen, hatte er gedacht, aber ein kleines Mädchen in all dem Chaos war verloren.

Er erinnerte sich, wie Edith und er vom Abendessen bei Julius und Leni zurückgekommen waren. Edith war aufgelöst gewesen. Die mühsam zurückgehaltene Fassungslosigkeit brach aus ihr heraus, sobald sie in ihrer Wohnung waren. Sie holte das Danziger Goldwasser hinter den Büchern hervor und füllte eins von den winzigen geschliffenen Likörgläsern. Die Goldplättchen wirbelten wie in einer Schneekugel und setzten sich träge in der öligen Flüssigkeit ab, als sie die Flasche auf den Tisch stellte. Edith trank nur zu Gelegenheiten, bei denen für sie alle anderen Mittel versagten.

Kriegsbeginn. Stalingrad. 20. Juli.

»Die wollen sich umbringen, wenn die Russen kommen«, sagte sie und leerte das Glas. »Die sind ja verrückt. Ich hab das auch schon von anderen gehört. Sie sprechen ganz offen darüber. Der Apotheker kann Ihnen dabei helfen. Sowas sagen sie.«

Edith trank ein weiteres Glas und verzog den Mund, als sie den Likör herunterschluckte.

Dann hatte sie die Flasche zugeschraubt. »Wir gehen zu Trudchen«, hatte sie gesagt. »Sollen die sich doch alle umbringen.«

Ludwig dachte mit noch größerer Anstrengung nach. Hatte Leni nicht gesagt, sie sollten Ulrike mitnehmen, wenn sie die Stadt verließen? Dass sie noch so klein sei, dass sie sich ohnehin an nichts erinnern werde? Je tiefer er sich in das Spinngewebe seiner Erinnerungen vorarbeitete, desto deutlicher konnte er sich an Lenis dünne, etwas wehleidige Stimme erinnern. »Nehmt ihr Ulrike mit?« Ja, dachte Ludwig. So war es gewesen. Er war in den Schwedenwallweg gegangen, um Ulrike abzuholen. Leni hatte ihm das Kind in den Arm gelegt. Ihr Engelchen. »Nun kann ich in Ruhe gehen«, hatte sie gesagt. Wo die Jungen gewesen waren, wusste er nicht mehr. Vielleicht hatten sie geschlafen.

Ludwig setzte sich an den Wohnzimmertisch und sah auf die Kastanie vor dem Haus. Er war nervös. Jede Minute erwartete er Ulrike, Klaus und Anna. Klaus war immer pünktlich. Eigentlich schätzte er das.

Das Ganze noch mal erzählen. Er fragte sich, wie es Ulrike jetzt ginge. Er hatte sie nicht im Hotel angerufen. Hätte er eigentlich tun sollen. Das machte man eigentlich so. Aber was hätte er sagen sollen.

Es klingelte.

Ludwig stützte sich mit einer Hand auf den Tisch, als er aufstand, und ging mit bleiernen Schritten zur Tür. Bin ich froh, wenn die alle wieder weg sind, dachte er.

Klaus betrat als erster die Wohnung und schob Ulrike dann in Richtung Wohnzimmer. Anna zog Ludwig in die Küche und legte ein Paket mit Kuchen neben der Spüle ab. Sie machten zusammen Tee und stellten Geschirr und Besteck auf ein Tablett. Dann gingen sie ins Wohnzimmer, wo Klaus und Ulrike bereits am Tisch saßen. Nicht gerade wie ein Tribunal, aber doch so, dass Ludwig Unruhe verspürte. Zwei gegen einen. So war das.

»Ludwig, ich weiß, das ist nicht einfach«, sagte Klaus. »Eigentlich ist das ein Gespräch zwischen Vater und Tochter. Aber seit dem Abend im Restaurant ist Ulrike in einer Verfassung, wie ich sie noch nie erlebt habe. Und deshalb will ich dabei sein.«

Ulrike wollte offenbar etwas sagen, schnappte nach Luft, aber Klaus hob die Hand, um deutlich zu machen, dass er noch nicht am Ende war.

»Entschuldige«, sagte er und fuhr fort. »Und es betrifft ja auch die ganze Familie. Auch Anna. Auch mich. Also, Ludwig. Erzähl, was passiert ist. Ich glaube, es ist besser für uns alle, wenn wir die Wahrheit kennen.«

Ludwig begann stockend. Diesmal vom Anfang, nicht vom Ende her. Nicht von der Essenz der ganzen Geschichte, die für Ulrike in der Erkenntnis bestand, dass ihr Vater nicht ihr Vater war. Ludwig begann bei Julius und Leni, für die er quasi stellvertretend die Geschichte Ulrikes berichtete. Wie niedlich das kleine Mädchen gewesen war, das er schon seit ihrer Geburt kannte. Wie schön alles hätte werden können ohne den Krieg, den niemand von ihnen gewollt hatte. Wie beschaulich das Leben in Demmin gewesen war, dieser ruhigen und friedlichen Backsteinstadt im Norden. Wo man Platt sprach.

Nun komm mal zum Punkt, dachte Anna.

Ludwig erzählte nun flüssiger, während Ulrike reglos auf ihrem Stuhl saß und die Träger ihrer Handtasche umklammert hielt.

»Dann kamen die ganzen Flüchtlinge, da wussten wir, das ist der Anfang vom Ende. Ihr könnt euch nicht vorstellen, wie viele Menschen in der kleinen Stadt waren. Die wir aufnehmen mussten.«

Ludwig goss sich Tee ein und hielt kurz inne. Vielleicht erinnerte er sich, was er eigentlich erzählen sollte. Er war wieder abgeschweift. Die Situation in Demmin war nicht unbedeutend für die Geschichte, aber er wollte sich nicht weiter in Details verlieren.

Als die Flüchtlinge kamen, immer mehr kamen, begannen die Bewohner von Demmin, über den bevorstehenden Untergang zu sprechen. Die Russen kommen – das war die größte aller Ängste. Sibirische Horden. Was die mit uns machen würden. Nach allem, was wir dort gemacht hatten. Angst. Die erfasste alle. Die einen wollten ohne den Führer nicht leben. Geknechtet unter fremder Herrschaft. Die anderen fürchteten die Gewalt. Für Edith und Ludwig sei es ganz klar gewesen, dass sie da nicht mitmachen würden. Sie seien nie besonders gläubig gewesen, aber Selbstmord sei Sünde. Das sei überhaupt nicht in Frage gekommen. Leni und Julius dagegen wollten nicht in einer Welt ohne Nationalsozialismus leben. Julius habe gekämpft und sei verschollen.

»Leni hat uns gebeten, Ulrike mitzunehmen. Mit dem letzten Treck sind wir aus der Stadt. Von Ferne sahen wir das brennende Demmin. Erst nach der Niederlage sind wir bei Trudchen angekommen. Es war unvorstellbar.«

Ludwig schwitzte, sein Hemd klebte am Rücken. Im Wohnzimmer war es still. Klaus sah ihn fragend an.

»Also, nach der Kapitulation, meine ich natürlich.« Ludwig räusperte sich und holte tief Luft. »Dann haben wir neu angefangen in Berlin. Erst im Osten, und dann sind wir rüber in den Westen. Lange vor der Mauer. Als wir in Lichtenberg angekommen waren, kriegten wir neue Papiere. War ja alles weg. Und da haben wir eben gesagt, Ulrike ist unsere Tochter. Wir dachten, das ist das Beste. Und dann wollten wir nicht mehr daran rühren. Wozu auch? Daran wollte sich keiner mehr erinnern. Wer das nicht erlebt hat, der kann sich das nicht vorstellen.«

»So ging das damals?«, fragte Ulrike. »Man nahm einfach ein Kind mit und sagte, das ist jetzt meins?«

»Es war ein unvorstellbares Chaos. Millionen von Menschen waren auf der Flucht. Alles war kaputt. Und dann kam die DDR. Da konnte man auch nicht so einfach etwas überprüfen.«

Ulrike schwieg.

»Ich hab jahrelang die Suchmeldungen vom Roten Kreuz gehört«, sagte Ludwig. »Es kam nichts. Wir wussten nicht, ob wir Julius suchen sollten. Vielleicht hatte er einen neuen Namen, vielleicht war er untergetaucht. Die Russen haben noch Jahre später nach Nazis gesucht. Da warst du schnell im Arbeitslager. Irgendwo in Sibirien.«

»Meine richtigen Eltern waren also Nazis«, sagte Ulrike. An ihrem Hals bildeten sich rote Flecken.

Ludwig rang mit den Händen und rutschte auf seinem Stuhl herum. Er setzte zu einem Kopfschütteln an, das er sogleich wieder abbrach. Das war das, was alle zuerst fragten. Ob jemand Nazi gewesen sei.

»Sie haben wirklich daran geglaubt«, sagte Ludwig. »Als der Krieg verloren ging, war nichts mehr da, an das sie glauben konnten. Oder in das sie Vertrauen hatten. Da war einfach nichts mehr da. Leni sah keinen Sinn mehr darin, weiterzuleben.«

Klaus sah zu Ludwig und dann zu Ulrike. Sie wirkte gefasst und sehr ernst.

»Hast du nicht gesagt, Leni hätte versucht, mich auch zu vergiften?«, fragte Ulrike.

»Hab ich das gesagt?«, gab Ludwig etwas konfus zurück. »Ich kann mich nicht erinnern. Ich glaube, so war es nicht. Leni hat dich mir noch in den Arm gelegt und gesagt: Sorge für mein Engelchen. Da lebte sie noch. Sie hätte doch ihr Kind nicht umgebracht.«

»Das hast du aber gesagt im Restaurant.«

»Da war ich durcheinander. An dem Abend stand ich völlig neben mir«, sagte Ludwig.

Er wischte über den Tisch und sah aus dem Fenster. Alle schwiegen.

»Gibt's Fotos?«, fragte Ulrike dann.

»Da muss ich nachsehen. Vielleicht sind im Keller noch welche. Ich bin mir aber nicht sicher. Die sind vielleicht auch alle verbrannt.« Ludwig spürte einen Kloß im Hals. Und wie seine Knie weich wurden. Und er spürte die Blicke von Anna. Er fühlte einen Druck auf der Brust.

Er schwieg und suchte in seiner Hosentasche umständlich nach einem Taschentuch.

»Ja, dann sieh doch mal nach«, sagte Ulrike sachlich.

»Jetzt sofort?«, fragte Ludwig ungläubig.

»Natürlich, jetzt sofort. Morgen bin ich doch wieder in Marburg.«

»Wir können schon mal den Abwasch machen, während du nachsiehst«, sagte Klaus und gab seiner Tochter ein Zeichen, mit ihm in die Küche zu gehen. Sie deckten zügig den Tisch ab und begannen in der Küche geräuschvoll abzuwaschen.

Ludwig und Ulrike blieben im Wohnzimmer und schwiegen. Aus der Küche hörte man Tellergeklapper. In der ganzen Wohnung wurde kein Wort gesprochen.

»Irgendwann muss mal die ganze Wahrheit auf den Tisch«, sagte Ulrike leise. »Ich will lieber das Ende mit Schrecken. Wenn es also irgendwas gibt, was du noch sagen solltest, dann sag's jetzt.«

Ludwig nickte. Er ging ins Schlafzimmer und holte die Fotos. Das mit dem Mutterkreuz und das mit den Kindern vor dem Haus. Anna hörte die schlurfenden Schritte von Ludwig, dann leise Stimmen aus dem Wohnzimmer. Dann wieder Stille.

Dann hörte sie ihre Mutter laut weinen. Sie hatte noch nie erlebt, dass ihre Mutter weinte. Klaus legte einen Arm um Anna und hielt sie nahe bei sich. Das Schluchzen wurde lauter. Klaus hielt seine Tochter weiter im Arm, und Anna musste es ertragen, ihre Mutter nicht vor dem schützen zu können, was jetzt auf sie einstürzte.

Anna und ihr Vater standen ein paar Minuten in der Küche. Vielleicht auch länger. Dann gingen sie zurück ins Wohnzimmer. Die Bilder lagen verstreut auf dem Esstisch. Ludwig stand am Fenster und sah nach draußen. Ulrike wirkte wie nach einer großen Anstrengung und rieb mit ihrem Handrücken fest über ihre Stirn.

»Fahr mich dahin, nach Demmin, Klaus«, bat sie. »Ich muss das alles sehen.«

Dann ging sie in ihr altes Zimmer und setzte sich aufs Bett. Sie wollte sich verabschieden, für den Fall, dass sie nicht wiederkäme. Eine Möglichkeit, die sie früher für völlig ausgeschlossen gehalten hatte. Aber jetzt? Was sollte sie hier noch?

Beim Anblick der blassgelben Wollvorhänge bekam sie einen Würgereiz und musste sich beinahe übergeben. Ihre Mutter hatte sich aus dem Staub gemacht, hatte das alles mit ins Grab genommen. Wenn Ludwig auch noch gestorben wäre, dann hätte sie es nie erfahren. Das wäre vielleicht besser gewesen, wahrscheinlich aber nicht, dachte sie. Edith hatte es dem Wettlauf zwischen zwei unkalkulierbaren Mächten überlassen. Wer schneller war. Der Tod oder der Zufall.

Vielleicht hatte sie noch mehr mitgenommen, über das sie nicht hatte sprechen wollen. Und dabei nur an sich gedacht. Nicht an ihr Kind.

So etwas würde ich nie machen, dachte Ulrike. Die einen bringen ihre Kinder um, die anderen lügen sie an.

Wer weiß, was ich alles machen würde, wenn ich es müsste, ging es ihr durch den Kopf.

Ulrike spürte die Traurigkeit, die in den blassgelben Vorhängen erstarrt war. Die Sonntagnachmittage, die nur zäh verstrichen waren. Die Einsamkeit in diesem Zimmer, in das sie sich zurückgezogen hatte, um den Sprachschablonen der Eltern zu entgehen, die ihre Träume und ihre Selbstzweifel nicht verstanden hatten. Mädchen brauchten nicht zu studieren. Sie sollte lieber kochen lernen. Männer wollten keine Frau, die klug daherredet.

»Lass uns gehen, Ulrike«, sagte Klaus, der im Türrahmen lehnte.

42

Anna saß auf der Rückbank ihres Autos. Ihr Vater fuhr, und ihre Mutter sah vom Beifahrersitz aus dem Fenster. Sie wirkte müde. Anna erinnerte sich an die Abreise aus Berlin vor zwölf Jahren, bei der sie mit ihrem Bruder auf dem Rücksitz gesessen und die ganze Ohnmacht der Kindheit gespürt hatte. Aber diesmal blickten die Eltern nicht tatkräftig nach vorn in ihre selbstbestimmte Zukunft, sondern stemmten sich gegen den Malstrom eines Traumas, um nicht in die Tiefe gerissen zu werden. Ihr Vater summte leise eine Melodie vor sich hin, was er oft tat, um sich zu konzentrieren. Ihre Mutter litt offenbar unter Kopfschmerzen. Dann rieb sie wie jetzt mit der Hand ihre Stirn.

Ein leichter Nieselregen ging auf das flache Land nieder und besprühte gleichmäßig die Scheiben des Autos. Keiner von ihnen hatte ein Auge für die Landschaft oder die kleinen Dörfer, durch die sie kamen. In Fürstenberg machten sie eine kurze Pause, um ihre mitgebrachten Brote zu essen. Ulrike war blass und sah elend aus. Braunbier mit Spucke, sagten die im Norden, wenn einer so aussah.

Für Anna war es die dritte Reise nach Demmin, und sie war ganz anders als die beiden ersten. Heute wollten alle die Fahrt einfach nur hinter sich bringen.

Ulrike wollte den Ort sehen, an dem die Familie gelebt hatte, von der nur noch sie übrig war. Um auf den Pflastersteinen zu gehen, auf denen vielleicht ihre Brüder gespielt hatten. Im Schatten des Tores zu stehen, das vielleicht den Weg ihrer Mutter beschattet hatte. Am Flussufer zu stehen und den Geruch des Schilfs zu atmen, das Rauschen der Weiden zu hören. Vielleicht würde ihr Körper etwas spüren, das sie mit ihrer Familie verband. Es würde dort sicher auch Menschen in ihrem Alter geben, dachte Anna. Andere Überlebende.

Als sie in Demmin ankamen, ließ der Nieselregen nach. Sie bogen von der Holstenstraße mit dem Luisentor ab, überquerten die Bahngleise und fuhren auf eine kleine Anhöhe zu ihrem Hotel.

»Kein Gepäck?«, fragte die Frau an der Rezeption und musterte ihre kleinen Taschen. Die ist in Mamas Alter, dachte Anna.

»Ist nur für eine Nacht. Wir sind auf der Durchreise«, erklärte ihr Vater freundlich.

»Ostsee?«, fragte die Frau. »Hier kommt sonst ja keiner hin.«

Ihr Vater nickte und füllte dann die Gästekarten aus.

»Wo ist denn der Friedhof?«, fragte Ulrike, worauf die Frau hinter ihrem Tresen einen missmutigen oder vielleicht auch mitleidigen Blick aufsetzte. Man konnte nicht genau sagen, welches der Gefühle überwog. Oder ob es ein ganz anderes war.

»Straße runter, dann links. Aus der Stadt und immer geradezu. Sieht man schon.« Sie legte die Zimmerschlüssel auf den Tresen. »Erster Stock. Frühstück ab sieben.«

»Haben Sie da Verwandte liegen?«, fragte Ulrike die Frau hinter dem Tresen.

»Natürlich. Mein Mann ist aus Demmin.«

»Auch welche, die bei Kriegsende gestorben sind?«, fragte Ulrike.

»Auch solche. Gibt's hier in jeder Familie«, sagte die Frau und bündelte die Gästekarten, bevor sie sie in eine Schublade legte.

»In meiner Familie auch«, sagte Ulrike. »Hier sind auch welche aus meiner Familie gestorben. Hab ich gerade erst erfahren.«

»Auch Kinder?«

Ulrike nickte.

»Schrecklich« sagte die Frau. »Tun Sie sich das nicht an. Lass die Toten ruhen, so sagt man ja. Ist auch richtig so. Bringt nischt, das immer wieder aufzuwühlen. Davon wird auch keiner wieder lebendig. Und interessiert hat es die ganze Zeit auch keinen.«

Sie nahmen für den Weg durch die Stadt das Auto, um ihre Kräfte zu schonen. Um nicht mit weichen Knien eine fremde Zone erkunden zu müssen, in der sie keinen Fixpunkt hatten. Vom Hotel fuhren sie den Weg zurück über die Bahngleise und dann nach rechts. Das Luisentor ragte vor ihnen auf und erschien Anna wie ein vertrauter Begleiter, der aber seine Geheimnisse für sich behielt. Dahinter die spitze Backsteingotik von St. Bartholomä. Ulrike studierte vorsichtig die beschädigten Häuserfassaden, die sich mit Trümmerbrachen abwechselten und die Straße einfassten. Das also war ihre Heimatstadt. Es fühlte sich völlig fremd an.

»Kannst wieder zurückfahren, da brauche ich nicht anzuhalten«, sagte sie zu Klaus. »Vielleicht gehen wir erst mal zum Friedhof.«

Sie parkten das Auto an der Mauer und betraten durch ein Metalltor den Friedhof. Der nasse Sandboden klebte an ihren Schuhen, als sie zur Mitte des Friedhofs liefen.

Anna ging jetzt voraus und führte ihre Eltern durch eine Buchenallee zu der großen Wiese, unter der wahrscheinlich die meisten der Opfer lagen. Immer achtzehn in einem Massengrab, hatte Lisbeth Maschke gesagt. Ulrike sah sich auf der Freifläche um, die in der Mitte von der Stele mit der eisernen Weltkugel zusammengehalten wurde. Was kann man hier spüren, fragte sich Anna. Wie die Wasseroberfläche über einem versunkenen Schiff hatte sich das Gras geschlossen, unter dem vielleicht Annas Großmutter lag und ihre Onkel. Onkel war ein seltsames Wort für kleine Kinder.

Ulrike lief durch das nasse Gras um die Stele herum und blieb ein paar Mal stehen. Sie wirkte auf Anna wie ein Kind, das unter den Augen der Erwachsenen etwas suchte und dem keiner half. Nirgendwo gab es eine Tafel mit Namen. Oder Grabsteine, wie die Soldaten sie hatten, die in der Nähe unter verwitternden Steinplatten lagen.

»Hier ist es also«, sagte Ulrike und drehte sich zu Klaus. »Irgendwo hier liegen sie vielleicht.«

Ulrike ging in kleinen Schritten zu den Ecken der riesigen quadratischen Fläche. Vielleicht dachte sie an die große Zahl von Menschen, die hier lagen. Anna hatte nichts davon erzählt, wie die Leichen hierher transportiert worden waren und wie wenig feierlich der Prozess der Bestattung gewesen war. Und ihre Mutter hatte nichts gefragt. Immer achtzehn in ein Massengrab. Man musste nicht alles wissen.

Ulrike sah von einer Ecke des Quadrats zu Klaus und Anna herüber. Sie wirkte unentschlossen und kam in einer Kreisbewegung zur Stele zurück.

„Ich glaube, wir können gehen«, sagte sie. »Ich weiß nicht, was ich erwartet habe, aber hier auf dieser Wiese empfinde ich nichts.«

Sie blickte sich mutlos um.

»Vielleicht grüßen mich meine Brüder von den Sternen und nicht aus dieser Wiese. Das kann ich mir eher vorstellen.«

Ulrike ging noch ein weiteres Mal um die Stele herum und nickte Klaus zu. Dann liefen sie zu dritt zurück zum Ausgang und machten sich auf den Rückweg ins Hotel. Klaus nahm Ulrikes Hand, sie wirkte erschöpft, als habe sie nun alle Reserven verbraucht.

Klaus fuhr zurück bis zum Luisentor und parkte den Wagen in einer Seitenstraße. Wenigstens das Tor sollten sie besuchen, sagte er. Die rauen Steine berühren, die alles gesehen hatten, was hier passiert war. Fünfhundert Jahre stand das Tor schon da und blickte mit den vielen Augen seiner

Feldseite nach Osten. Ulrike lehnte sich auf der Stadtseite an den Feldsteinsockel und sah die Straße entlang, an der pastellfarbene Trabis geparkt waren. Ein HO-Schild ragte über den Gehweg. Es roch nach Zweitakter-Gemisch. Das war, wenn auch nicht ihre Heimatstadt, so doch ihre Geburtsstadt. Von hier kam sie. Eine Kleinstadt in Vorpommern.

Ulrike kniff die Augen zusammen und versuchte, sich durch diese Sehschlitze die Stadt 1945 vor der Zerstörung vorzustellen: Hakenkreuzfahnen hingen im ersten Stock jedes Hauses. Vor den Geschäften standen die Menschen Schlange. Gruppen uniformierter Kinder schoben sich durch die Gassen. Sowas hatte sie auf alten Fotos gesehen, aber es waren keine eigenen Erinnerungen. Konnte man sich an Dinge erinnern, die man nie gesehen hatte – und Vertrautes völlig vergessen? Sogar die eigenen Eltern vergessen? Ja. Sie hatte vor einiger Zeit bemerkt, dass sie sich nicht mehr an Ediths Stimme erinnern konnte.

»Das sagt mir alles nichts. Ich erkenne nichts wieder. Es kommt mir alles fremd vor«, sagte Ulrike.

»Vielleicht können wir Frau Maschke treffen«, sagte Anna aus dem plötzlichen Impuls heraus, die vielleicht einzige Gelegenheit nicht ungenutzt verstreichen zu lassen. »Die konnte sich wenigstens an dich erinnern.«

Während ihre Eltern zurück zum Hotel fuhren, ging Anna die Straße stadteinwärts bis zum Wohnblock, in dem Lisbeth Maschke wohnte. Anna klingelte und wartete. Ein Fenster wurde geöffnet, und Lisbeth Maschke schaute zu Anna herunter. Sie schien sie zuerst nicht zu erkennen. Aber dann rief sie: »Ach, das ist ja eine Überraschung. Sie sind Anna, nicht?«

Dann hörte Anna das Summen des Türöffners.

Lisbeth Maschke stand in der Tür wie einige Monate zuvor und lächelte sie freundlich an.

»Na, das ist ja eine Überraschung«, wiederholte sie noch

einmal. »An Sie habe ich erst heute wieder gedacht. Was führt Sie denn her?«

In der Wohnung roch es nach Kaffee und nach Blumen.

»Ich brauche ihre Hilfe«, sagte Anna mit einer Dringlichkeit, die sie selbst überraschte. Es klang wie ein Notfall. »Entschuldigen Sie, dass ich hier einfach so bei Ihnen klingle,« schob sie nach. »Es ging einfach alles so schnell.«

Anna erzählte, was sich in den letzten Wochen ereignet hatte, seitdem sie mit Sabine bei ihr gewesen war. Wie zunächst sie selbst und dann ihre Mutter nach und nach davon erfahren hatten, was in der Familie passiert war. Dass sie ihre Mutter noch nie so hilflos und verloren erlebt hatte. Und dass sie nun in Demmin waren, um vielleicht einige Erinnerungen zu wecken, vielleicht ein paar Spuren zu finden. Aber da sei einfach nichts. Die Mutter sei einfach zu klein gewesen. Auch ihr Opa habe sich nicht zurechtfinden können. Es war alles zerstört und verändert.

»Kann meine Mutter mit Ihnen sprechen? Außer Ihnen kenne ich ja niemanden hier. Ich glaube, das würde ihr sehr helfen.«

Lisbeth Maschke sah sie einige Augenblicke schweigend an, mit ihren klaren und ernsten blauen Augen. Ihr Blick hatte etwas Gründliches und Verständnisvolles. Einige Male sah es so aus, als würde sie zu einer Antwort ansetzen. Aber dann blieb ihr Mund geschlossen, und sie schien den Satz wieder zurückzuholen, um ihn von Neuem zu formen.

»Sie wissen ja, ich spreche nicht gerne darüber«, sagte sie dann. »Über den Krieg und das, was hier passiert ist. Es verfolgt mich. Man wird es nicht los.« Sie machte eine Pause und sah kurz an Anna vorbei zu den Fotos auf der Anrichte. Dorthin, wo auch das Hochzeitsfoto stand.

»Ich hab aber auch erfahren, wie man leidet, wenn man einen Ort sucht und keinen findet.« Sie schluckte und atmete tief durch. »Wenn da einfach nur ein großes schwarzes Loch ist. Es ist schwer, sich damit abzufinden. Das geht Ihrer Mutter wohl auch so. Sie heißt Ulrike, nicht?«

Sie nickte vor sich hin und schien sich zu erinnern. Anna wagte fast nicht zu atmen. Es schien ihr, dass jede unbedachte Antwort oder Bewegung die zerbrechliche Bereitschaft zu einem Treffen ins Wanken bringen könnte.

»Das kleine Mädchen von dieser Lechner. Niedlich war sie. Wenn ich helfen kann, mach ich das für Sie, Anna. Das Kind konnte ja nichts dafür.« Sie schien einen Moment zu überlegen, was sie sagen wollte. »Es ist schön, junge Menschen wie Sie zu treffen. Mit denen man sprechen kann. Hier gibt's kaum noch junge Leute.« Sie zögerte. »Aber ich würde Ihre Mutter gerne allein treffen. Das nehmen Sie mir nicht übel, nein? Sonst wird mir alles ein bisschen viel. Ich bin das nicht mehr gewohnt. Ginge es denn morgen früh? So um neun vielleicht?«

Anna nickte und fühlte eine große Erleichterung und Dankbarkeit. Und ein Gefühl von Nähe entstand so viel leichter bei dieser Frau, die sie kaum kannte, als bei ihrer eigenen Familie. Sie hätte Vieles sagen wollen, konnte aber keine Worte dafür finden.

»Ich bin Ihnen so dankbar, dass Sie das machen«, sagte sie, als sie schon an der Tür stand. Sie nahm spontan Lisbeth Maschkes Hand und hielt sie lange fest. Sie spürte die Wärme und die zarte Innenseite dieser fremden Hand und ließ sie dann wortlos, aber sehr behutsam wieder los.

Als Anna ins Hotel zurückkam, fand sie in ihrem Zimmer eine Nachricht ihres Vaters vor. Ihre Mutter war schon ins Bett gegangen. Er schlug ein gemeinsames Abendessen in der Höhle vor, wie er das dunkel getäfelte Restaurant im Hotel nannte.

43

Um acht saßen ihre Eltern beim Frühstück. Seit sechs Uhr morgens hatten sie über die Möglichkeit gesprochen, sich mit Lisbeth Maschke zu treffen. Eigentlich war es Ulrikes fester Vorsatz gewesen, die Stadt so schnell wie möglich wieder zu verlassen. Mehr wollte sie nicht sehen. Vielleicht war es sogar ein Fehler gewesen, überhaupt hierhergekommen zu sein. Diese Stadt besaß eine unerklärliche Schwere, die sie fast erdrückte. Und genau so, wie sie nach dem Gespräch mit Ludwig unbedingt hierher gewollt hatte, wollte sie jetzt sofort wieder weg. Diese Schwere in sicherem Abstand halten. Manche Menschen, hatte sie Klaus erklärt, spürten am Ort ihrer Vergangenheit irgendetwas. Sie nicht. Auf seine Entgegnung, dass es doch gerade dieses unangenehme Gefühl sei, das die Stadt auslöse, sagte sie zunächst nichts. Dann aber, dass sie gehofft habe, sich an irgendetwas zu erinnern. Diffuse Gefühle, die sich wie dunkler Rauch in ihr ausbreiteten, brauche sie nicht. Allerdings konnte auch dieser Fluchtimpuls nicht vor ihrem Anspruch auf Rationalität und Logik bestehen. Sie würde nicht einfach davonlaufen. Sie würde mit Frau Maschke sprechen.

»Wer weiß, wie lange sie noch lebt«, hatte Klaus gesagt. Und was hätte sie dem entgegenhalten können.

Anna wusste, wie ihre Mutter war. Sie durchdachte alles mit einer sezierenden Gründlichkeit, bis sie zu einer Entscheidung kam. Wichtiges wie Unwichtiges wurde offenbar mit derselben Methode analysiert. Gegenargumente hatten es leicht bei ihr. Lieferten die notwendige Begründung, etwas nicht zu tun, das ein Unbehagen in ihr auslöste. Auch kam ihr schnell in den Sinn, dass man bestimmte Dinge »nicht machte«. Man sprach etwa nicht mit fremden Menschen über Familiendinge. Das machte man einfach nicht. In letzter Zeit hatte sie jedoch einige dieser Überzeugungen in Frage gestellt. Sogar gegenüber Klaus. Sie trug die Argumente weniger entschieden vor und mit mehr Distanz. Sagte öfter mal »Warum eigentlich nicht?«, und gestand sich Ausnahmen zu, ohne bereits die Gültigkeit all dieser Regeln anzuzweifeln. Aber auch dieser Schritt schien nicht mehr undenkbar.

Heute sah sie angestrengt und blass aus. Das Sezieren hatte seinen Preis. Aber die Aussicht, diese ungeliebte Stadt bald wieder verlassen zu können, gab Ulrike sichtbar Energie. Und sie war nun neugierig auf das Treffen mit Frau Maschke. Jetzt, nachdem sie sich dafür entschieden hatte.

»Ich glaube, du wirst sie mögen«, sagte Anna. »Ich hatte gleich das Gefühl, dass ich sie schon lange kenne.«

Anna und ihr Vater wollten während des Treffens durch die Stadt gehen, hinunter zur Peene. Zu den Backsteinspeichern in der Nähe der Kahldenbrücke, von denen Ludwig erzählt hatte. Sein letzter Blick auf die Stadt. Und Klaus wollte sehen, wie sich der Fluss mit seinen Feuchtwiesen um die Stadt legte. Warum die Leute da nicht mehr rausgekommen waren.

Am Wohnblock angekommen, drückte Ulrike auf den Knopf neben dem Kunststoffschild, in das *E. Maschke* eingestanzt war. »Ich mach das schon«, sagte sie. Sie öffnete die Tür, drehte sich noch einmal zu Klaus und Anna um und schloss dann die Tür mit einem sanften Druck. Das war jetzt ihre Sache. Ihre ganz allein.

Anna ging mit ihrem Vater weiter über den Marktplatz, dann zum Peeneufer. Es roch leicht modrig nach nassem Schilf. Von den tiefhängenden Weiden perlten kleine Tropfen ins hohe Gras der breiten Peenewiesen.

»Hier wäre man nicht rausgekommen«, sagte Klaus. »Ich

stell mir das gerade vor. Mit Kindern an der Hand und einem Koffer. Über die nassen Wiesen. Unmöglich.«

Klaus sah in Richtung Kahldenbrücke und schützte mit der Hand sein Gesicht vor der Sonne.

»Ludwig hat gesagt, auf *der* Straße sind sie aus der Stadt raus.« Er zeigte in Richtung Süden. »Und dass sie mehr als drei Wochen zu Trudchen gebraucht hätten. Erst auf einem Militärwagen, später zu Fuß. Unvorstellbar.«

Sie kehrten um und gingen in Richtung der Backsteinkirche, die Klaus von innen sehen wollte.

»Ich hab immer gedacht, das ist alles so lange her. Aber jetzt ist es plötzlich wieder ganz nah. Der Krieg und das alles. Das ist nicht weit weg«, sagte er. »Mir ist noch eingefallen, dass wir immer Elisabeths Geburtstag gefeiert haben, als sie schon tot war. Meine Mutter hat an dem Tag eine Kerze für sie angezündet und vor ihr Bild gestellt. Und wir mussten beten, was wir sonst nie gemacht haben. Das war immer ein furchtbarer Tag. Die Stimmung war im Keller. Ich hatte ein schlechtes Gewissen, dass ich noch lebte und meine heiligengleiche Schwester tot war.«

Klaus hielt kurz inne und sah zur Peene herunter.

»Wir haben nie darüber gesprochen. Aber durch die Sache mit Ulrike will ich mit meiner Mutter jetzt sprechen. Ich glaube, sie hat sich immer Vorwürfe gemacht, dass sie noch was hätte tun können, um Elisabeth zu retten. Aber das konnte sie gar nicht. Und niemand redet mit ihr darüber.«

Anna lief mit ihrem Vater über den großen Marktplatz und dachte an ihre Mutter. Was würde Lisbeth Maschke ihr erzählen, und was würde sie weglassen? Jeder ließ irgendetwas weg.

»Und wie willst du das machen?«, fragte Anna. »Einfach direkt fragen?«

»Ja, einfach direkt fragen. Sie kann's mir ja sagen, wenn

sie nicht darüber sprechen will. Aber dieses Rumgeeiere muss irgendwann aufhören. Vielleicht ist sie froh, dass sie jemand etwas fragt.«

Sankt Bartholomä hielt seine Tore verschlossen, aber neben der Kirche gab es ein Café, vor dem Tische standen. Sie bestellten zwei Eisbecher.

Klaus sah auf die Uhr. Ulrike war jetzt seit zwei Stunden bei Lisbeth Maschke. Wahrscheinlich war alles gesagt. Vielleicht hatte sie sich im Hotel hingelegt. Vielleicht saß sie aber auch noch immer dort.

»Früher hat der Zucker in den Eisbechern im Osten immer zwischen den Zähnen geknirscht. Das Eis schmeckt schon besser«, sagte er und rührte die Krokant-Splitter in das schmelzende Eis.

»Trefft ihr Ludwig noch mal, bevor ihr nach Hause fahrt?«, fragte Anna.

»Ich glaub nicht. Mama braucht erst mal Zeit für sich, um das alles zu verarbeiten. Da ist zu viel vorgefallen. Wenn Ludwig irgendwann Hilfe braucht, sind wir da, das ist klar. Aber wie das Verhältnis sonst sein wird, das weiß ich nicht. Sie hat einfach kein Vertrauen mehr zu ihm.«

Klaus zahlte, und beide gingen langsam die Straße zurück. Sie betrachteten die wenigen Schaufenster mit ihren dürren Auslagen und zählten die Trabbis, die am Straßenrand standen. Zählten die Fenster im Luisentor. Nahmen die steile Seitenstraße hoch zum Hotel.

Ulrike saß im Frühstücksraum, trank Kaffee und las in einem Notizheft. Sie wirkte so ruhig und ausgeglichen, wie Anna sie schon lange nicht mehr gesehen hatte.

»Ich glaube, jetzt können wir fahren«, sagte sie. »Ich freue mich auf zu Hause.«

Später auf der Rückfahrt saßen sie lange schweigend. Es war ein Schweigen, das nichts Beklemmendes hatte. Klaus summte am Steuer vor sich hin. Ulrike lehnte sich entspannt in den Beifahrersitz, und Anna dachte an die warme Hand von Lisbeth Maschke.

Ulrike begann plötzlich und ohne dass ihr eine Frage gestellt worden war. Denn Anna und Klaus fiel keine Frage ein, die sie hätten stellen können. »Ich habe noch nie so mit jemandem gesprochen, den ich gar nicht kannte«, sagte Ulrike. »Ich war so völlig ohne Scheu und konnte sie wirklich alles fragen. Und ich glaube, sie ist die Erste, die so ehrlich mit mir gesprochen hat. Eine so warmherzige und kluge Frau. Wenn ich daran denke, was sie alles erlebt hat. Was sie auch Schreckliches erlebt hat.«

Ulrike schwieg für einen Moment und lächelte in Gedanken an ihre Begegnung.

»Vielleicht wohnen hier in jedem Plattenbau solche Frauen.«

44

Wahrscheinlich gibt es in jedem Haus so einen Karton, dachte Anna, als ihr Vater mit der Kiste vom Speicher kam. Einen Karton mit Fotos, alten Briefen, vielleicht einer Zigarrenkiste mit Orden und dünnen Eheringen mit Gravur. Die Kisten wurden als letztes und unter Zeitdruck gepackt, wenn alles andere abtransportiert war. Wenn die Wohnung des Verstorbenen besenrein und keine Zeit mehr war, die letzten persönlichen Dinge durchzusehen. Das kam dann alles in die Kiste. Für später, wenn man Zeit haben würde. Später kam aber nie. Vielleicht hatte man die Kiste vergessen. Vielleicht wollte man aber auch alles Endgültige, das mit diesem erneuten und letzten Durchsehen verbunden wäre, so weit wie möglich in die Zukunft verschieben. Vielleicht auch auf die nächste Generation. Für die Beschäftigung mit dem Endgültigen gab es nie einen guten Zeitpunkt. Der Karton kam auf den Speicher, in den Keller, in die Abstellkammer. Neben alte Koffer, Skier, die keiner mehr benutzte, und verstaubte Teddybären.

Klaus trug die Kiste ins Wohnzimmer und stellte sie auf den Tisch. Die Sachen von Trudchen. Die Kiste hatte er damals nach ihrem Tod aus Ost-Berlin mitgenommen. Der Grenzer hatte den Karton auf dem Rücksitz nur kurz geöffnet, Fotoalben und Sütterlin-Briefe angehoben und dann Klaus mit einem kurzen Nicken passieren lassen. Solche Kisten kannte jeder.

»Den hatte ich ganz vergessen«, sagte er. »Vielleicht ist da ja noch was Wichtiges drin.«

Er öffnete den Karton und holte einige querformatige dünne Fotoalben heraus. Auf winzig kleinen Schwarz-Weiß-

Fotos mit gezacktem Rand sah man Stationen aus dem Leben einer alleinstehenden Frau. Das Pergamentpapier mit Spinnennetz-Muster knisterte brüchig beim Umblättern. Die Fotos wurden von kleinen Papierecken auf schwarzem Karton gehalten. Darunter jeweils eine Beschriftung in weißer Farbe – *Ferien in Bad Orb, Turnen mit dem BDM, Ausflug mit der Freien Schwesternschaft*. Eine Welt so fern wie das Mittelalter.

In dünnen Bündeln lagen Briefe in der nächsten Ausgrabungsschicht unter den Alben, zusammengebunden mit hellbrauner Kordel. In einer kleinen Blechkiste ganz unten eingewickelt in ein Taschentuch die Brosche der Freien Schwesternschaft, weiß emailliert mit gekreuzten roten Linien. Eine kleine Damenarmbanduhr, die auf halb zwölf stehen geblieben war, lag daneben.

Klaus schüttete die Briefe auf den Tisch. Anna nahm den Geruch wahr, der aus dem Karton kam – es roch nach brüchigem Papier, Rost und muffigem Stoff.

Sie öffnete eines der Alben, um es genauer durchzusehen. Die meisten Fotos waren nach den Beschriftungen zu urteilen in den späten 40ern gemacht und zeigten die Besuche von Edith und Ulrike bei Trudchen in Lichtenberg. Edith mit Ulrike vor dem S-Bahnhof oder vor Schuttbergen. Auf winzigen Fotos sah Anna eine winzige glückliche Mutter, die ein Mädchen in Strumpfhosen und dickem Mantel an der Hand hielt, das etwas x-beinig neben ihr stand. Auf anderen Fotos war Ulrike mit Trudchen zu sehen. Neben einem Schneemann oder zwischen Sonnenblumen, die höher waren als sie selbst. Ludwig sah man auf keiner der Aufnahmen.

Klaus öffnete eines der Briefbündel, indem er die Schnur mit seinem Taschenmesser durchtrennte. Ulrike sah mit einem missbilligenden Blick zu. Es waren ja die Briefe ihrer Familie. Und sie fand es aus Prinzip nicht richtig, die Briefe anderer Menschen zu lesen. An sie seien sie nicht geschrieben worden, sagte sie. Klaus sah sie überrascht an. Das seien doch eher historische Dokumente, sagte er. Vielleicht nicht gerade Flaubert und George Sand, aber bei denen habe sie doch auch keine Bedenken. Trudchen hätte das Ganze ja verbrennen können. Vielleicht habe sie sogar gewollt, dass die nächste Generation dies liest. Schriebe man nicht auch immer für andere Menschen oder sogar für die Nachwelt? Liebesbriefe und Tagebücher mal ausgenommen. Obwohl es auch hier berühmte Ausnahmen gebe, mit denen sich die Literaturwissenschaft und die Historiker beschäftigten.

Er könne sie da gar nicht verstehen, sagte Klaus und zog einen Brief in Deutscher Schrift aus dem Umschlag, sah Ulrike kurz an und fragte, ob das jetzt in Ordnung sei. Er begann den Brief zu lesen, ohne ihre Antwort abzuwarten.

»Guck mal«, sagte Anna zu ihrer Mutter und hielt ein kleines Fotoalbum hoch, auf dem ein handgeschriebenes Etikett klebte: *Besuch in Demmin 1943*.

»Das gibt's ja nicht«, sagte Ulrike. »Die ganze Zeit liegt das hier im Haus.«

Sie setzte sich neben Anna und klappte das Album auf. Es begann auf der ersten Seite mit einem Foto des Luisentors, das in der schmalen Straße wie eingeklemmt zwischen niedrigen Häusern stand. Vor dem Tor Ludwig und Edith, seltsam weit auseinander. Auf den nächsten Seiten zeigten sehr kleine Fotos mit scharf gezacktem Rand Demmin vor der Zerstörung.

Helle Markisen waren über den Schaufenstern ausgerollt. Die Straßen wirkten mit den niedrigen Häusern eng und fast dörflich. Auf den nächsten Seiten waren neben Edith und Ludwig auch andere Menschen zu sehen. Trudchen hatte mit ihrer kleinen Schrift ordentlich daruntergeschrieben, wen sie fotografiert hatte. Julius, der Leni im Arm hielt. Leni und Agnieszka mit Einkaufskörben. Julius und Ludwig beim Umgraben eines Gartens. Und immer wieder die Kinder. Fröhliche Kinder in Sommerkleidung, die in die Sonne blinzelten. Picknick an der Peene. Alle zusammen am Erdbeerbeet im Kleingarten. Edith sitzt mit Ulrike auf dem Arm neben Leni.

Annas Mutter betrachtet das Foto mit einer Lupe, bis die Konturen grau verschwimmen. Sie kann sich an nichts erinnern. Nicht an sich selbst und nicht an die drei Brüder. Und wer war Agnieszka? Sieht selbst fast noch aus wie ein Kind, denkt sie.

Auf einer Doppelseite erkennt sie ein Foto, das sie so ähnlich schon gesehen hat. Die Mutterkreuzfeier im Schrebergarten. Diesmal ist auch Ludwig drauf. Im Anzug. Die anderen Fotos zeigen die beiden Schwestern nebeneinander auf einer Gartenbank und Leni, wie sie lächelnd ihr Mutterkreuz in die Kamera hält. War es nicht riskant gewesen, solche Fotos aufzuheben?, denkt Ulrike. Nach dem Krieg, in der SBZ?

Die Fotos von Trudchens Besuch in Demmin zeigen eine verschlafene Kleinstadt. Nichts weist darauf hin, dass man sich mitten im Krieg befand. Eine Aufnahme des Backsteinbahnhofs, der etwas außerhalb liegt. Fotos der Wohnung von Edith und Ludwig. Edith mit Schürze am Küchenbuffet und einem Blick, der vielleicht sagen sollte: Du sollst mich doch nicht dauernd fotografieren. Ludwig zeitungslesend am Wohnzimmertisch, wie inszeniert, in Uniform. Die Kappe auf dem Tisch. Ulrike spürt mit der Lupe nach, mit einem Gefühl, als würde sie einen winzig gedruckten Fahrplan studieren. Könnte SA sein, denkt sie. Gab's die damals noch? Der schräge Schulterriemen und die Zylinder-Mütze, ja das könnte SA sein. Sie bemerkt nur kurz, dass sie kaum mehr erstaunt ist.

Sie blättert die steifen Kartonseiten mit ihren knisternden Zwischenblättern zurück zu den Fotos, auf denen sie zu sehen ist. Sie sieht wie jeder andere Säugling aus, findet sie.

Die Bilder sind einfach zu klein. Auch sie ist 1943 einfach zu klein. Und es kommt keine Erinnerung, auch kein Gefühl.

Sie fragt Klaus, ob es Briefe zu diesem Besuch gebe, und er beginnt die nach Jahren geordneten Bündel durchzusehen. Dann holt sie sich aus der Küche ein Glas Rotwein.

»Der hier könnte etwas sein«, sagt Klaus und beginnt zu lesen.

10. Juni '43

Liebste Schwester,
nun bin ich wieder in meinem Berliner Leben angekommen und noch ganz erfüllt von den schönen Tagen bei Euch in Demmin. Nach so viel lebendigem Trubel ist es hier in meiner Wohnung sehr still. Ihr habt es dort sehr schön. Hier spürt man den Krieg sehr. Die vielen Luftangriffe. Ich gehe dann in den S-Bahnhof gegenüber. Ihr spürt von alledem nicht viel. Seid froh. Ich denke noch gerne an die Zeit mit den fröhlichen Kindern. Besonders die kleine Ulrike ist so ein niedliches Mädchen. Ich kann nachfühlen, wie Dir zumute ist, weil Du kein Kind bekommen kannst. Und ich sehe doch, was für eine gute Mutter Du wärst. Ein Kind hätte es gut bei Dir. Ich habe mich auch gefreut, endlich Julius und Leni persönlich kennenzulernen. Jetzt weiß ich, was Du meinst. Sie ist ja ziemlich herrisch, finde ich. Die kleine Rede im Garten, da hat es mich beinahe gegraust. Man muss aufpassen. Pass Du auch auf! Auch auf Ludwig. Er ist ja manchmal wie ein großes Kind. Ich hoffe, euer schönes Demmin bleibt noch lange so friedlich und ruhig. Schreib mir bald wieder,
Tausend Küsse,
Deine Gertrud.

»Auf jeden Fall warst du ein sehr geliebtes Kind. Das kann man bei Edith und Trudchen schon sagen. Und mit denen bist du aufgewachsen.«

»Und wenn Ludwig mich nicht geholt hätte, wäre ich dort gestorben«, sagte Ulrike, »und würde jetzt unter der großen Wiese liegen. Ich bin meinen neuen Eltern schon dankbar, dass sie mich beschützt haben. Und sie konnten das niemandem erzählen.«

Klaus holte die Flasche und zwei Gläser aus der Küche und schenkte sich selbst und Anna etwas Rotwein ein. Er schwenkte sein Glas und trank dann bedächtig einen Schluck.

»Ich finde das erstaunlich. Sie erzählen nichts und hinterlassen uns stillschweigend Kisten mit Rätseln und mit Beweisstücken. Und wenn wir das dann alles lesen und durchsehen, dann leben sie schon nicht mehr, und man kann nichts mehr besprechen. Warum haben sie nicht alles weggeworfen, frag ich mich. Damit etwas übrigbleibt, was sie auch gewesen sind. Auch wenn es was Schlechtes war? Es gehört zu ihnen, und sie haben es nicht anders geschafft, sich zu diesem Teil auch zu bekennen.«

Klaus schüttelte leicht den Kopf und trank noch einen Schluck Wein.

»Vielleicht haben sie die Sachen einfach vergessen«, sagte Anna. »Wäre doch auch möglich. Ich glaube, die meisten haben keinen Plan und wollen nicht daran denken, dass sie sterben und dass andere das alles lesen.«

»Ludwig hätte die Bücher vernichten können, als du sie gefunden hattest«, sagte Klaus. »Hat er aber nicht. Kann sein, er hatte sie vergessen, aber wahrscheinlich hingen viele Erinnerungen dran. Da hat er sie eben diesmal besser versteckt. Vielleicht wollte er sie später verbrennen, wie er gesagt hatte. Aber man kann nicht alles planen. Manchmal kommt der Zufall dazwischen.«

Klaus wartete einen Moment. Anna war überrascht, dass er Ulrike die Frage stellte, über die sie so oft nachgedacht hatte. Und sie hatte nicht gefragt.

»Hättest du lieber nicht gewusst, was du jetzt weißt?«

»Was ist denn das für eine Frage? Ich weiß es ja jetzt, und ich denke, es ist besser so. Was ich nicht weiß, ist, ob ich meine richtigen Eltern hätte treffen wollen. Nach alldem, wofür sie gestanden haben und was sie gemacht haben.«

Ulrike überlegte eine Weile.

»Vielleicht hätte ich sie das fragen wollen. Warum sie Nazis waren. Warum sie das gemacht haben. Aber ob ich sie wie Eltern geliebt hätte? Ich weiß nicht. Es ist gut, dass es so ist, wie es ist.«

45

Anna schaltete den Motor aus, dann die Scheinwerfer. Dichte Flocken schwebten aus dem Dunkel über dem Platz und deckten das Luisendenkmal zu. Die grünen Spitzen des Metallbaldachins ragten aus dem Schnee, der wie ein eisiges Tuch über dem Sarkophag lag. Am Sockel ruderten ein paar Tauben ihre breiten Körper durch das kalte Weiß. Anna startete kurz den Scheibenwischer und dachte an Ingrid Bergmanns Tränen in *Lieben Sie Brahms?*

Unter der leichten Schneedecke lag eine fast magische Ruhe über dem Platz. Sabine schloss die Augen und schien die Stille in sich aufzunehmen.

»Vielleicht brauchen wir auch Plätze zum Vergessen«, sagte sie und hielt weiter die Augen geschlossen. »Nicht, dass wir schlimme Dinge vergessen sollten. Ich meine, Plätze, an denen wir etwas abschließen können. Plätze, die zu uns sprechen, wo wir unsere traumatischen Erfahrungen zurücklassen können. Um dann sagen zu können: Lebt wohl, ihr traurigen Erinnerungen! Damit sie nicht jede Nacht wiederkommen. Weißt du, was ich meine?«

Sabine schwieg eine Weile, und Anna dachte über das Gehörte nach. Plätze zum Vergessen. Das war für sie ein Widerspruch in sich. Und manche Dinge durfte man einfach nicht vergessen. Der Schnee fiel in großen Flocken. Sie schmolzen auf der Windschutzscheibe und liefen zu den Scheibenwischern herunter. Es wäre gut, wenn ihre Mutter das alles irgendwann hinter sich lassen könnte, dachte sie. Und glücklicher wäre. Oder wenigstens alles etwas leichter nehmen würde.

»Ich war noch mal bei Frau Maschke«, sagte Sabine. »Ich hab sie vor zwei Wochen besucht. Ich wollte sie noch einiges fragen. Warum sie in Demmin geblieben ist nach all dem, was passiert ist. Und wie sie in dieser Verwüstung bleiben konnte«

»Und was hat sie gesagt?«

»Es war doch mein Zuhause, hat sie gesagt. Orte, wo Ähnliches passiert ist wie in Demmin, gab es überall. Auch im Westen. Die meisten Leute sind geblieben. Wo sollte man auch hin? Woanders wollten einen die Menschen auch nicht haben. Hat man halt die Trümmer weggeräumt und die Stadt wieder aufgebaut. Und nicht weiter drüber nachgedacht. Hier wusste man wenigstens, wer auf welcher Seite gewesen war. Und irgendwann sieht man die Zerstörung gar nicht mehr.«

Sabine schien an das Gespräch in Demmin zurückzudenken und sah in das Dunkel, aus dem die Schneeflocken im Licht einer Straßenlaterne still zu Boden sanken.

»Der Erwin ist nicht zurückgekommen aus dem Krieg. Lisbeth hat gewartet. Sie dachte, sie kann doch nicht weg, muss doch auf den Erwin warten. Man weiß nicht, was aus ihm geworden ist. Sie wäre gerne an den Ort gefahren, wo er gestorben ist. Um zu sehen, was er gesehen hat. Wie die Landschaft aussah, wo sein Leben zu Ende ging. Ob sich da vielleicht noch jemand an ihn erinnern kann. Aber da ist nichts.«

Vom Glockenturm kam ein blecherner Stundenschlag, der über den leeren Platz hallte. Der Scheibenwischer quietschte über die Windschutzscheibe, und Anna sah noch einmal auf das inzwischen zugeschneite Denkmal.

»Fahren wir nach Hause«, sagte sie und startete den Wagen.

Nachwort

Der Roman *Luisentor* spielt im Umbruchjahr 1990. Nach dem Mauerfall erkunden die West-Berliner die DDR, auch die ländlichen Regionen. Archive werden geöffnet. Geheimnisse kommen ans Licht. Der Zugang zur Vergangenheit verändert sich.

Dies ist der historische Kontext, in dem eine junge Frau zufällig entdeckt, dass ihre Familie in den größten Massensuizid am Ende des Zweiten Weltkriegs verstrickt ist. In der vorpommerschen Hansestadt Demmin ereignete sich im Frühjahr 1945 der wahrscheinlich größte Massensuizid in Deutschland. Man schätzt 1000-1500 Tote, darunter etwa 400 Kinder. Neben Demmin gibt es weitere dokumentierte Orte, an denen Massensuizide in der Zivilbevölkerung stattfanden, z. B. Berlin, Leipzig, Königsberg, Güstrow, aber auch Orte im Westen Deutschlands, wie z. B. Grünwald bei München. Meine Mutter, die bei Kriegsende 14 Jahre alt war, erzählte mir, dass in den letzten Kriegswochen auch in Frankfurt am Main darüber gesprochen wurde, dass die Sieger ein *schlafendes Deutschland* vorfinden sollten.

Insgesamt ist das Thema der Massensuizide aber immer noch wenig bekannt und kaum untersucht. In einer ersten Publikationen schreibt der Historiker David Beisel: „Als die Waffen endlich schwiegen, fanden die alliierten Truppen überall die Spuren von Suiziden. In jeder Stadt hingen menschliche Körper von Dachsparren herab oder sackten in sich zusammen, wo Gift verwendet worden war."

Es gibt keine verlässlichen Statistiken darüber, wie viele

Suizide stattgefunden haben und wie viele Tote es gab, aber ihre Anzahl beläuft sich nach einer Schätzung des britischen Schriftstellers Max Hastings »sicherlich auf viele Zehntausende«.

Es bleibt die Frage nach dem *Warum*. In seinem Aufsatz *Der deutsche Suizid von 1945* benennt Christian Goeschel unterschiedliche Ursachen für die Massensuizide in ganz Deutschland: die vollkommene militärische und ideologische Niederlage. Die abstumpfende Gewalterfahrung während des Krieges und das Ausgeliefertsein gegenüber den Siegern in den letzten Kriegswochen. Die tiefe Verunsicherung der Bevölkerung und das völlige Fehlen einer Zukunftsperspektive. Andere sehen die Wurzeln auch in der »Todessehnsucht« der Nationalsozialistischen Ideologie. So schreibt Beisel, dass viele in ihre Tagebücher schrieben, dass sie bei Kriegsende die »Götterdämmerung durchlebten«. Der Untergang der gesamten Gesellschaft war für sie die logische Konsequenz des militärischen Scheiterns. Es gab nur Sieg oder Untergang.

Es folgte jahrzehntelanges Schweigen – in den Familien aber auch in der gesamten Gesellschaft. In der Bundesrepublik wie in der DDR. Die Journalistin Sabine Bode hat in ihren Büchern beschrieben, welche Spuren die Traumatisierung selbst und das lange Schweigen auch für die nächsten Generationen der Kriegskinder und Kriegsenkel hinterlassen haben. Und wie tief sie bis in unsere Gegenwart hineinwirken. Die Ereignisse in Demmin stehen hier exemplarisch für viele andere Orte, deren Geschichte noch entdeckt werden muss.

Ausgewählte Quellen:

Beisel, D.R., *The German Suicide, 1945*. Journal of Psychohistory, 2007; 34(4): S. 302-313.

Berger, J., *Kreuzberger Wanderbuch. Wege ins widerborstige Berlin*. Goebel Verlag, Berlin 1984.

Buske, N., *Das Kriegsende in Demmin 1945. Berichte, Erinnerungen und Dokumente.* Landeszentrale für politische Bildung Mecklenburg-Vorpommern 1995.

Droit, E., *Les suicidés de Demmin: 1945, un cas de violence de guerre.* Edition Gallimard 2021.

Farkas, M., *Über Leben in Demmin.* Dokumentarfilm. 2017.

Goeschel, C., *Suicide at the End of the Third Reich.* Journal of Contemporary History. 2007; 34(4): S. 302-313.

Hastings, M., *Armageddon: The Battle for Germany, 1944–1945.* Alfred A. Knopf, New York 2004.

Huber F., *Kind, versprich mir, dass Du Dich erschießt. Der Untergang der kleinen Leute 1945.* Piper Verlag 2016.

Schneider, M. und Süss, J. (Hg.), N*ebelkinder. Kriegsenkel treten aus dem Traumaschatten der Geschichte.* Europa Verlag 2015.

Anmerkungen

Seite 20

Reinhard Heydrich (1904–1942) wurde auf dem Invalidenfriedhof in Berlin beerdigt und sollte später in der neu zu errichtenden Soldatenhalle in einem Ehrengrab beigesetzt werden. Nach dem Krieg wurde das Grab anonymisiert, dennoch Mitte Dezember 2019 von Unbekannten geöffnet. Auch das Grab von Horst Wessel auf dem Nikolaifriedhof wurde im Jahr 2000 geöffnet, und angeblich verschwand der Schädel. Die hier im Roman beschriebene Umbettung der Leiche Heydrichs ist allerdings frei erfunden. Auf dem Invalidenfriedhof gibt es die von Ludwig erwähnten Fliegergräber im Grabfeld F (Udet, von Richthofen, Mölders, von Etzdorf).

Seite 24

Die Tannenberg-Fraktur wurde von Erich Meyer entworfen (Schriftgießerei D. Stempel in Frankfurt am Main) und nach der Schlacht im ersten Weltkrieg in Ostpreußen, Hindenburgs größtem militärischen Erfolg, benannt.

Seite 44

Das Gebäude Alfredstraße 11, Ecke Magdalenenstraße wurde von August 1945 bis 1954 als Gefängnis des Sowjetischen Geheimdienstes genutzt.

Seite 110

Die Kennzeichnung der Polen wurde mit den »Polenerlassen« vom 8. März 1940 und verschiedenen zugehörigen Verordnungen geregelt. Das Zeichen – die Petka – musste,

laut Polizeiverordnung »auf der rechten Brustseite jedes Klei-
dungsstückes stets sichtbar getragen werden« und bestand
»aus einem auf der Spitze stehenden Quadrat mit 5 cm langen Seiten und zeigt bei 1/2 cm breiter violetter Umrandung
auf gelbem Grunde ein 2 1/2 cm hohes violettes P.«

Die Organisation Werwolf war eine nationalsozialistische
Untergrundbewegung am Ende des Zweiten Weltkriegs. Sie
sollte hinter den feindlichen Linien Sabotage verüben und die
Bevölkerung von einer Zusammenarbeit mit den Besatzungs-
truppen abhalten.

Seite 120
Als »Massaker von Nemmersdorf« werden die Ereignisse um
den 21. Oktober 1944 im ostpreußischen Dorf Nemmersdorf
(heute: Majakowskoje, Russland) bezeichnet, bei denen nach
heutigen Erkenntnissen nach der Besetzung durch die Rote
Armee zwischen 19 und 30 Menschen getötet wurden. Nachdem sich die Rote Armee aus Nemmersdorf zurückgezogen
hatte, versuchte das Propagandaministerium die Geschehnis-
se im Sinne des nationalsozialistischen Regimes zu deuten.

Seite 122
Die letzten drei Mitglieder der jüdischen Gemeinde von Demmin, Liesbeth (auch Lisbeth), Grete und Arnold Davidsohn
wurden zwischen 1942 und 1943 nach Theresienstadt und
Treblinka deportiert und dort ermordet.

Seite 136
Aus dem *Spiegel* vom 11. Mai 2014: *Frauen im Nationalsozialismus. Das Mutterkreuz ist mein sehnlichster Wunsch.*

Seite 165
Seit Ende 1945 sendeten die Rundfunkstationen in Deutsch-

land Suchmeldungen, oft direkt in Zusammenarbeit mit dem Deutschen Roten Kreuz, das den Sendern die Listen mit den Namen der Vermissten zur Verfügung stellte. Das Verlesen dieser Suchmeldungen konnte sich pro Monat auf mehrere Stunden summieren, beim NWDR im Oktober 1946 beispielsweise auf elfeinhalb Stunden, das entsprach 2,3 Prozent des Gesamtprogramms.

Seite 204
Mascha Kaléko (1907–1975), die 1936 bis 1938 in der Bleibtreustraße 10/11 in der Nähe des Savignyplatzes lebte, schrieb im amerikanischen Exil: »Ich bin vor jenen *tausend Jahren* / viel in der Welt herumgefahren. Schön war die Fremde, doch Ersatz. Mein Heimweh heißt Savignyplatz.«

Seite 206
Hitlers Adjutant sowie eine seiner Sekretärinnen haben berichtet, dass die Menschen im Führerbunker in den letzten Wochen des Dritten Reiches ruhig über Möglichkeiten sprachen, Suizid zu begehen, »als wenn es sich um Kochrezepte handelt« (Beisel 2007).